1195

Katarina von Bredow

Wie ich es will

Roman

Aus dem Schwedischen
von Maike Dörries

EIN **GULLIVER** VON **BELTZ & GELBERG**

Herzlichen Dank an Alexander für gute Ratschläge und kritische Durchsicht und an die Hebamme Eva Lindén, die mich an ihrer Erfahrung und an ihrem Wissen hat teilhaben lassen

www.gulliver-welten.de
Gulliver 1195
© 2009, 2010 Beltz & Gelberg
in der Verlagsgruppe Beltz · Weinheim Basel
Alle deutschsprachigen Rechte vorbehalten
Die Originalausgabe erschien u.d.T.
Sam jag will vara bei Rabén & Sjögren, Stockholm
© 2006 Katarina von Bredow
Published by agreement with Norstedts Agency
Aus dem Schwedischen von Maike Dörries
Lektorat: Susanne Härtel
Neue Rechtschreibung
Markenkonzept: Groothuis, Lohfert, Consorten, Hamburg
Einbandgestaltung: Diana Lukas-Nülle unter Verwendung eines
Fotos von R. Wolf/plainpicture
Gesamtherstellung: Druck Partner Rübelmann, Hemsbach
Printed in Germany
ISBN 978-3-407-74195-0
1 2 3 4 5   14 13 12 11 10

Es ist anders ausgefallen, als sie es sich vorgestellt hat. Die Farbprobe hatte einen leicht rötlichen Ton gehabt. Bei ihrem hellen Haar ist das Rot viel kräftiger. Aber es ist okay. Vielleicht sogar besser. Je trockener ihr Haar in dem warmen Luftstrom wird, desto überzeugter ist sie. Eindeutig besser.

Jessica schaltet den Föhn ab und lächelt ihr Spiegelbild an. Sie ist froh, dass sie sich getraut hat! Ihre Augen wirken mit einem Mal viel dunkler.

Sie hört das Telefon klingeln und gleich darauf Sivs forsche Schritte, die über den Flur in die Küche laufen. Ihre erwartungsvolle Stimme, als sie antwortet.

»Älvström …?« Dann die unverhohlene Enttäuschung. »Ach, du bist's? Ja, sicher, aber nur kurz, ich erwarte einen wichtigen Anruf … Nein, nein, schon okay.«

Ein paar Sekunden später steckt sie den Kopf zur Badezimmertür herein.

»Jessi? Louise ist am Telefon! Höchstens fünf Minuten!«

Jessica hebt eine Haarsträhne und winkt damit. »Ist gut geworden, oder?«

Siv sieht sie mit zusammengekniffenen Augen an. »Na ja … ziemlich konventionell.«

»Was soll das heißen, konventionell? Du bist wahrscheinlich die einzige Mutter auf der Welt, die sich freut, wenn ihre Tochter sich die Haare blau färbt und zu einem Hahnenkamm toupiert!«

Siv grinst. »Jetzt übertreib mal nicht. Du siehst super aus. Beeil dich mit dem Telefonieren, der Galerist kann jeden Augenblick anrufen!«

Jessica geht in die Küche und nimmt den Hörer, der ihr um ein Haar aus den Fingern glitscht. Er duftet scharf und würzig nach einem von Sivs ätherischen Ölen.

»Lollo? Wolltest du nicht vorbeikommen?«

»Ja«, keucht Louise aufgeregt am anderen Ende der Leitung. »Bin schon unterwegs, aber ich musste unbedingt vorher anrufen. Du glaubst es nicht, ich hab gerade mit Paula telefoniert! *Er kommt auch!* Das ist absolut sicher, hat sie gesagt. Und er kommt deinetwegen! Kapierst du? It's your night tonight, baby!«

Das Herz pumpt einen heißen Strom Lava durch Jessicas Adern. Aber genauso schnell stellt sich die Angst ein, enttäuscht zu werden. Heute Abend ist Fußballtraining und Arvid hat noch nie ein Training ausfallen lassen.

»Hat sie selber mit ihm gesprochen oder es nur gehört?«, fragt Jessica misstrauisch.

»Sie hat selbst mit ihm gesprochen. Er kommt. Und er hat als Erstes gefragt, ob du auch da bist.«

»Red keinen Quatsch!«

»Das stimmt!«

»Das sagt sie doch nur so.«

»Warum sollte sie? Paula würde nie so was behaupten, wenn es nicht stimmt. Hab ich dir doch gesagt, dass er dich mag.«

Jessica wird schlagartig schlecht. Sie versucht ruhig und gleichmäßig zu atmen, ein und aus, ein und aus.

»Komm sofort her, Lollo, ich sterbe!«

»Bin in fünfzehn Minuten da. Wie sind die Haare geworden?«

»Gut, finde ich. Beeil dich!«

»Okay, okay! Ich bin unterwegs, sag ich doch!«

Jessica bleibt mit dem Hörer in der Hand vorm Küchentisch stehen. Ein Kurzschluss hat die Synapsen ihres Gehirns außer Gefecht gesetzt.

Siv kommt in die Küche. Sie hat die vielen geflochtenen Zöpfe zu einem dicken Zopf im Nacken zusammengebunden und sich eine grün glänzende Paste ins Gesicht geschmiert. Um ihren

Hals hängt ein Lederband mit drei Kristallen in unterschiedlichen Farben. Vor ihrer Stirn baumelt ein vierter Kristall. Wer sie nicht kennt, könnte meinen, sie wäre aus der geschlossenen Anstalt ausgebrochen.

»Warum musst du sterben?«, fragt sie neugierig.

»Du siehst echt bescheuert aus«, sagt Jessica.

»Ich versuche, meine Erkältung zu kurieren. Hat wer angeklopft, während du telefoniert hast?«

»Es hat niemand angerufen, falls du das meinst.«

Siv wirft einen Blick auf die Uhr.

»Nein, ist wahrscheinlich noch zu früh«, sagt sie. »Er ruft bestimmt erst nach der Arbeit an. Und weswegen musst du nun sterben?«

Jessica weiß, dass sie nicht aufgeben wird.

»Arvid kommt zu der Fete heute Abend«, sagt sie. »Und er hat Paula gefragt, ob ich auch komme. Behauptet Lollo jedenfalls.«

»Wie aufregend!«

Siv massiert sich mit den Fingern die Ringe unter den Augen und die Nebenhöhlen. Kleine, rotierende Bewegungen auf sonnengebräunter Haut. Ihre Augen sind geschlossen und sie murmelt irgendwas Unverständliches vor sich hin.

»Wäre es nicht schlauer, dir ein Antibiotikum verschreiben zu lassen?«, zieht Jessica sie auf.

Siv schlägt die Augen auf. »Weißt du, wie schädlich Antibiotika für den Körper sind? Das sind die reinsten Killer!«

Jessica nickt. »Genau das ist ja der Witz dabei.«

Siv schüttelt energisch den Kopf und knetet weiter. Die ganze Küche riecht nach Alaunpulver und Eukalyptus.

»Wann geht die Fete los?«

»Um acht. Paula hat sieben gesagt, aber so früh ist garantiert keiner da. Lollo kommt gleich hier vorbei.«

»Nimmst du die grüne Tasche mit?«, fragt Siv.

»Wahrscheinlich, ja.«

»Ich steck dir ein paar Gummis rein.«

Jessica wird knallrot. Ihre Mutter ist wirklich oberpeinlich.

»Mama!!!«

»Nur für den Fall!«

Kaum ist Siv im Schlafzimmer verschwunden, schnappt Jessica sich die grüne Tasche und geht zu ihrem Schreibtisch. Sie fischt die zwei kleinen, blau-weißen vakuumverpackten Heftchen heraus und legt sie zu den anderen Kondomen unter den Ringblock in der unteren Schublade. Besser, sie erledigt das gleich. Bei der letzten Fete haben Louise und Mette in ihrer Tasche nach einem Kajalstift gesucht. Jessica musste ihnen die Tasche aus der Hand reißen, völlig panisch, dass sie Sivs kleinen Partybeitrag finden könnten. Das wäre der Lacher des Abends geworden. Jessica wird schon beim bloßen Gedanken daran rot wie eine Tomate.

Siv ist wirklich nicht wie andere Mütter. Sie scheint nicht mal im Entferntesten mit dieser Spezies verwandt zu sein. Manchmal fragt Jessica sich, ob sie selbst überhaupt mit ihr verwandt ist. Siv und Louises Mutter Carin lagen zur gleichen Zeit auf der Entbindungsstation, und Louise und Jessica haben schon oft überlegt, ob sie nicht verwechselt worden sind. Eigentlich sagen sie das nur aus Spaß, aber es gibt Indizien, die die Vermutung nahelegen. Louise hat zum Beispiel total viel Ähnlichkeit mit Siv. Sie ist groß, knochig, dünn und hat kräftiges, nussbraunes Haar. Jessica hingegen ähnelt viel mehr der blonden und bodenständigen Carin. Was wäre, wenn? So was passiert immer wieder. Babys sehen doch mehr oder weniger alle gleich aus und auf der Entbindungsstation hat man sein Kind schließlich noch nicht so oft gesehen.

Jessica schüttelt sich. Was sind das für Gedanken an diesem Abend, wo sie Arvid treffen wird? Auf einen Schlag wird aus dem netten, aber eigentlich unspektakulären Event bei Paula Die Ganz Besondere Fete, die sie im Laufe des Abends ins Himmelreich katapultiert oder in einen Abgrund stürzt und den Rest ihres Lebens vermasselt.

Ihr Magen fährt Karussell. Sie stellt sich vor die große Sperrholzplatte neben dem Schreibtisch und sieht sich das Puzzle an, konzentriert sich auf die Farben und Formen. Sie war gezwungen, ihren Sessel aus dem Zimmer zu werfen, um Platz für die zwei Böcke und die Tischplatte zu haben, aber das ist es wert.

Für die großen Puzzles ist der Schreibtisch zu klein und sie legt am liebsten die großen, mit mindestens dreitausend Teilen. Damit sie lange was davon hat. Puzzles sind genial und logisch. Entweder passen die Teile zusammen oder nicht. Dazwischen gibt es nichts, nichts halb Richtiges oder halb Falsches. Man muss keine schweren Entscheidungen fällen.

Wenn man es richtig macht, wächst das Bild langsam, aber sicher nach der Vorlage. Ein falsches Puzzleteil nimmt man einfach wieder weg und versucht es mit einem anderen. Das dauert zwar etwas länger, aber der Schaden ist reparabel. Ein Fehler kratzt nicht am perfekten Bild, das am Ende wartet. Leider funktioniert es im wirklichen Leben nicht so. Im Gegenteil, im wirklichen Leben kann schon der kleinste Fehler irreparabel sein und alle Hoffnungen kaputt machen. Jede Sekunde ist Teil des Ganzen und niemals wiederholbar, änderbar oder verschiebbar.

Jessica spürt die wachsende Panik, als sie an die Sekunden denkt. Da hilft nur ein Blick auf den Deckel der Puzzleschachtel und das Puzzle selbst. Im Moment arbeitet sie an einem impressionistischen Gemälde von Capri. Gemalte Bilder sind schwieriger als Fotos, aber meistens schöner. Satte Farben und deutliche Kontraste. Licht und Schatten ohne traurig triste Zwischentöne. Aber die Puzzleteile sind schwer zuzuordnen.

Nach drei Teilen blauem Himmel und einem Teil von den Bäumen hinter den höher gelegenen Häusern taucht Louise auf. Siv lässt sie herein. Louise schüttelt ungläubig den Kopf, als sie Jessica in das Puzzle vertieft sieht.

»Puzzelst du? Jetzt!«, sagt sie aufgebracht. »Was für einen Sinn macht das, ein Bild in tausend Einzelteile zu zerlegen, um es hinterher in mühsamer Kleinarbeit wieder zusammenzusetzen? Hast du dir schon überlegt, was du anziehen willst?«

Nein. Genau das ist ja das Problem.

Unter anderem.

Eben war die Entscheidung noch ganz einfach. Jeans und irgendein schickes Oberteil. Das dunkelblaue passt immer. Bis eben. Jetzt ist es womöglich genau das Falsche.

Louise grinst breit, als sie Jessicas Gesicht sieht.

»Ganz ruhig. Er mag dich. Da kannst du anziehen, was du willst. Komm, lass uns was aussuchen!«

Sie öffnet den Kleiderschrank mit einer Miene, die kein »Was du willst« dulden wird, aber ihre Worte haben trotzdem eine beruhigende Wirkung. Oder ihre Anwesenheit. Louise strahlt etwas Siegessicheres aus, ihre ganze Lebenseinstellung ist so. Scheitern steht sozusagen nicht auf ihrer Liste.

Zwanzig Minuten später liegt ein passabler Haufen Klamotten auf Jessicas Bett und Jessica steht in einem roten Top mit weißen Punkten und einer blau-rot karierten Hose vor dem Spiegel.

»Also echt«, sagt sie, »Punkte und Karos ...«

»Das sieht oberaffengeil aus!«, sagt Louise überzeugt. »Vor allem mit den Haaren ... Damit wirkst du so ... verletzlich, irgendwie. Jungs stehen auf so was!«

Jessica verrenkt sich vor dem Spiegel. »Ich weiß nicht, ob ich verletzlich aussehen will.«

Louise seufzt. »Willst du, dass es mit Arvid was wird, oder nicht?«

»Natürlich will ich das!«

»Also dann. Er gehört nicht zu denen, die sich so volllaufen lassen, dass man sie nur noch abschleppen muss. Da kann es von Vorteil sein, verletzlich und … und *offen* auszusehen, du verstehst. Ich meine nicht *billig*! Sondern offen. Nur für ihn. Kapiert?«

»Okay … Wenn du das sagst.«

Louise lehnt sich in Jessicas Schreibtischstuhl zurück.

»Ich sage es. Hundertpro.«

»Okay«, sagt Jessica noch einmal. »Also gut. Du bist die Expertin, nehme ich an.«

Paula wohnt in einem riesigen Haus am Rand von Solgårdsängen, dem Villenviertel in Öster. Jessica und Louise fahren mit dem Rad. Es ist abends immer noch ziemlich lange hell, obwohl das Laub an den Bäumen sich bereits gelb verfärbt. Dazwischen leuchtet immer mal wieder eine knallrote Berberishecke oder eine sattorange Aronie. Die Luft ist leicht feucht. Jessica fährt schnell. Louise ruft hinter ihr her, dass sie es cool angehen soll, dass sie keine Lust hat, völlig verschwitzt anzukommen, aber Jessica hört nicht auf sie. So kann sie sich einbilden, dass ihr Herz einzig und allein wegen der physischen Anstrengung so hart und hektisch hämmert. Dass ihre Wangen glühen und die Handflächen feucht sind, weil sie so heftig in die Pedale tritt und wie ein Blitz durch den Septemberabend düst.

Als sie das Rad zwischen den anderen Rädern vor Paulas Haus abstellt, sind ihre Beine fast gefühllos und ihre Knie weich wie Pudding. Louise holt sie schnaufend ein.

»Wozu sollte das jetzt gut sein?«, faucht sie. »So hält mein Oberteil der Wasserprobe nie stand.«

Louise wendet die »Wasserprobe« bei jedem Kleiderkauf an. Sie hat beim Klamottenkauf immer eine Pipette und ein kleines Pillenglas mit Wasser dabei. Sitzt ein Shirt eng unter den Achseln, tropft sie Wasser auf den Stoff, um zu kontrollieren, wie Schweißflecken aussehen. Ist der nasse Stoff brutal viel dunkler als der trockene, kommt das gute Stück nicht infrage. Nur wenn sie ein Oberteil richtig klasse findet und der nasse Fleck nur ganz wenig zu sehen ist, schafft das Teil den Weg zur Kasse. So auch das khakigrüne Oberteil, das sie jetzt trägt. Mit dem kurzen, dunkelgrünen Rock und dem breiten, tief auf der Hüfte sitzenden Gürtel ist es unschlagbar. Auf Jessicas rotem Top sind die nassen Flecken kaum zu sehen. Weniger Effekt hat man sonst eigentlich nur auf Schwarz.

Louise wedelt mit der Jacke, damit der Schweiß auf dem Weg

zur Haustür schneller trocknet. Laute Musik schallt nach draußen und man hört Lachen und Geschrei. Die Fete scheint in vollem Gang zu sein. Da es bei so einer Geräuschkulisse wenig Sinn macht zu klingeln, öffnet Louise die Tür und tritt ein. Der Fußboden in dem engen Vorflur ist mit Stiefeln und Schuhen bedeckt. Paula winkt ihnen aus dem Wohnzimmer zu. Sie hat rote Flecken im Gesicht und die ersten Strähnen ihres dunklen, lockigen Haares lösen sich bereits aus der Hochsteckfrisur.

»Willkommen!«, schreit sie. »Hier geht der Punk ab! In der Küche gibt's was zu trinken!«

Paula kommt zu ihnen. Sie hat eine Weinfahne, als sie Jessica ins Ohr flüstert, dass Arvid mit Tobias und Fabian im Wohnzimmer sitzt.

»Sie haben alle drei das Training geschwänzt. Ich glaube, er könnte ein bisschen Zuwendung gebrauchen!«

Paula grinst breit. Jessica zuckt mit den Achseln, während ihre Wangen noch roter werden, als sie sowieso schon sind.

»Woher willst du wissen, dass nicht einer von den anderen auf einen Fang aus ist?«, sagt sie.

»Ach Quatsch, Arvid ist deinetwegen hier! Hat Lollo dir das nicht gesagt?«

»Komm«, sagt Louise und zieht Jessica hinter sich her in die Küche. »Jetzt trinken wir erst mal was. Ich hab *Fresh Breath* dabei, damit du keine Fahne hast.«

Sie wühlt in ihrer schwarzen Schultertasche und zieht eine kleine Schachtel mit dünnen Blättchen heraus, die man auf der Zunge zerschmelzen lässt.

Paulas Bruder Conny sitzt am Küchentisch und bewacht die Flaschen. Wahrscheinlich haben Paulas Eltern ihn beauftragt, aufzupassen, dass die Fete nicht aus dem Ruder läuft. Und genauso wahrscheinlich ist, dass er es war, der Wodka, Bier und Wein besorgt hat. Offensichtlich Schmuggelware, da Jessica keine der Marken kennt.

»Was darf's sein, die Damen?«, fragt Conny grinsend. Er sieht selber schon ziemlich angeschlagen aus.

Statt zu antworten, gießt Louise jedem von ihnen einen reellen Schluck Wodka ein.

»Das zuerst«, sagt sie sachkundig, »damit du in Fahrt kommst! Danach mixen wir uns einen Drink, bevor wir ins Wohnzimmer gehen.«

Jessica hält die Luft an und schüttet den unverdünnten Alkohol mit Todesverachtung hinunter. Die Speiseröhre geht in Flammen auf.

»Pfui Teufel«, sagt sie.

Louise grinst. »Aber das tut gut!«

»Also, ich bin hier der Barkeeper«, sagt Conny. »Keine Selbstbedienung.«

»Okay, okay. Wodka und Cola für mich«, sagt Louise.

»Für mich lieber ein Glas Wein«, sagt Jessica. »Weiß.«

Louise schüttelt den Kopf.

»Ich weiß nicht, ob das so gut ist! Womöglich mag er es nicht, wenn Mädchen trinken. Manche Jungs finden das scheiße. Bei Mixgetränken sieht man nicht, ob Alkohol drin ist oder nicht. Wein erkennt man schon von Weitem!«

»Du spinnst ja!«, sagt Jessica kopfschüttelnd. »Ich will Wein.«

»Okay. Auf deine Verantwortung.«

»Weißwein sieht fast aus wie Cidre«, sagt Conny, als er einschenkt. »Und da drinnen ist es ziemlich dämmrig. Wer soll denn verführt werden?«

Jessica sieht Louise vorwurfsvoll an. Das muss sie doch nun wirklich nicht vor allen rausposaunen. Aber Louise lächelt Conny nur provozierend an.

»Geht dich einen Scheißdreck an«, sagt sie. »Komm, Jessi! Der Ring ist frei!«

Es ist grade mal halb neun, aber im schummrigen Wohnzimmer scheint es viel später zu sein. Die Lautsprecher bringen die Luft zum Pulsen. Jessica spürt, wie der Schluck Wodka bereits durch ihre Adern kreist, als sie ein paar tanzende Mädchen im hinteren Teil des Raumes beobachtet. Tatsächlich, da ist er. Auf der Fernsehcouch, zusammen mit Fabian und Lina aus der 9 F. Tobias steht neben ihnen mit einer Dose Bier in der Hand. Arvid trägt ein schwarzes T-Shirt mit Graffiti-Motiv und sein Haar steht stachelig ab, da muss eine Menge Wachs draufgegangen sein. Jedenfalls sieht man, dass er sich mit seinem Äußeren besondere Mühe gegeben hat. Es wird eng für Jessicas Lungen in ihrem Brustkorb.

Ob es wirklich stimmt, dass er ihretwegen hier ist? Sie hatte immer mal wieder das Gefühl, dass da was sein könnte, wenn er in der Schule länger als üblich zu ihr rüberschaute oder ihren Blick gesucht hat. Ab und zu hat er sogar ein paar Worte mit ihr auf dem Schulflur gewechselt. Das schon. Aber sie hat sich nicht getraut, sich darauf was einzubilden. Nicht wirklich.

»Wow, sieht der heute Abend gut aus«, flüstert Louise ihr ins Ohr. »Jetzt tanzen wir erst mal, damit er sieht, dass du da bist. Vielleicht erfährst du ja heute, ob er tatsächlich nach Himbeeren schmeckt!«

Jessica lacht nervös.

Sie hatten ihn auf dem Marktplatz gesehen, als er in der Sonne zwischen den Marktständen rumlief und Himbeeren aus einer kleinen Plastikschale aß, und Jessica hatte zu Louise gesagt, sie könnte wetten, dass seine Küsse genau danach schmecken. Nach Himbeere.

Sie trinkt ein paar große Schlucke Wein und versucht, die Lungen mit Sauerstoff zu füllen, weil man zum Tanzen viel Puste braucht.

Paula hat jedes Mal gute Musik, sie schafft es immer, dass die Leute auf die Tanzfläche gehen und nicht nur vor der Glotze rumhängen oder am Computer chatten, wie bei anderen Feten. Im Moment dröhnt House aus den Lautsprechern.

»Komm schon!«, ruft Louise und zieht Jessica mit sich zwischen die tanzenden Körper, näher zum Sofa. »Du bist ja steif wie ein Besenstiel!«

Jessica tanzt gerne, sie liebt es, den Rhythmus im Körper zu spüren, auf den Schallwellen aus den Lautsprechern zu surfen. Sie schließt die Augen und sofort geht es besser. Sie entspannt sich, der Atem fließt wieder, kann sein, dass sie schwitzt, aber das spielt plötzlich keine Rolle mehr. Louise verschwindet in die Küche und kommt mit vollen Gläsern zurück. Das wird ein guter Abend, ein wunderbarer Abend, da ist Jessica mit einem Mal ganz sicher. Sie lacht ohne konkreten Grund.

Sie sieht, dass Arvid und Fabian aufstehen und in die Küche gehen. Jessicas und Arvids Blicke begegnen sich. Er lacht sie an und grüßt. Ihr wird ganz warm. Louise nickt ihr zu, dass sie hinterhergehen soll, aber Jessica bleibt, wo sie ist, sie will nicht in das grelle Neonlicht, nicht jetzt, wo sie sich so gut fühlt. Louise zuckt mit den Schultern und behält die Küchentür im Auge. Als die Jungs zurückkommen, tanzt sie ihnen entgegen. Mit ein bisschen Wodka im Blut hat sie keine Hemmungen.

»Kommt rüber!«, ruft sie ihnen zu. »Wir brauchen Gesellschaft, es ist so kalt auf der Tanzfläche!«

Fabian protestiert grinsend, aber Louise zerrt ihn und Arvid gnadenlos auf die Tanzfläche, wo sie ziemlich lange zu viert tanzen. Jessica staunt, die meisten Jungen tanzen überhaupt nicht. Fabian hüpft mit in die Luft gestreckten Zeigefingern hin und her, wie die Jungs in der Mittelstufe schon getanzt haben, aber Arvid tanzt richtig gut. Seine Bewegungen sind fließend und rhythmisch.

»Jetzt kriegst du ja doch noch ein bisschen Training!«, schreit Jessica durch die Musik.

Er nickt und lacht. »Tanzen macht hungrig! Gerade ist eine Lieferung Pizza gekommen. Conny schneidet Pizzaecken wie ein Weltmeister. Kommst du mit?«

Natürlich geht sie jetzt mit ihm ins Licht. Und es ist gar nicht so schlimm, wie sie dachte. Conny hat die Deckenbeleuchtung gelöscht und die Lampe über der Spüle angeknipst. Und eine kleine Lampe im Fenster verströmt ein bläuliches Licht.

Bei dem verführerischen Duft in der Küche merkt Jessica, wie hungrig sie ist. Aber als sie das warme Dreieck in der Hand hält, hat sie Schwierigkeiten, es runterzukriegen. Arvid nimmt zwei neue Plastikbecher.

»Was möchtest du?«

Sie zögert. Muss daran denken, was Louise gesagt hat.

»Cola vielleicht?«

Das klang ja eher wie eine Frage. Bestimmt kann er keine Mädchen leiden, die nicht wissen, was sie wollen. Und zu denen will Jessica auf keinen Fall gehören.

»Mit Wodka«, fügt sie hinzu.

Arvid nickt und mischt das Gleiche für sich. Conny hat den Barkeeperjob längst aufgegeben und mimt stattdessen den Küchenchef. Mit dem Pizzarad schneidet er eine Ecke nach der anderen ab. Sie gehen weg wie warme Semmeln und die meisten scheinen in seinem Bauch zu verschwinden.

Jessicas Nervosität ist wie weggeblasen. Plötzlich ist es das Natürlichste der Welt, sich mit Arvid zu unterhalten. In der Küche muss man nicht schreien, um sich Gehör zu verschaffen. Aber nach dem Geräuschpegel im Wohnzimmer fühlt sie sich wie taub. Ihre Lippen und die Zunge sind auch irgendwie gefühllos. Die Worte fließen ineinander, das kennt sie gar nicht. Verlieren an Kontur.

Sie hat mehr und schneller getrunken als sonst. Aber ihr ist nicht schlecht.

Arvid macht sich über das dritte Stück Pizza her.

»Hat Spaß gemacht, zu tanzen«, sagt er. »Das kommt nicht so oft vor.«

»Dabei tanzt du echt gut.«

»Du auch. Das sieht richtig professionell aus. Ich hab dich schon beobachtet, als du mit Lollo getanzt hast.«

Ein unkontrolliertes Lachen steigt in ihr hoch. Sie beißt sich auf die Unterlippe. Das sind die ersten Anzeichen, dass sie zu viel getrunken hat. Nicht gut.

»Lass uns weitertanzen!«, sagt sie und stellt ihren Becher weg.

Arvid schiebt das letzte Stück in den Mund und folgt ihr kauend ins Wohnzimmer. Er wischt sich mit dem Handrücken über die fettigen Lippen und grinst sie an.

Die Tanzfläche hat sich gefüllt. Es ist ein einziges Geschubse. Ständig rempelt man mit irgendwem zusammen. Die meisten scheinen nicht mehr auf die Reihe zu kriegen, mit wem sie eigentlich tanzen. *Pakito* dröhnt dumpf durch die Körper.

»Warte hier!«, ruft Arvid. »Nicht weggehen!«

Jessica bleibt verdattert auf der Tanzfläche stehen, während er sich einen Weg zur Stereoanlage bahnt, wo ein ziemliches Gedränge herrscht. Alle wollen mitreden, was gespielt wird. Aber Paula beherrscht die Musikauswahl mit eiserner Hand, da ist jede Diskussion sinnlos. Doch Arvid gelingt das Unmögliche. Gleich darauf strömt Tomas Ledins »Heute Nacht gehör ich dir« aus den Lautsprechern, und noch ein paar Sekunden später ist Arvid wieder da und legt seine Hände auf Jessicas Hüfte.

»Darf ich bitten?«, sagt er mit einem schiefen Lächeln.

Sie kichert, verdutzt und glücklich. »Unbedingt.«

Sie tanzen dicht aneinandergeschmiegt. Es ist jetzt beinahe dun-

18

kel im Raum. Nur aus dem Flur und der Küche fällt ein Streifen Licht herein, und an der Stereoanlage brennt eine kleine Lampe, aber auf der Tanzfläche ist nicht zu sehen, dass Jessica rot wird.

Arvid ist einen halben Kopf größer als Jessica. Als er sie näher an sich heranzieht, kann sie ihren Kopf in seine Halsbeuge legen. Er duftet ganz leicht nach Parfüm, aber stärker nach warmer, fremder Haut. Die Wände schwanken etwas, und der eine oder andere Schritt geht daneben, aber das macht nichts. Besser als so kann es nicht werden.

»Ich mag dich«, sagt er in ihr Haar. »Das weißt du, oder? Ich mag dich sehr.«

Sie will ihm antworten, dass sie ihn auch mag, aber ihre Stimme versagt, also umarmt sie ihn. Spürt seine Wärme. Um sie herum tobt die Fete, aber Jessica und Arvid befinden sich unter einer schalldichten Glasglocke, aus der sie nie mehr herauswill.

Nach ein paar ruhigeren Stücken wird wieder schnelle Musik gespielt, aber das stört die beiden überhaupt nicht, sie tanzen weiter, dicht aneinandergepresst, und plötzlich berühren sich ihre Lippen, möglicherweise ungeplant, vielleicht passiert es einfach so, jedenfalls durchfährt es ihren Körper wie ein heißer Stromstoß, und sie dreht ihr Gesicht nach oben, was er nicht sieht, weil er mit geschlossenen Augen ihren Rücken streichelt. Da küsst sie ihn ganz sanft auf den Hals und merkt, wie er sie fester an sich drückt.

Als er sie nach einer schönen Ewigkeit loslässt, hat ihr Top vorne lauter Schweißflecken. Sie zieht den Stoff von der Haut weg und bläst einen kühlenden Luftstrom über ihre Brüste und den Bauch. Arvid nimmt den Baumwollstoff genauso vorsichtig zwischen die Finger, beugt sich vor und bläst auch, den Blick auf ihre Brüste in dem weißen BH mit Spitzenkante gerichtet. Sie lacht leise und er grinst übers ganze Gesicht.

»Komm, wir müssen was trinken«, sagt er und greift nach ihrer Hand.

Auf dem Weg in die Küche kommt ihnen Louise entgegen. Ihr Blick ist nicht mehr ganz sicher, als sie eine schwere Hand um Jessicas Nacken legt und sie so nah an sich heranzieht, dass Jessica Arvids Hand einen Augenblick loslassen muss.

»Ich wusste es!«, sagt sie so leise, dass nur Jessica es hört. »Go for it!«

Jessica gibt ihr einen hastigen Kuss auf die Wange und läuft hinter Arvid her.

Der Rest des Abends ist ein wenig verschwommen, verschwindet in einem unwirklichen Nebel, wie ein Traum, an den man sich nach dem Aufwachen nur noch bruchstückhaft erinnert, eine Bildsequenz mit Lücken und merkwürdigen Filmschnitten.

Irgendwann sind sie auf der Suche nach einem Ort, wo sie allein sein können. Sie tasten nach Lichtschaltern auf dem Flur im oberen Stockwerk, finden keinen, rempeln im Dunkeln gegen einen kleinen Tisch und schmeißen um ein Haar die darauf stehende Porzellanfigur um. Arvid kriegt sie in letzter Sekunde zu fassen, und sie lachen gedämpft, während Jessicas Herz wie verrückt pocht.

In dem Zimmer hängt eine runde Reispapierlampe und taucht das Doppelbett in warmes Licht. Arvid legt sich auf den dunkelgrünen Bettüberwurf und streckt die Hand nach ihr aus.

»Das ist der Vollmond«, sagt er. »Komm!«

Sobald sie liegt und die Augen schließt, beginnt der Raum sich zu drehen. Das fühlt sich gar nicht gut an. Arvid darf auf keinen Fall merken, wie betrunken sie ist. Sie schlägt die Augen auf und küsst ihn mit offenem Mund, mit seinen Lippen auf ihren steht die Welt wieder still. Was dann passiert, wo plötzlich die Kleider geblieben sind, kann sie nicht sagen. Aber daran, dass ihre karierte Hose sich verheddert, erinnert sie sich, und dass sie versucht, sie mit dem anderen Fuß abzustreifen. Sie erinnert sich auch, dass sie leicht zusammenzuckt, als sie Arvids Hand zwischen ihren Beinen spürt. Er merkt es, hält inne und sieht sie an. Sein Gesicht gleitet dauernd aus ihrem Blickfeld. Sobald eine Pause entsteht, kommt dieses unangenehme Schwanken wieder. Sie kneift die Augen zu und reißt sie wieder auf. Er sieht sie forschend an.

»Oder willst du nicht«, sagt er. »Du musst es nur sagen … Du bist umwerfend …«

Jessica muss ihre Zunge zum Gehorsam zwingen, damit sie die richtigen Worte formen kann. Das ist wichtig, an so einen Moment soll man sich sein ganzes Leben lang erinnern.

»Doch, ich will«, sagt sie. »Mit dir. Ich hab mir das schon länger vorgestellt, dass du und ich … Du warst bestimmt schon mit vielen Mädchen zusammen, oder?«

»Nicht so. Höchstens rumgeknutscht und so …«

Seine Augen ganz dicht vor ihren, ein paar Sekunden fühlt sie sich fast nüchtern. Es ist für beide das erste Mal. Genauso, wie es sein soll. Jessica lacht und küsst ihn.

Arvid! In ihr jubelt es.

»Ich glaube, ich bin in dich verliebt«, sagt sie. »Das ist wie ein schöner Traum.«

Er nickt und presst sie an sich. Nackte Haut, fremd, warm. Schwere Herzschläge in der Brust.

Danach wird es etwas linkisch und fast komisch. Sie müssen sich gegenseitig helfen, sie hält ihn fest und zeigt ihm den richtigen Weg. Am Anfang ist da ein Widerstand, und einen Augenblick lang ist ihr etwas mulmig, aber dann überwindet er den Widerstand und ist in ihr drin, und sie sehen sich mit plötzlichem Ernst an. Sein Atem auf ihrem Gesicht, kurze, leise Windstöße. Es brennt ein ganz klein bisschen, als er sich bewegt, aber es ist auch schön, schön und groß und so anders als alles, und Jessica wünscht sich, dass sie nicht so betrunken wäre, dass sie sich nicht so anstrengen müsse, um mit all ihren Sinnen dabei zu sein.

Als er eine oder zwei Minuten später neben ihr liegt und warm in ihr Haar atmet, ist ihr leicht übel, sie überlegt, ob sie aufstehen und zur Toilette gehen sollte. Gleich darauf muss sie eingeschlafen sein, ihre Wahrnehmung bröckelt und wird nach und nach von totaler Dunkelheit absorbiert.

»Jessica!«

Irgendwer ruft ihren Namen. Nicht Siv. Es klingt gedämpft, als wäre die Stimme nicht im Zimmer.

Jessica kämpft sich aus der Betäubung heraus. Über ihr leuchtet die Reispapierlampe und ihr Kopf ist schwer wie Blei. Sie will weiterschlafen. Arvid liegt neben ihr. Er schläft mit halb offenem Mund. Und er ist nackt. Leichte Sonnenbräune, außer dort, wo die Badehose gesessen hat, dort ist die Haut weiß und sein bleiches Geschlecht sieht extrem nackt aus. Nackt, schlaff und verletzlich im Schlaf. Jessica schaut verlegen weg.

»Jessica!!!«

Sie zuckt zusammen. Mein Gott, draußen auf dem Flur vor dem Schlafzimmer steht jemand und ruft nach ihr! Sie rafft ihre Kleider zusammen und versucht sie überzuziehen, Slip, BH, Hemd, die Hose umkrempeln, ewigkeitslange Sekunden, Schweiß presst sich aus ihren Poren, gleich geht die Tür auf … Ihre Haut wird ganz feucht vor Anstrengung, gleichzeitig friert sie. Sie zieht eben die Hose über die Hüfte, als sie sieht, wie die Türklinke nach unten gedrückt wird, sie kriegt einen Zipfel von dem grünen Bettüberwurf zu fassen und wirft ihn über Arvids Blöße. Da entdeckt sie den Blutfleck. Dunkelrot und gnadenlos deutlich. Hastig knüllt sie den Überwurf an der Stelle zusammen, um zu verbergen, was zu verbergen ist, und dreht sich um.

Paula steht in der Tür.

»Hier versteckt ihr euch also? Hab ich mir schon gedacht, dass ihr euch irgendwo verkrümelt habt. Du musst runterkommen. Lollo geht's beschissen, du musst sie nach Hause bringen!«

Jessica sieht sich verwirrt um, während sie die Hose zuknöpft.

»Wie spät ist es?«, fragt sie.

»Halb zwei.«

Halb zwei?! Siv dreht durch!

»Mist, ich sollte um zwölf Uhr zu Hause sein!«

»Du musst Lollo helfen«, wiederholt Paula.

»Okay, okay … aber dann muss ich erst Mama anrufen. Wo ist denn bloß meine Tasche …«

Sie folgt Paula auf den Flur, wo jetzt Licht brennt, und die Treppe ins Erdgeschoss hinunter. Der Geräuschpegel ist nach wie vor betäubend. Paula sagt etwas, das in der Musik untergeht. Das Wohnzimmer hat sich geleert, die meisten Gäste sind nach Hause gegangen. Ein paar schlaffe Gestalten hängen vor der Stereoanlage rum, ein paar auf dem Sofa. Jessica signalisiert Paula mit der Hand, dass sie telefonieren muss, und Paula nickt und sieht sich um, entdeckt Conny und geht zu ihm. Jessica findet ihre grüne Tasche auf dem Boden neben einem umgekippten Stuhl vor der Wand. Wie ist die denn da hingekommen? Sie kramt das Handy heraus. Dreizehn Anrufe! Siv, die nur im Notfall anruft! Hier drinnen versteht man sein eigenes Wort nicht, also geht sie vor die Tür. Conny kommt hinter ihr her.

»Louise ist hinterm Haus«, sagt er. »Linda ist bei ihr. Sie kotzt nur noch Galle, viel kann nicht mehr drin sein.«

Jessica nickt, zieht Schuhe und Jacke an und geht nach draußen. Sie riecht ihren eigenen Schweiß und etwas anderes, Fremdes, kommt aber nicht dazu, weiter darüber nachzudenken. Draußen ist es kalt, und Jessica zittert, als sie die Nummer von zu Hause wählt. Sie ist entspannt und hundemüde und hellwach zugleich.

Siv ist außer sich, verständlicherweise. Aber vor allen Dingen besorgt. Sie beruhigt sich schnell wieder, als Jessica ihr erklärt, dass es Louise schlecht geht und dass sie sie erst noch nach Hause bringen will.

»Da bin ich ja froh, dass es dich nicht erwischt hat«, sagt sie. »Beeil dich.«

Jessica ist unendlich erleichtert und dankbar. Ihre Mutter mag ja ziemlich abgedreht sein, aber sie hat auch ihre guten Seiten. Normalerweise kommt Jessica pünktlich nach Hause, weil sie weiß, dass Siv sich auf sie verlässt, und weil sie möchte, dass das auch weiterhin so bleibt. Aber das hier ist schließlich kein gewöhnlicher Abend. Das hier ist ein Abend, den man nur einmal erlebt.

Louise kauert auf allen vieren zwischen den Himbeerbüschen. Das Licht einer Straßenlaterne sickert durch das ausgedünnte Gestrüpp und fällt in ungleichmäßigen Streifen auf ihr zerwühltes Haar und den gekrümmten Rücken. Linda steht über sie gebeugt und hält sie an den Schultern fest. Louise hustet rasselnd, und Linda sieht erleichtert hoch, als Jessica angelaufen kommt.

»Oh, gut, dass du kommst. Ich hol mal Wasser.«

Jessica geht neben Louise in die Hocke. »Wie geht's dir?«

»Beschissen«, winselt Louise, »mir ist ja so furchtbar schlecht ... Scheiße ...«

»Wir gehen jetzt nach Hause. Kannst du laufen?«

Jessica versucht, ihr auf die Beine zu helfen. Louise schwankt, und Jessica muss sich mit dem Knie auf dem Boden abstützen, um nicht selber das Gleichgewicht zu verlieren. Kalte Feuchtigkeit dringt durch den Hosenstoff. Louise hat grauschwarze Schminkstreifen im Gesicht, und ihr Atem ist so sauer, dass Jessica auch würgen muss.

»Verdammt, Lollo, wie viel hast du denn getrunken?«, sagt sie, als es ihr endlich gelingt, die Freundin in aufrechter Position zu halten.

Linda kommt mit einem Behälter voll Wasser und einem Handtuch zurück. Sie führen Louise unter die Lampe in der Auffahrt, lehnen sie an die Steinmauer und fordern sie auf, sich den Mund auszuspülen. Jessica taucht das Handtuch ins Wasser und wischt ihr das Gesicht ab. Die Schminke ist hartnäckig, aber zumindest wird Louise von dem kalten Wasser etwas munterer und hilft mit.

»Riech ich nach Alkohol?«, fragt sie jämmerlich und Linda und Jessica prusten beide los.

»Nein, du stinkst wie eine verdammte Schnapsbrennerei!« Jessica grinst. »Ich hol deine Jacke.« Sie wirft einen Blick auf Louises nasse Strümpfe. »Und deine Schuhe«, fügt sie hinzu.

»Die Tasche«, nuschelt Louise.

»Okay. Hoffentlich hast du noch genügend *Fresh Breath* übrig! Soll ich Carin anrufen oder machst du das selber?«

»Oh Gott, nein. Mach du das. Mama mag dich.«

Jessica holt Louises Sachen. Ihr dröhnt der Schädel, sie friert und will nach Hause. Aber in ihrem Innern schlummert glücklich zusammengerollt ein kleines, warmes Tier und lässt alles um sie herum irgendwie abperlen.

Carin will sich sofort ins Auto setzen und sie abholen, aber Jessica kann sie überzeugen, dass sie problemlos nach Hause laufen können, ohne zu verraten, dass Louise definitiv frische Luft braucht, bevor sie sich zu Hause zeigen kann. Anfangs stützt Louise sich noch mit dem ganzen Körpergewicht auf dem Fahrrad ab und jammert lautstark über jeden Schritt, den sie machen muss. Aber als sie das Villenviertel hinter sich haben und ins Zentrum kommen, geht sie schon etwas aufrechter und sieht wieder etwas gesammelter aus. Da rückt Jessica mit der Neuigkeit heraus, die Louise schlagartig noch ein paar Grade nüchterner macht.

»Ich bin keine Unschuld mehr«, sagt Jessica.

Louise bleibt abrupt stehen. »Was?! Du bist verrückt! Habt ihr es gemacht?! Am ersten Abend?!«

Jessica nickt. Louise will den Kopf schütteln, unterbricht diese offensichtlich schmerzhafte Aktivität aber schnell wieder und verzieht das Gesicht zu einer Grimasse.

»Findest du das klug?«, sagt sie. »Man darf ihnen nicht alles auf einmal geben, das weiß doch jeder!«

»Es hat sich aber richtig angefühlt.«

»Richtig angefühlt? Verdammt, natürlich … Aber das war ein Fehler! Jetzt lässt er dich bestimmt fallen wie eine warme Kartoffel! Hundertpro!«

Jessica schüttelt irritiert den Kopf. Was weiß Louise schon von ihr und Arvid?

»Tut er nicht. Er mag mich. Es war total … total *schön*! Mach mir das jetzt nicht kaputt!«

»Ich will doch nur … Ich meine, es lief doch alles perfekt, und dann gibst du dich ihm gleich hin!«

Jessica antwortet nicht. *Hingeben*? Was soll dieses altmodische Gelaber? Wütend beschleunigt sie ihren Schritt, sodass Louise neben ihr ganz außer Atem gerät. Gleichzeitig merkt sie, wie sich der Zweifel wie Gift in ihrem Körper ausbreitet. Verdammt Sie kann schließlich als Einzige sagen, wie es wirklich war! Die Nähe. Wärme. Arvids Atem. Louise hat doch keine Ahnung.

»Warte.« Louise stöhnt. »Mir ist so verdammt übel. Warte. Tut mir leid!«

Jessica wird etwas langsamer, antwortet aber nicht.

»Ich wollte doch nur … helfen …«, wimmert Louise. »Du hast ihn schon so lange angehimmelt … Dann war's wohl in Ordnung. Vielleicht … Wo sind wir eigentlich?«

»Hermansvägen«, antwortet Jessica kurz.

»Okay … gut. Gleich zu Hause.«

»Ja. Gleich zu Hause.«

Jessica wartet Carins Reaktion auf Louises Zustand nicht ab, bleibt nur so lange, bis Louise heil zur Tür reingeht. Sie schwingt sich auf ihr Rad und fährt weiter nach Hause. Das kleine Glückstier beginnt auf beunruhigende Weise in ihrem Innern herumzukriechen. Sie muss sich das schöne Gefühl immer wieder ins Gedächtnis zurückrufen. Sie friert noch mehr als vorher und tritt stärker in die Pedale, damit ihr warm wird und um die Unruhe im Zaum zu halten. Als sie sich auf den Sattel setzt, fährt ein Stich durch ihren Unterleib. Sie stellt sich wieder auf und fährt den Rest der Strecke im Stehen. Der Blutfleck erscheint in ihrer Erinnerung. Was Paulas Eltern wohl dazu sagen?

Es ist nach halb drei, als sie endlich den Türcode eingibt. Siv reißt die Wohnungstür auf, als sie den Fahrstuhl hört, zieht Jessica mit hartem Griff in den Flur und dreht sie zu sich um.

»Das tust du nie wieder«, sagt sie mit beherrschter Strenge, die Jessica selten bei ihr erlebt. »Noch so ein Abend, und du warst das letzte Mal unterwegs, ist das klar?«

»Das war keine Absicht!«, sagt Jessica. »Ich bin eingeschlafen!«

»Eingeschlafen? Warum bist du nicht nach Hause gekommen, wenn die Fete so langweilig war?«

»Denk doch, was du willst. Aber das stimmt, ich bin eingeschlafen.«

»Du riechst nach Alkohol.«

»Ich hab nicht viel getrunken. Die anderen hatten mehr.«

»Es ist mir scheißegal, was die anderen machen, es interessiert mich nur, was du machst.«

Siv klingt nicht mehr wütend. Sie dreht Jessicas Gesicht zu sich. »Du bist das Beste, was ich habe, Schatz … Begreifst du das nicht?«

Jessica lächelt schief. Es tut gut, zu Hause zu sein. Die Müdigkeit überfällt sie wie ein Wirbelsturm, in ihrem Kopf rauscht es.

»Was hast du denn so mit fünfzehn auf Feten gemacht?«, fragt sie. »Kannst du dich nicht mehr daran erinnern? Wie das war?«

Siv erwidert das Lächeln. »Eben drum. Deswegen mach ich mir ja solche Sorgen. Deine Großmutter war außer sich. Verzweifelt und panisch. Ich hab nie verstanden, wieso, aber du bist doch eine Ecke klüger als ich damals, Jessi!«

Jessica gähnt.

»Dann gönne ich meiner Klugheit jetzt mal ein bisschen Ruhe«, sagt sie und geht in ihr Zimmer.

»Und was ist mit Arvid?«, fragt Siv hinter ihr. »Wie ist es gelaufen?«

Eine heiße Welle schwappt durch ihren Körper. Sie traut sich nicht, sich umzudrehen, weil ihre Wangen wahrscheinlich knallrot sind.

»Gut, glaube ich«, sagt sie und versucht, es wie eine Nebensächlichkeit klingen zu lassen. »Wir sind wohl zusammen. Glaube ich.«

»Super! Freut mich.«

»Na ja, mal sehen. Jetzt muss ich schlafen.«

»Gute Nacht, Schatz!«

»Gute Nacht.«

Der letzte Teil ihrer Unterhaltung schlägt den Schlaf auf mehrere Meilen in die Flucht. Alleine in ihrem Zimmer hat sie wieder den fremden Duft in der Nase, als hätte seine Haut einen Abdruck auf ihrer Schleimhaut hinterlassen. Es brennt ziemlich heftig zwischen den Beinen und in ihrem Slip ist ein ordentlicher Blutfleck. Mein Gott, sie haben es wirklich getan. Richtig. Okay, sie hatte es sich schon so oft vorgestellt, besonders mit Arvid. Aber trotzdem.

Als sie unter ihrer Bettdecke liegt, ist ihr Bauch das reinste Schlangennest. Und wenn Louise recht hat? Wenn sie sich die Wärme und Nähe nur eingebildet hat, wenn sie sich das alles nur im Rausch eingeredet hat? Was, wenn er sich ins Fäustchen lacht und allen erzählt, was für eine leichte Nummer sie war? Manche Jungs sind so. Im Frühjahr hat Oskar das von Paula erzählt. Und das hat noch nicht mal gestimmt. Hat Paula jedenfalls behauptet.

Jessica schnappt Rufus vom Regal und bohrt die Nase in das fadenscheinige, braune Fell. Der alte Teddy riecht sicher und vertraut und beruhigt die Schlangen ein wenig.

Nein, nicht Arvid. Er ist nicht so.

Arvid doch nicht.

Sonntagmorgen um halb acht ist die Nacht vorbei. Jessicas Kopf ist doppelt so groß und schwer wie gewöhnlich und in ihrem Mund hat sich über Nacht ein kleines, pelziges Tier eingenistet. Sie torkelt ins Badezimmer und unter die Dusche, lässt sich das Wasser übers Gesicht und in den Mund laufen, seift sich mehrmals hintereinander ein, das Gesicht, die Hände, gurgelt, spült das Haar aus. Hinterher rubbelt sie sich mit dem hellblauen Frotteehandtuch ab.

Dann putzt sie sich die Zähne, lange und energisch. Schrubbt mit der Zahnbürste über die belegte Zunge, muss würgen und spült den Mund aus. Dann trinkt sie in kleinen Schlucken kaltes Leitungswasser. Erst nach dieser Prozedur traut sie sich, in den Spiegel zu gucken.

Es ist kein schöner Anblick. Ihre Augen sind rot unterlaufen und die Lippen sehen geschwollen und trocken aus.

Dabei sollte heute der glücklichste Tag ihres Lebens sein. Sie sollte mit kleinen Wattewolken unter den Füßen durch den Tag schweben. Heute sollte sie ihr Handy nehmen und Arvids Nummer wählen, die sie schon seit mindestens einem Jahr auswendig kennt, aber nie gewählt hat. Doch, gewählt hat sie sie, unendlich oft, aber sie hat nie die Taste mit dem grünen Hörer gedrückt. Sie hat ihn niemals angerufen. Sie hat die Zahlen eingetippt und zugesehen, wie sie nacheinander auf dem Display erschienen, und dann das Handy schnell wieder zugeklappt. Nicht aus Feigheit. Sie hatte nie vor, ihn anzurufen. Wollte nur seine Nummer wählen. Aber heute. Heute ist der Tag, an dem sie es endlich bis zu Ende führen wird.

Heute will sie ihn anrufen und ihn fragen, was er vorhat. Ob sie was zusammen machen wollen. Und es wird alles ganz einfach und selbstverständlich sein.

Warum fühlt sich das Ganze dann so unendlich weit weg an, als sie dort vor dem Spiegel steht?

Wie ist das wohl mit Paaren, die zusammenleben? Ob die auch heiße Feten feiern und heißen Sex mitten in der Nacht haben und am nächsten Morgen in diesem Zustand nebeneinander aufwachen? Jessica schneidet ihrem Spiegelbild eine Fratze. Kein Wunder, dass so viele Ehen geschieden werden.

Sie zieht eine Jeans und ein dünnes Baumwolloberteil an und geht in die Küche. Es ist ganz still in der Wohnung. Siv schläft sonntags gern bis neun oder zehn. Dann legt sie eine Meditations-CD ein und setzt sich mit geschlossenen Augen auf den blauen Teppich im Schlafzimmer. Man weiß, dass sie vom Schlafen zum Yoga übergegangen ist, wenn man sie plötzlich mit einer ganz speziellen, monotonen Stimme, die durch alle Wände der Wohnung dringt, summen hört: »Ooooooong Naamoooo Guruu Deeeev Naaamoooo.«

Irgendwann hatte Jessica sie einmal gefragt, was das eigentlich heißt.

»Ong Namo Guru Dev Namo«, hatte Siv geantwortet, als wäre es die selbstverständlichste Antwort der Welt. »Das ist ein Mantra und heißt so viel wie: Ich lasse mein eigenes begrenztes Bewusstsein in das unbegrenzte universelle Bewusstsein einfließen.«

Jessica hatte gelacht. »Okay. Jetzt verstehe ich, wieso du es nicht auf Schwedisch sagst!«

Ihre Mutter ist wirklich nicht ganz dicht, auch wenn Louise das Gegenteil behauptet. Laut ihr besitzt Siv eine große Weisheit, die keine andere Mutter hat. Schön, dass wenigstens ein Mensch das glaubt. Alle anderen Freunde würden sich wahrscheinlich einen Ast lachen, wenn sie wüssten, dass Siv auf Öle und Kristalle schwört, und das will Jessica auf keinen Fall. So verrückt ist Siv nun auch wieder nicht. Jedenfalls nicht so verrückt, wie sie auf den ersten Blick wirkt.

Jessica schenkt sich ein großes Glas frisch gepressten Orangensaft ein und schmiert sich eine Scheibe Brot mit Tartex und eingelegter Gurke. Sie kann es kaum abwarten, mit Louise zu reden, aber es wäre wahrscheinlich absolute Folter, sie vor elf Uhr anzurufen.

Als das Saftglas leer ist, füllt sie Leitungswasser nach und löst zwei Schmerztabletten darin auf. Sie guckt zu, wie die Tabletten zerfallen und immer kleiner und leichter werden, bis sie den Blasen an die Oberfläche folgen. In ihrem Hinterkopf taucht ein Gedicht von Carins Lieblingsdichter Tomas Tranströmer auf. Jessica kriegt es nicht mehr vollständig zusammen. Es geht um zwei Liebende, die das Licht löschen, und »der weiße Lampenschirm schimmert einen Augenblick, ehe er sich auflöst wie eine Tablette in einem Glas Dunkelheit«. Carins Augen hatten gefunkelt, als sie ihnen das Gedicht aus einem zerfledderten, hellgelben Taschenbuch mit einem anthrazitfarbenen Stein auf dem Umschlag vorgelesen hatte.

Jessica seufzt und rührt mit dem Zeigefinger in dem sprudelnden Wasser. Zerdrückt die letzten Krümel an der Glasinnenseite. Welche Lampe verlöscht schon so verdammt langsam? Trotzdem hat das Bild etwas Magisches. Immerhin ist es ihr im Gedächtnis haften geblieben.

Und was soll sie jetzt machen? Wie soll sie diesen unerträglich langen Sonntag rumbringen?

Die Schlangen winden sich in ihrem Bauch.

Nach zwanzig ewigen Minuten, in denen sie Löcher in die Luft gestarrt hat, geht sie zurück in ihr Zimmer. Es mieft abgestanden nach Kater. Jessica lüftet und macht das Bett. Dann beugt sie sich eine Weile über das Puzzle, aber die Farben verwischen vor ihren müden Augen und sie kriegt nichts zustande. Also nimmt sie ihren MP3-Player vom Nachtschrank und steckt die Stöpsel ins Ohr.

Unmittelbar bevor sie die Play-Taste drückt, hört sie Siv auf der anderen Seite der Wand ihre Beschwörungsformel anstimmen. Gleich darauf wird »*Ooooooong Naaamoooo*« von Evanescence übertönt.

In der Musik bewegen sich die Gedanken rückwärts. Jessica legt sich aufs Bett, schließt die Augen und spielt den Film von gestern noch einmal ab. Arvids Lächeln und sein Körper an ihrem beim Tanzen. In Alkoholnebel eingehüllte Erinnerungen, wohlige Wärme, die bald in klirrende Kälte und Unwohlsein übergeht. Ein dunkelroter Fleck auf dem Bettüberwurf und Louises saurer Atem im Dunkel des Gartens. Aber auch Arvids Nacktheit, so überraschend irgendwie, als sie neben ihm wach wurde. Scheiß-Alkohol. Es hätte so schön sein können. Oder: Es war schön. Eine Weile lang.

Was er heute wohl macht?

Liegt er auch auf dem Bett und hört Musik und spielt den Film vor und zurück und fragt sich, ob das richtig oder falsch war? War es das wert, ein Fußballtraining ausfallen zu lassen, oder war er schon wieder auf dem Sportplatz, um Verpasstes nachzuholen? Er war nicht sehr betrunken gewesen. Zumindest nicht so, dass es ihr aufgefallen war. Vielleicht war er ja frisch und ausgeschlafen und powerte sich aus. Sie hatte den Jungs ein paarmal heimlich beim Training zugeguckt. Hauptsächlich einem von ihnen …

Irgendwo in der Mitte des Films schläft sie ein. Jedenfalls ist sie ganz benommen und verwirrt, als es so gegen elf an ihrer Tür klopft.

»Bist du wach?«

»Mmmh, ja … *jetzt* schon …«

Die Tür geht auf und Sivs Kopf wird sichtbar, glänzendes Gesicht und erwartungsvolles Lächeln.

»Du hast mich noch gar nicht gefragt«, sagt sie.

»Was?«

»Heute Nacht. Du hast mich nicht gefragt, ob Markus angerufen hat.«

»Welcher Markus?«

»Der mit der Galerie!«

»Ach ja … Und, hat er?«

Siv nickt, kommt ins Zimmer und setzt sich aufs Bett. Sie trägt ein dunkelgraues Hemd und eine lila Yogahose. In Höhe ihrer Wangen hängen ein paar Federn in ihren Zöpfen.

»Ich darf bei ihm ausstellen! Im Januar!«

»Klasse.«

»Ja, nicht wahr? Schade, dass John nicht hier ist und das sieht!«

Jessica seufzt. »Geht es immer noch um Papa?«

Siv lacht. »Natürlich nicht! Aber es wäre mir ein Vergnügen, ihm zu beweisen, dass er sich geirrt hat. Er hat nie an meine Kunst geglaubt! Stell dir bloß mal vor, ich würde endlich … na ja, du weißt schon … was verkaufen. Oder wenigstens eine Besprechung bekommen. Damit ich weiß, wo ich stehe.«

Jessica gähnt und versucht den Schlaf abzuschütteln. Vielleicht kann Siv Älvström sich jetzt auch bald Künstlerin nennen und ihre geheimnisvollen Textilarbeiten für einige Tausend Kronen verkaufen. Obwohl man sich natürlich fragen muss, was jemanden dazu veranlassen sollte, ebenso viel Geld für einen exotischen Wandbehang zu zahlen wie für einen Flachbildfernseher.

»Ich fände das super«, sagt Jessica mitten im nächsten Gähner. »Aber ich sehe schon, dass wir hier dann bald vor lauter Stofffetzen, Bändern, Schnüren und was du sonst noch so anschleppst, keinen Platz mehr zum Atmen haben.«

Siv mustert Jessica mit mütterlichem Blick. »Warst du schon auf? Du bist ja angezogen.«

»Ich hab mir ein Brot geschmiert.«

»Ich hab Hummus gemacht und Brot getoastet. Magst du?«

Jessica richtet sich auf. Die Übelkeit ist weg und der Duft aus der Küche ist verführerisch. »Ja, gerne.«

Als sie sich am Küchentisch gegenübersitzen und essen, piepst das Handy. Eine SMS von Louise: *Ruf mich an, sobald du wach bist. Ich will alles wissen!*

»Ruf vom Festanschluss an«, sagt Siv. »Sonst kommst du mit deinem Geld für diesen Monat nicht rum.«

»Aber nur, wenn ich das Telefon mit in mein Zimmer nehmen darf.«

Siv verdreht die Augen.

»Du gönnst einem auch keinen Spaß«, sagt sie frotzelnd und lacht. »Du glaubst doch nicht im Ernst, dass ich mir die intimen Geheimnisse meiner Tochter anhören möchte?«

»Doch, das glaube ich«, sagt Jessica mit einem Grinsen. »Aber Mütter müssen nicht alles wissen.«

Siv kratzt den letzten Rest Hummus mit der Gabel zusammen und schiebt ihn in den Mund.

»Da hast du verflixt recht«, sagt sie kauend. »Mütter sollen schön auf dem Teppich bleiben. Apropos Teppich, Markus kommt morgen vorbei, um sich einen Überblick zu verschaffen, was ich bisher alles gemacht habe. Er kennt ja nur die Arbeiten, die ich ihm gezeigt habe.«

Jessica zieht den Stecker aus der Dose, nimmt das Telefon von der Küchenanrichte und brummt: »Wann legen wir uns endlich ein schnurloses Telefon zu?«

Sie streckt sich auf ihrem Bett aus und wählt Louises Nummer. Während das Freizeichen ertönt, findet sie das Ganze plötzlich gar nicht mehr so katastrophal. Eigentlich fühlt sie sich sogar richtig gut. Sicher kann sie sich natürlich erst sein, wenn sie ihm morgen in der Schule begegnet, aber mit ein bisschen Glück ist der Schaden nicht irreparabel.

Carin nimmt den Hörer ab.

»Hallo, Jessica. Danke, dass du Louise heute Nacht nach Hause gebracht hast.«

»Nicht der Rede wert. Ihr … ging's nicht so gut.«

»Sie war betrunken! Verlass dich drauf, dass ich rausfinde, wer euch den Alkohol besorgt hat. Meine Güte, ihr seid *fünfzehn*!«

»Kann ich mit ihr sprechen?«

»Ja, aber dass das klar ist: Sie geht heute nirgendwohin. Und am nächsten Wochenende auch nicht.«

»Schon klar.«

Damit reicht Carin das Telefon an Louise weiter, und Jessica hört, wie sie in ihr Zimmer geht und die Tür hinter sich zumacht.

»Mama ist stinksauer«, sagt sie leise in den Hörer. »Was hat Siv gesagt, als du nach Hause gekommen bist?«

»Sie hat sich hauptsächlich darüber aufgeregt, dass ich nicht angerufen habe. Es war ja wirklich ganz schön spät.«

Danach muss Jessica alles erzählen, jedenfalls alles, woran sie sich erinnern kann. Leise, fast flüsternd erzählt sie. Man kann nie wissen, ob Siv an der Tür lauscht. Wundern würde es sie nicht.

»Hat es wehgetan?«, haucht Louise.

»Ein bisschen. Aber nicht sehr.«

»Und hinterher?«

»Ich merk immer noch was.«

»Ich meine, was ihr hinterher gemacht habt? Ihr wart eine Ewigkeit weg.«

»Wir sind eingeschlafen.«

»Das ist nicht dein Ernst?«

»Doch. Bis Paula gekommen ist und mich geweckt hat, weil es dir so schlecht ging.«

»Scheiße! Paula hat euch gesehen?«

»Nehme ich mal an. Aber sie hat nichts gesagt … Obwohl …«

Nach kurzem Zögern erzählt Jessica von dem Blutfleck. Louise kichert entsetzt, und Jessicas Herz sprengt fast den Brustkorb, weil plötzlich alles so real ist. Das ist tatsächlich passiert.

»Hast du ihn schon angerufen?«, fragt Louise.

»Nein.«

»Wie hältst du das aus! Willst du nicht wissen … was jetzt ist?«

»Ich sehe ihn ja morgen.«

»Bis dahin sind es noch hundert Jahre! Ruf ihn an!«

»Nie im Leben. Was, wenn du recht hast? Wenn er nur … also, wenn es ihm nur darauf ankam … zu … du weißt schon.«

»Genau das musst du rausfinden, kapiert?«

Jessicas Hand, die den Hörer hält, ist schweißnass. Nein, das traut sie sich nie, ihn anzurufen. Keine Chance.

»Ich warte lieber«, sagt sie. »Um nicht zu interessiert zu wirken.«

Auf das Argument springt Louise sofort an. »Okay, das stimmt natürlich. Und wie bringst du dann den Tag rum? Ich darf ja nicht raus.«

»Ich hab's gehört. Ich hatte vor, zu Hause abzuhängen. Vielleicht puzzle ich auch ein bisschen.«

»Puzzeln? Du bist echt krank. Aber mach, was du willst. Wir sehen uns dann morgen.«

Jessica legt den Hörer auf und beißt sich auf die Unterlippe. Plötzlich ist ihr zum Heulen zumute. Sie schüttelt sich, legt noch einmal Evanescence ein und stellt sich vor die große Platte mit dem Puzzle. Wippt im Takt der Musik und lässt ihren Blick über die bunten Teile schweifen. Da ist ein Teil von einem Haus … und da noch eins. Sie wird den Tag schon irgendwie rumbringen. Irgendwie.

Nicht nur der Sonntag ist die reinste Folter. Die Nacht auf den Montag ist mindestens genauso quälend. Jessica döst ein und wacht wieder auf. Döst ein und wacht auf. Die Stunden ziehen sich in die Länge. Sie will schlafen, will nicht hohläugig und übernächtigt in die Schule kommen.

Um sechs Uhr hat sie so ziemlich alle Klamotten aus dem Kleiderschrank gezerrt, die sie besitzt. Sie will auf keinen Fall zurechtgemacht aussehen. Aber auch nicht durchschnittlich. Speziell will sie aussehen. Enges Oberteil, nicht zu weit ausgeschnitten, damit sie um Himmels willen nicht »billig« aussieht, wie Louise es nennt. Die schwarze Jeans, vielleicht? Die ist cool. Schwarz hat irgendwie was … *Rituelles*. Das würde doch passen? Es hat doch schließlich was Rituelles, zur Frau zu werden. Jessica wühlt in dem Kleiderhaufen, bis sie das weiche, schwarze Baumwolloberteil gefunden hat. Es ist schulterfrei, aber vorne hochgeschlossen. Gut. Jetzt noch ein schwarzer BH und das schwarze Lederhalsband mit der Silberperle. Schön. Tough und verletzlich zugleich. Louise wird mit ihr zufrieden sein.

Jessica kriegt das Frühstücksbrot kaum runter, zwingt sich aber trotzdem, es zu essen, Bissen für Bissen. Die Alfalfakeime kitzeln am Gaumen. Ihre Zähne mahlen frenetisch.

Siv kommt noch halb schlafend in die Küche, den dunkelvioletten Bademantel nachlässig zugebunden. Ihre Zöpfe stehen ab und sie gähnt mit weit aufgerissenem Mund.

»Meine Güte, siehst du heute existenzialistisch aus«, sagt sie. »Ist das für ihn … Arvid?«

»Was heißt *existenzialistisch*?«

»Du weißt doch, was Existenzialisten sind, oder? Schwarz gekleidete Typen, die von der Freiheit und Schuldigkeit der Menschen predigen. Wir sind, was wir aus uns machen, haben die absolute

Verantwortung für unsere Handlungen, und der Sinn des Lebens ist nur der, den wir ihm geben, und so weiter. Jean-Paul Sartre. Simone de Beauvoir. Klingelt's allmählich?«

Jessica zuckt mit den Schultern. »Hört sich doch vernünftig an.«

»Ein bisschen zu düster nach meinem Geschmack«, sagt Siv. »Ich glaube, dass es noch mehr gibt, etwas, das wir nicht kontrollieren oder begreifen können.«

»Schon klar, dass du das denkst. Je mystischer, desto besser.«

Siv lächelt. »Mag schon sein.«

Jessica steht auf. »Ich muss los. Drück mir die Daumen.«

»Das tu ich immer. Wofür soll ich dir heute die Daumen drücken?«

»Dass Arvid noch der gleiche Arvid ist wie bei der Fete.«

»Das sind sie nie. Aber deswegen können sie trotzdem nett sein.«

Jessica stattet dem Badezimmer einen letzten Besuch ab, putzt die Zähne und bessert noch was an der Schminke um die Augen aus. Ihre Hände sind eiskalt. Sie lässt heißes Wasser darüberlaufen und rubbelt sie kräftig mit dem Frotteehandtuch trocken. Einatmen, ausatmen.

Ihre Beine sind weich und fast zittrig vor Müdigkeit und Nervosität, als sie in die Pedale tritt. Die Luft ist kühl, eindeutig herbstlich.

Als die zuverlässige Freundin, die sie ist, wartet Louise an der letzten Kreuzung vor der Schule auf sie.

»Dachte mir, dass du vielleicht nicht solo dort ankommen willst«, sagt sie und springt auf ihr Rad.

Jessica nickt dankbar. Louise mustert sie mit zusammengekniffenen Augen.

»Du siehst blass aus«, sagt sie. »Soll ich dir ein paar Ohrfeigen verpassen, bevor wir reingehen?«

»Nein danke.«

»War nur ein Scherz.«

»Echt lustig.«

Louises Blick scannt das Gewimmel vor den Spinden ab wie ein ferngesteuerter Roboter. Jessica selber traut sich nicht, etwas anderes als das Nötigste zu fixieren; den Spindschlüssel, die Bücher, den blauen Ringblock für Mathe …

»Er scheint noch nicht da zu sein«, vermeldet Louise.

»Gucken sie zu mir rüber?«, fragt Jessica leise.

»Wer?«

»Alle! Hat Paula es schon allen erzählt?«

»Paula sagt doch nichts! Komm schon, Ahlgren wartet. Und ich hab noch immer nicht die Hausaufgaben gemacht, die wir schon Donnerstag abgeben sollten. Du musst mir helfen, ich raff echt null von diesen Algebraaufgaben. *Wozu* soll es gut sein, x durch y zu teilen und noch eine blöde Hieroglyphe hoch zehn dazuzurechnen? Wann braucht man so was?«

Jessica lacht. »Im Moment kapier ich auch nicht sonderlich viel! Ich weiß ja kaum, wie ich heiße.«

Louise sieht sie besorgt an. »Du bist richtig in ihn verschossen, oder?«

»Ich weiß es nicht, Lollo. In mir herrscht das totale Chaos, ein heilloses Wirrwarr. Aber das wird sich ja wohl irgendwann auflösen.«

Sie gehen nebeneinander die Treppe zur Matheklasse hoch. Ein paar Jungs aus der 9 C kommen von oben heruntergestürmt und rempeln sie an. Jessica fallen die Mathebücher aus der Hand. Louise flucht lauthals hinter ihnen her. Aber dann dreht sie sich schnell wieder zu Jessica um und kneift sie in den Arm.

»Himbeeralarm«, sagt sie. »Hinter uns.«

Jessica hat plötzlich Probleme mit der Atmung. Nein, nicht jetzt, noch nicht! Sie beschleunigt ihre Schritte, läuft immer schneller, wie aufgezogen.

»Hallo! Du kannst doch nicht einfach vor ihm weglaufen!«, zischt Louise sie von der Seite an, folgt ihr aber die letzten Stufen hoch und durch die Glastür links im Korridor.

»Hat er mich gesehen?«, piepst Jessica, während ihr das Herz bis in den Hals schlägt.

»Hoffentlich nicht!«, sagt Louise. »Sonst kann er ja nur denken, dass du nicht alle Tassen im Schrank hast! Was sollte das eigentlich?«

»Ich … das …«, stammelt Jessica. »Das kam so überraschend. Darauf war ich nicht vorbereitet.« Louise schüttelt den Kopf.

Als sie auf den Plätzen sitzen und Sture Ahlgren die Klassenzimmertür geschlossen hat, rast Jessicas Puls noch in einem Tempo, dass es in ihren Ohren rauscht. Mein Gott, was für eine Überreaktion! Oberpeinlich! Sie kann nur hoffen, dass er sie nicht gesehen hat, sonst war's das.

Die Mathestunde geht komplett an ihr vorbei. Ahlgren könnte genauso gut auf Chinesisch oder Altgriechisch unterrichten, da würde sie genauso viel begreifen. Oder genauso wenig. In der folgenden Englischstunde ist es keinen Deut besser. Glücklicherweise hat die Krabbe in Schwedisch einen ihrer Tage, an dem sie ganz verzückt von ihrer eigenen Stimme ist, weshalb sie fast die ganze Stunde selber redet und keine hohen Ansprüche an die Konversationsfähigkeit ihrer Schüler stellt. Jessica hat schon Schwierigkeiten, die einfachsten Anweisungen umzusetzen, zum Beispiel, welche Seite sie im Buch aufschlagen sollen.

In der langen Vormittagspause zieht sie ernsthaft in Erwägung, sich krankzumelden und nach Hause zu gehen. Sie fühlt sich tatsächlich krank. Matt, fiebrig und dazu schweres Herzflimmern. Ihr Hals ist trocken und die Hände sind eiskalt und schweißnass. Louise lässt sie einen Moment allein, weil sie aufs Klo muss. Jessica wartet vor ihrem offenen Spind auf sie. Ihr Blick wandert zum Lehrerzimmer, und sie fragt sich, ob dort jemand ist, dem sie ihr Leid klagen könnte. Die Krabbe ist ihre Klassenlehrerin, und wenn es darum geht, vorzeitig nach Hause zu gehen, ist sie unerbittlich. Jessica beißt sich mit einem Seufzer auf die Unterlippe.

Sie sieht ihn nicht kommen, plötzlich steht er hinter ihr.

»Hallo ...«

Jessica dreht sich in Zeitlupe um und blickt direkt in seine Augen. Offenbar sieht sie nicht sehr erfreut aus, weil er seinerseits ganz unsicher in dem dunkelblauen Pulli und den gebleichten Jeans vor ihr steht.

»Bist du sauer?«, fragt er.

Sie schüttelt den Kopf. Sauer? Weshalb sollte sie sauer sein? Eingeschüchtert käme der Wahrheit entschieden näher. Arvid lächelt vorsichtig.

»Dann ist ja gut ... Ich wollte dich eigentlich gestern anrufen, aber dann ... Na ja, ich war mir nicht sicher, ob du sauer warst. Oder traurig, was weiß ich. Es war irgendwie so ... Na ja, ist ja alles ziemlich schnell gegangen ... und als ich aufgewacht bin, warst du weg ...«

Jessica versucht, ihre Stimmbänder wieder einzuschalten.

»Lollo ging's nicht gut«, nuschelt sie. »Ich musste sie nach Hause bringen, das hatte aber nichts mit dir zu tun.«

Ihr war überhaupt nicht in den Sinn gekommen, dass er sich Gedanken darüber machen könnte, wo sie abgeblieben war. Dass er glauben könnte, sie wäre gegangen, weil sie sauer auf ihn war.

»Ich wollte dich nicht wecken«, fügt sie eilig hinzu. »Irgendwie war alles so ... perfekt. Ja, und da habe ich nicht daran gedacht, dass ...«

43

Sie bricht den Satz ab. Egal wie sie es formuliert, es klingt irgendwie schief.

Arvids Augen flackern unruhig. Jeder noch so kleine Wechsel in seinem Gesichtsausdruck hat einen unmittelbaren physischen Effekt auf sie. Ihr wird ganz schummerig, als sie sieht, wie die Gedanken sich in seinem Kopf bewegen.

»Und jetzt?«, sagt er. »Fühlt es sich jetzt nicht mehr perfekt an?«

Sie lächelt und nickt. »Doch. Wenn es … wenn du immer noch …«

Wo sind die Worte geblieben? Wie drückt man so was aus? Jessica verstummt und sieht ihn Hilfe suchend an. Er muss doch verstehen, was sie meint. Auch ohne Worte.

Arvid streichelt ihr schüchtern über den Arm. »Hast du heute Nachmittag schon was vor?«

»Eigentlich nicht.«

»Magst du mit mir einen Kaffee trinken?«

Jessica nickt glücklich. »Klar.«

»Wann bist du fertig?«

»Zehn nach drei.«

»Ich um halb drei. Ich warte auf dich.«

»Okay.«

Arvid sieht sich um und grinst plötzlich breit.

»Wahnsinn, super!«, sagt er erleichtert. »Ich war tierisch nervös. Du denkst vielleicht, dass ich besoffen war, aber ich hab alles gemeint, was ich gesagt habe. Ich hab schon ewig an dich gedacht.«

»Ich auch an dich«, sagt Jessica und ihre Stimmbänder sind plötzlich wieder ganz warm und geschmeidig.

Er war nervös!

Vielleicht hat er ja auch wach gelegen und nachgedacht. Und war genauso benommen vor Müdigkeit wie sie. In ihr bricht ein

Jubel los und sie fühlt sich wacher als jemals zuvor in ihrem Leben. Einen Augenblick lang überlegt sie, ob sie ihn küssen soll, aber ehe sie es in die Tat umsetzen kann, ist er schon ein paar Schritte weg. Sie hat die vage Vermutung, dass es geklingelt hat. Ein dumpfes »Kling-kling-klong« echot leise durch ihre Gehirnwindungen. Jessica sieht sich um. Die Spinde und die gelb gestrichenen Wände tauchen wie aus einem Traum oder wie aus einem Nebel auf. Ein paar Meter entfernt steht Louise mit einem breiten Grinsen im Gesicht. Bestimmt hat sie alles mitbekommen.

»Guten Morgen«, sagt sie spöttisch. »Gut gelaufen?«

Jessica nickt. Sie singt innerlich. Das Blut rauscht summend durch ihre Adern.

»Ich sterbe«, sagt sie.

»Quatsch«, sagt Louise. »Etwas neidisch bin ich ja schon. Ich will auch verknallt sein und so aussehen, als hätte ein Sturm mein Hirn durchgepustet.«

»Wir gehen heute Nachmittag Kaffee trinken«, sagt Jessica.

Ganz plötzlich überfällt sie eine Unruhe. Es trifft sie völlig unvorbereitet. Sie sieht Louise an. Ihr Haar, das sich weich um ihr Gesicht lockt, der selbstbewusste, offene Blick. Bisher war zwischen ihnen immer alles selbstverständlich.

»Das ist doch okay, oder? Also, dass er und ich …«

Louise unterbricht sie und klopft ihr energisch auf die Schulter.

»Ganz ruhig«, sagt sie und klingt wie Karlsson auf dem Dach. »Das ist absolut okay. Ich hab schließlich hart daran gearbeitet, vergiss das nicht.«

Eine Woche später ist nichts mehr so, wie es sein sollte. Jessica liegt mit einer Mordserkältung im Bett. Verschnieft, den Kopf mit nassem Zement gefüllt, hört sie Lieder, die sie schon hundertmal gehört hat, und hofft, dass die Zeit vergeht.

Oder besser noch, stehen bleibt und auf sie wartet.

Alles war so schön dabei, sich zu entwickeln. Gerade und asphaltiert. Kein Schotter, keine rutschigen Kurven … Aber wer weiß, ob sich das nicht verändert, wenn sie jetzt im Bett liegt? Wie viele Mädchen wohl versuchen, sich Arvid zu schnappen, während Jessica vor sich hin schnieft und hustet? Wie attraktiv ist eine Erkältung auf einer Skala von eins bis zehn?

Sie war noch nie richtig mit einem Jungen zusammen. Nicht so. Irgendwie hatte sie sich immer vorgestellt, dass alles ganz easy sein würde, wenn man dieses Ziel einmal erreicht hatte. Am Ziel eben. Aber so ist es nicht. Mit jemandem zusammen zu sein ist ein Prozess, an dem man ständig arbeiten muss. Plötzlich hat sie etwas zu verlieren.

Jessica hustet. Zäher Schleim rasselt in der Luftröhre. Sie nimmt einen Schluck Gemüsesaft, den Siv ihr auf das Nachtschränkchen gestellt hat.

Arvid und sie hatten Kaffee getrunken und geredet, waren mittwochs ins Kino gegangen und hatten hinterher in seinem Zimmer auf seinem Bett geschmust. Viel mehr nicht. Sie wollten sich die Zeit nehmen, die sie brauchten, die Zeit, die sie sich vielleicht schon am Anfang hätten lassen sollen. Nun nahmen sie sich die eben im Nachhinein. Es fühlte sich richtig an. Jetzt konnten sie es sich leisten, sich langsam aneinander heranzutasten. Jetzt hatten sie keine Eile mehr. Aber wer weiß, was alles passiert, während sie jetzt in ihrem Bett liegt.

Louise kommt jeden Nachmittag nach der Schule und hält sie

auf dem Laufenden. Was in Arvids Kopf vor sich geht, kann sie natürlich nicht sagen, aber zumindest kann sie berichten, dass er sich nach Jessica erkundigt hat. Außerdem hat Louise endlich mit Paula gesprochen und weiß, dass sie und Conny den ganzen Sonntag wie die Bekloppten geschuftet haben, um die Wohnung einigermaßen wieder in einen Normalzustand zu versetzen, ehe ihre Eltern abends nach Hause kamen. Jessica kann nur hoffen, dass zur Wiederherstellung des Normalzustandes auch die Beseitigung des Blutflecks auf dem Bettüberwurf gehörte ... Andererseits, hätte es deswegen Ärger gegeben, hätte sie doch wohl in den Tagen nach der Fete was gehört.

Arvid ruft in der Zeit, die sie krank zu Hause liegt, dreimal an. Am liebsten würde er sie ja besuchen, aber die Vorstellung, dass er sie elend verschnieft und erkältet zu sehen bekommt, ist ihr noch unangenehmer, als dass er sie angetrunken erlebt hat. Erkältung ist eine so blöde und banale Krankheit. Kein bisschen heroisch, einfach nur ekelig. Es wäre natürlich was ganz anderes, wenn sie mädchenhaft bleich im dünnen Spitzenneglige, von Kissen gestützt, an einem lebensbedrohlichen, tropischen Virus leiden würde. Dann könnte sie ihm mit tapferem Lächeln und brüchiger Stimme sagen, dass sie ihn niemals vergessen wird ... und er würde ihr mit vor Sorge belegter Stimme sagen, dass er niemals wieder jemanden so lieben wird, wie er sie geliebt hat ...

Jessica muss über ihre albernen Gedanken grinsen. Im Moment ist sie die absolute Spezialistin für tränenrührige Filmszenen. Und sie telefoniert gerne mit Arvid. Das beruhigt sie. Er ist da und er wartet auf sie. Das Gefühl hält ein paar Stunden an, nachdem sie den Hörer aufgelegt haben, dann kommt die nagende Unruhe zurück.

Lesen ist ihr zu anstrengend. Sie liegt einfach nur da, hört zum tausendsten Mal die gleiche Musik und lässt den Tränen freien Lauf.

Sie denkt erstaunlich viel an ihren Vater. Seit er zum Chef der

Filiale einer Kunststofffabrik in Taiwan aufgestiegen ist, ist er so gut wie gar nicht mehr zu Hause. Dabei gab es vorher auch schon ziemlich lange Phasen, in denen sie nichts voneinander hörten. John spielt bereits seit vielen Jahren keine aktive Rolle mehr in ihrem Leben, aber zumindest war er in der Nähe, erreichbar. Wie ein sicherer Fels im Alltagschaos. Und als Gegengewicht zu Siv. Johns Gedanken gehen nicht in einem »grenzenlosen, universellen Bewusstsein« auf oder stellen auf Séancen Kontakt zu Geistern her. Die Einführung einer neuen Automarke ist wohl das, was für John einem religiösen Erlebnis am nächsten kommt. Und so religiös würde er niemals werden, dass er das Auto kauft, ehe es nicht ein paar Tausend Kilometer gefahren und ordentlich im Preis gesunken ist.

Doch, sie hat einen Vater. Obwohl die Tatsache, dass er in Taiwan statt ein paar Blöcke weiter in der Vetegatan lebt, fast einer Nichtexistenz gleichkommt. Gefühlsmäßig jedenfalls.

Einmal, Jessica war vier Jahre alt, hatten Siv und John ihr versprochen, am folgenden Wochenende einen Ausflug in den Tierpark in Kolmården zu machen. Jessica freute sich wahnsinnig darauf, aber am Tag vorher bekam sie Fieber und Halsweh und am Ausflugstag hatte sie eine fette Erkältung. Sie hatte vor lauter Enttäuschung verzweifelt geheult. Da hatte John sie ins Auto gepackt, war mit ihr nach Kolmården gefahren und hatte sie auf seinen Schultern kreuz und quer durch den Tierpark getragen. An dem Tag hatte sie alle Tiere aus zwei Meter Höhe gesehen. Aber die intensivste Erinnerung waren weder die Zebras noch die Elefanten, sondern das in der Sommerhitze schmelzende Schokoladeneis, das in Papas blonde Haare tropfte.

Nach acht Tagen geht sie wieder zur Schule. Die Spuren der Schnupfnase sind leidlich überschminkt, doch ihre Nase und die Oberlippe sind hässlich rot und schuppig, trotz extra weicher Taschentücher und gründlich eingefetteter wunder Hautstellen.

Das Lächeln, das sie Arvid schickt, als sie ihn unten bei den Spinden entdeckt, ist entschuldigend, aber er lächelt nur erleichtert zurück, kommt zu ihr und nimmt sie vor den neugierigen Blicken der Mitschüler in den Arm.

»Endlich!«, sagt er. »Ich hab dich vermisst.«

»Ich auch«, murmelt Jessica. »Dich, meine ich …«

»Na, ihr Turteltauben!«, sagt Tobias neben ihnen.

»Versuch wenigstens, deinen Neid ein bisschen zu verbergen«, gibt Arvid gelassen zurück.

Tobias grinst und bleibt eine Antwort schuldig.

Louise ist auch froh, dass Jessica wieder da ist.

»Ohne dich ist die Schule, wenn überhaupt möglich, noch öder«, sagt sie.

Jessica umarmt sie.

Plötzlich ist das Leben wieder ganz wunderbar. Jetzt fehlt nur noch, dass Louise auch einen Freund hat, dann wäre es perfekt. Im Moment hat sie nämlich das Gefühl, sich zwischen Louise und Arvid entscheiden zu müssen, selbst wenn sie zu dritt zusammen sind. Einer von beiden scheint immer ins Abseits zu geraten, egal wie sie es anstellt.

Das geht Jessica an einem Tag durch den Kopf, als sie an ihrem Stammplatz in der Schulkantine sitzen und in dem mehlig weißen Fischauflauf stochern. Sie wollte es im ersten Glücksrausch nicht richtig wahrhaben, aber irgendwie fühlt sie sich nicht ganz wohl in ihrer Haut. Sie kann sich einerseits nicht entspannt mit Arvid unterhalten, wenn Louise dabei ist, aber auch nicht mehr so selbstverständlich wie sonst mit Louise reden, wenn Arvid danebensitzt. Muss das so sein, wenn einem zwei Menschen auf unterschiedliche Weise nahe sind? Das ist irritierend. Wenn Louise und sie sich mit irgendwelchen anderen Leuten unterhalten, ist es überhaupt kein Problem. Genauso wenig hat sie Schwierigkeiten, sich mit Arvid im Beisein seiner Freunde zu unterhalten. Da gibt es eine Klarheit, die sich einfach nicht einfinden will, wenn sie mit Louise und Arvid gleichzeitig zusammen ist. Und das beunruhigt sie. Sie will sich nicht entscheiden müssen.

Ein paar Wochen lang vollbringt sie einen ständigen Balanceakt, aber irgendwann muss sie es ansprechen. Louise und sie konnten schließlich immer über alles reden.

Es ist Nachmittag. Sie sitzen auf Louises Bett, jeder an einem Bettende, und Jessica versucht es Louise zu erklären. Aber Louise lacht nur.

»Ist mir schon aufgefallen«, sagt sie seelenruhig, »dass du Schwierigkeiten damit hast. Aber ich freue mich riesig für dich, kapierst du das nicht? Du und ich, das ist irgendwie … Wir sind auch zusammen, wenn wir nicht zusammen sind, falls du verstehst, was ich meine. Wir verlieren uns doch nicht, bloß weil eine von uns sich verknallt hat, oder?«

Jessica strahlt sie an. »Du bist die Beste«, sagt sie.

Louise schüttelt den Kopf. »Nicht ich. Du. Nicht alle denken an ihre Freundin, wenn ein Junge auftaucht. Ich werde mich daran erinnern, wenn ich meine Himbeere finde, versprochen!«

Carin steht in der Küche und brät Pfifferlinge. Der Duft von den Pilzen und dem Schweinefilet, das in der Pfanne brutzelt, zieht bis in Louises Zimmer. Louise seufzt und wirft einen ungeduldigen Blick auf den Flur.

»Ist das Essen bald fertig?«, ruft sie. »Ich habe einen Bärenhunger!«

»In ein paar Minuten!«, ruft Carin zurück.

Gleich darauf erweitert sich der Türspalt, und Carin steckt den Kopf zur Tür herein, die Wangen rosig von der Herdwärme. Sie streicht sich mit dem kleinen Finger eine blonde Strähne aus der Stirn und lächelt Jessica an.

»Magst du mitessen? Es ist genug für alle da!«

Normalerweise kann Jessica so einer Einladung nicht widerstehen. Sie liebt Carins herzhafte Gerichte, die so weit entfernt von Tofu, Quorn und Keimlingen sind wie nur was. Die Milch ist von echten Kühen und nicht aus Hafer oder Sojabohnen, und es kommt fast jeden Tag ein appetitlich und knusprig gebratener »Mitreisender« auf den Tisch. Nein, Carin ist keine Kannibalin, die Fahrgäste schlachtet, die mit ihr im gleichen Bus sitzen. Das ist Sivs Standardargument, wenn es um den Verzehr von toten Tieren geht: »Die Tiere sind unsere Mitreisenden. Wir sitzen alle im selben Boot im Universum. Man kann seine Mitreisenden doch nicht aufessen!« Aber heute ist Jessica fast schlecht von dem Bratenduft und sie hat überhaupt keinen Appetit.

»Nein danke«, sagt sie, »ich hab versprochen, nach Hause zu kommen.«

»Wie schade«, sagt Carin. »Dann eben ein andermal.«

Jessica nickt. Das fehlte noch, dass sie sich jetzt eine Magen-Darm-Grippe eingefangen hat, nachdem sie nach ihrer Erkältung gerade erst von den Toten auferstanden ist.

Kaum zu Hause angekommen, hat sie eine Heißhungerattacke und verschlingt zwei Portionen von dem von Siv zubereiteten Bulgur mit Sojahackfleisch und Jalapeño. So schlimm kann es dann ja wohl nicht sein. Vielleicht ist sie ja einen Schritt weiter in dem Reifungsprozess, von dem Siv fest überzeugt ist, dass auch Jessica ihn irgendwann durchlaufen wird.

»Eines Tages wirst auch du dich für eine moralisch vertretbare Ernährung entscheiden«, sagt sie immer. »Da bin ich ganz sicher. Irgendwann wirst du nichts mehr essen wollen, das in dir verwest.«

»Äpfel faulen auch«, pflegt Jessica darauf zu antworten.

Aber wer weiß, vielleicht hat Siv ja recht. Sie hat öfter recht, als es einem lieb ist.

Es ist Samstag. Jessica und Arvid verbringen den ganzen Nachmittag und Abend zusammen. Nach der Erkältung hatte Jessica sich noch lange schlapp gefühlt, und der Husten hatte sich hartnäckig gehalten, aber an diesem Tag fühlt sie sich zum ersten Mal wieder richtig gut. So gut, dass sie morgens sogar mit ihrem Spiegelbild einverstanden war. Arvid brauchte einem wegen seiner hustenden, blassen Freundin nicht länger leidzutun.

Anfangs schlendern sie etwas planlos durch die Einkaufspassage, weil draußen so ein eisiger Wind weht. Danach begleitet Jessica Arvid zum Fußballtraining und später nach Hause, wo sie unfreiwillig bei seiner Mutter am Kaffeetisch hängen bleibt, während er duscht. Das ist ihr unangenehm. Sie hat Arvids Mutter bisher immer nur kurz gegrüßt, ehe sie in Arvids Zimmer verschwunden sind.

Anfangs wirkt Anna Eskilsson noch ganz in Ordnung, auch wenn sie Jessica neugierig mustert, die ihre heiße Schokolade trinkt und ein Käsebrot isst. Aber kaum ist Arvid im Bad verschwunden, fängt sie an zu fragen.

»Bist du Siv Älvströms Tochter? Ich hab doch richtig mitbekommen, dass du Älvström heißt, oder?«

Jessica nickt.

»Ich habe mal den gleichen Kurs wie Siv besucht«, fährt Anna fort. »Sie ist schon sehr ... speziell.«

Jessica nickt wieder. Speziell zu sein ist kein Makel. Das ist keine Beleidigung. Sie würde ja zu gerne wissen, welchen Kurs Siv und Anna gemeinsam besucht haben, traut sich aber nicht zu fragen. Anna mustert sie forschend.

»Und du und Arvid, ihr seid jetzt ... wie sagt man ... zusammen?«

Jessica wird rot.

»Ja ... ich denke schon.«

Anna lacht abgehackt. Sie sieht sehr elegant aus, wie sie da sitzt, aufrecht, in ihren exklusiven Kleidern. Das dunkle Haar ist modisch geschnitten und sorgfältig zu kontrollierter Unordentlichkeit frisiert.

»Ich will dich nicht in Verlegenheit bringen«, sagt sie. »Aber es ist schon merkwürdig, wenn der eigene Sohn plötzlich ... na ja, Arvid ist unser Kleiner, und außerdem ... Oje, hört sich das sehr dumm an?«

Jessica antwortet nicht. Ein »Ja« wäre unverschämt und ein »Nein« lädt nur zu weiteren Ausführungen ein. Und Jessica findet keine dieser beiden Alternativen sonderlich verlockend.

Anna beugt sich vor. Ihre Augen haben einen merkwürdigen Blauton, fast mit einem Stich ins Violette. Vielleicht trägt sie ja gefärbte Linsen.

»Weißt du«, sagt sie, »ich habe keine Tochter. Wenn ich mit einem jungen Mädchen rede, dann eher wie mit einer Freundin.«

Jessica nickt. Sie fühlt sich nicht wohl in ihrer Haut. Wie lange will Arvid denn noch duschen? Jungs brauchen doch normalerweise nicht so lange. Aber wahrscheinlich sind erst ein paar Minuten vergangen.

Anna lacht unvermittelt. »Dabei bin ich ja eher deine Schwiegermutter!«, sagt sie verzückt. »Stell dir das mal vor!«

Jetzt hält Jessica es nicht länger aus. Sie steht auf.

»Danke für den Kakao und das Brot«, sagt sie. »Ich geh schon mal in Arvids Zimmer. Er ist ja sicher gleich fertig.«

Anna sieht enttäuscht aus, widerspricht aber nicht. »Ja, sicher, nichts zu danken, geh du nur ...« Sie blinzelt Jessica übertrieben verschwörerisch zu. »Das wird Arvid aber gar nicht gefallen, dass wir hier von Frau zu Frau miteinander reden, was meinst du?«

Louise wird platzen vor Lachen, wenn Jessica ihr von diesem Gespräch erzählt, und bei dem Gedanken daran verziehen sich Jessicas Mundwinkel ebenfalls.

»Kann schon sein«, sagt sie und läuft eilig über den Flur in Arvids Zimmer.

Dort ist es ziemlich unordentlich. Klamotten auf dem zerwühlten Bett und auf dem Fußboden, Schulbücher und Zeitschriften auf und um den Computertisch herum, ein schmuddeliger Fußball vor dem Kleiderschrank und jede Menge Poster von Fußballspielern an den Wänden. Eigentlich ein typisches Jungenzimmer für einen Elfjährigen.

Das Einzige, was sich von dem Durcheinander abhebt, ist das gepflegte Aquarium gegenüber vom Bett. In dem warmen Lichtschein herrscht absolute Harmonie. Ein Schwarm Neonfische und ein paar orangefarbene Schwertträger ziehen gemächlich ihre Bahn zwischen sanft wiegenden Wasserpflanzen. Ab und zu kommen ihnen aus der anderen Richtung einige Keilfleckenbärblinge entgegen. An der einen Schmalseite liegt ein marmorierter Panzerwels auf dem Boden und lässt es langsam angehen, während direkt unter der Oberfläche ein Schwarm knallbunter Guppys herumschwirrt. Arvid hat ihr die Namen bei ihrem letzten Besuch beigebracht. Davor hätte sie mit Müh und Not einen Goldfisch erkannt.

Der dunkelgraue Strickpulli, den Arvid auf dem Weg zum Fußballtraining und zurück getragen hat, liegt vor ihren Füßen auf dem Boden. Sie hebt ihn auf. Er ist wunderbar weich und duftet nach Arvid. In ihrem Bauch flattert ein ganzer Schwarm Schmetterlinge, als sie ihre Nase in die Wolle steckt. Nicht zu fassen, dass es so gekommen ist. Er und sie. Sie beide.

»Süß.«

Sie fährt herum und wird knallrot, als sie Arvid in der Tür stehen sieht. Er hat ein Handtuch um die Hüfte geschlungen und lächelt sie an. Nicht spöttisch, einfach nur herzlich und lieb. Sie lächelt verlegen zurück.

»Der duftet so gut«, sagt sie.

»Nicht so gut wie du«, sagt er.

Er macht die Tür hinter sich zu, geht zu ihr und legt die Arme um sie. Sein Körper dampft von der heißen Dusche noch nach, auf seiner Schulter glitzern ein paar Wassertropfen. Sie legt den Mund auf die glitzernden Punkte und bekommt nasse Lippen. Arvids Hände schieben sich unter ihr dunkelblaues Oberteil und streicheln zärtlich ihre nackte Haut. Dann seine suchenden Finger auf dem BH. Jessica wirft einen nervösen Blick zur Tür.

»Deine Mutter …«, flüstert sie.

Er nickt. »Ich weiß, sie ist entsetzlich neugierig … Würde mich nicht wundern, wenn sie vor der Tür steht und lauscht. Aber so dreist, dass sie ins Zimmer kommt, ist sie nicht, das versprech ich dir. Darf ich?«

Sie hebt die Arme über den Kopf und lässt sich das blaue Oberteil von ihm ausziehen. Er legt eine warme Hand auf ihre linke Brust und atmet schwer, als wäre nicht genug Sauerstoff im Zimmer. Jessicas Herz pocht heftig. Es ist unbeschreiblich, zu spüren, dass das für ihn genauso überwältigend ist.

»Du bist toll«, murmelt er. »So toll. Ich kann kaum glauben, dass es wahr ist …«

»Warum habt ihr ausgerechnet Samstagabend Fußballtraining?«, fragt sie, um ihn auf den Boden der Realität zurückzuholen.

»Wegen unserem Coach«, sagt Arvid. »Der hat Schichtdienst. Deswegen haben wir donnerstags Training, wenn er von der Frühschicht wiederkommt, und samstags vor seiner Nachtschicht. Jede zweite Woche im Wechsel. Das ist etwas nervig, aber er ist nun mal der Beste …«

»Ich glaube, ich liebe dich«, sagt Jessica. Es rutscht ihr einfach so heraus. Dabei ist sie stocknüchtern.

»Ich dich auch«, sagt Arvid. »Wie verrückt. Ich muss ständig an dich denken.«

Der Griff um ihre Brust wird fester.

»Wollen wir es nicht … noch mal machen? Es ist irgendwie so dumm gelaufen … beim letzten Mal. Es war viel zu schnell vorbei. Aber jetzt … Hast du Lust?«

Jessicas Blick wandert erneut zur Tür. »Kannst du abschließen?«

Arvid schüttelt den Kopf. »Es gibt keinen Schlüssel. Aber sie kommt garantiert nicht rein.«

Jessica schluckt. Sie will. Aber nicht hier und jetzt.

»Ich kann mich nicht richtig entspannen«, sagt sie unglücklich. »Ich werde das Gefühl nicht los, dass sie jeden Augenblick reinkommen kann … Tut mir leid…«

Arvid lächelt und küsst sie. »Das braucht dir nicht leidzutun … Es gibt nichts zu entschuldigen.«

Sie sieht ihn an. Gibt es tatsächlich solche Jungen?

»Okay«, sagt sie. »Jetzt weiß ich es.«

»Was?«

»Dass ich dich liebe.«

Er grinst. »Das ist es wert.«

Am nächsten Morgen ist ihr wieder schlecht.

Sie gibt das Frühstück von sich, das sie mühsam runtergewürgt hat, und legt sich noch mal ins Bett. Das ist mal wieder typisch! Kaum hat sie die hartnäckige Erkältung hinter sich und kaum läuft es mit Arvid richtig gut, spielt ihr Magen verrückt.

Nebenan absolviert Siv das »Oooooooong Naaamoooo«-Programm, während Jessica reglos im Bett liegt. Keine Musik. Kein

Evanescence. Ihr Körper fühlt sich fremd an. Aufgedunsen. So präsent.

Erst jetzt kommt ihr der Gedanke. Erst jetzt beginnt es zu arbeiten, rechnet sie nach. Wann hatte sie das letzte Mal ihre Tage? Sollten sie nicht schon da sein?

Sie lächelt. Nein, unmöglich. Das ist bloß ein blöder Zufall. Ihre Regel ist etwas verspätet und sie hat was Unverträgliches gegessen oder sich eine Darmgrippe eingefangen. Was sonst. Spätestens morgen ist der Blutfleck in der Unterhose, eigentlich kann sie jetzt schon eine Binde einlegen, sicherheitshalber. Kein Grund, sich Sorgen zu machen. Ihre Regel war doch immer unregelmäßig.

Jessica schaut zu dem MP3-Player auf dem Nachtschränkchen. Vielleicht sollte sie ihn anschmeißen und nicht weiter darüber nachdenken. Solche Gedanken machen nur kirre. Kirre und unruhig.

Was wäre, wenn?

Chemiestunde. Monica malt Moleküle an die Tafel, schreibt Formeln darunter und erklärt etwas. Die Klasse ist ungewöhnlich ruhig. Aber vielleicht hört Jessica sie auch einfach nicht. Sie hat in ihrem Chemiebuch den Filofax aufgeschlagen, blättert vor und zurück und versucht auszurechnen, wie lange es her ist. Mehr als eine Woche über die Zeit kann es doch eigentlich nicht sein? Was ist schon eine Woche! Allein die Tatsache, dass man auf seine Tage wartet, kann schon zu Verzögerung führen, hat sie irgendwo gelesen.

Wenn sie sich nur erinnern könnte, wann sie das letzte Mal ihre Regel hatte! An Louises Geburtstag am 28. August hat Carin sie zu einem Tag im Abenteuerbad eingeladen. Da hatte sie auf alle Fälle ihre Regel noch nicht. Und danach auch nicht, also muss es vorher gewesen sein. In dem Fall ist sie mehr als eine Woche überfällig. Wohl eher zwei Wochen … Das ist viel. Aber nicht besorgniserregend viel. Oder?

Die Regel geht bestimmt jeden Moment los. Heute Morgen hatte sie doch so einen aufgeblähten Bauch und sogar Schwierigkeiten, die Jeans zuzukriegen, das ist eigentlich immer so, wenn ihre Tage anstehen, also wird es wohl auch diesmal so sein. Die Übelkeit, die zwischendurch wie ein dumpfer Ton in ihrem Körper vibriert, muss von was anderem kommen. Übergeben musste sie sich nur das eine Mal gestern. Bestimmt hat sie irgendwas nicht vertragen oder eine Virusinfektion, die momentan kursiert. So was kann ein paar Tage andauern, ohne dass man sich richtig krank fühlt.

»Jessica?«

Jessica sieht verwirrt auf und begegnet Monicas Blick. »Ja?«

»Ich habe gefragt, ob du mir sagen kannst, was eine *Ionenverbindung* ist?«

Jessica denkt fieberhaft nach. Eigentlich weiß sie das, keine

Frage. Hat das nicht was mit Ladung zu tun oder wie war das noch gleich?

Monica kneift den Mund zusammen und wartet.

»Wenn du für den Rest der Stunde so freundlich wärst, deine Aufmerksamkeit nach vorne zu richten, kannst du mir ja vielleicht die nächste Frage beantworten«, sagt sie barsch.

Sie sieht sich in der Klasse um und gibt die Frage an Mette weiter.

Jessica beißt sich auf die Lippe und wendet sich wieder ihrem Kalender zu. Ehrlich gesagt gehen Ionen ihr grad am Arsch vorbei. Couldn't care less. Und wenn es noch mehr als zwei Wochen sind? Ihr fällt kein Ereignis ein, an dem sie es festmachen könnte. Es war eine ganz gewöhnliche Menstruation. Normalerweise erinnert man sich nur daran, wenn sie irgendwie ungelegen kommt.

In der Mittagspause erwartet Arvid sie schon unten bei den Spinden.

»Gehen wir zusammen essen?«

Sie nickt und sieht ihn unsicher an. Was würde er wohl sagen, wenn der schlimmste Fall einträfe? Sie mag sich seine Reaktion gar nicht vorstellen. Ganz davon abgesehen wird er nie etwas davon erfahren, weil es natürlich nicht so ist. Dass sie überhaupt einen Gedanken daran verschwendet! Meine Güte, sie sind fünfzehn und haben ein Mal Sex gehabt. Ein einziges Mal!

Es gibt Reis und Hackfleischsoße. Jessica nimmt viel Salat und isst ganz langsam. Es schmeckt ihr und ihr wird nicht schlecht. Arvid und Louise unterhalten sich über den neuen Sportlehrer, was Jessica nur recht ist. Sie hat nicht die geringste Lust, was zu sagen. Wenn etwas alle Gedanken mit Beschlag belegt, ist es extrem schwierig, über was anderes zu reden. Und über das, woran sie denkt, kann sie unmöglich sprechen. Darüber nachzudenken ist schon fast unmöglich.

Es gäbe natürlich eine ganz einfache Methode, der Unruhe und Grübelei ein Ende zu setzen. Ein Schwangerschaftstest. Dafür braucht man bei keinem Arzt vorzusprechen und sich irgendwas zurechtzustammeln. Die Tests gibt es rezeptfrei in der Apotheke. Niemand erfährt, dass man ihn macht, und hinterher kann man erleichtert aufatmen und so tun, als wäre nichts gewesen.

Aber in einer der Apotheken in der Nähe besteht die Gefahr, dass jemand sie erkennt. Womöglich trifft sie jemanden aus der Schule in der Kassenschlange, oder eine der Frauen, die dort arbeiten, war im gleichen Kurs wie Siv. So wie Arvids Mutter. Warum sollten Apothekerinnen kein Interesse an transzendentaler Meditation, vegetarischem Kochen, Färben von Wolle oder Yoga haben? Dummerweise weiß Jessica nicht mal, wonach genau sie suchen sollte. Und Fragen wecken Aufmerksamkeit. Damit ist ausgeschlossen, dass sie in eine der hiesigen Apotheken geht.

Arvid streicht über ihre Hand und sagt etwas.

Das bekannte Flattern im Bauch, wenn sich ihre Blicke begegnen, holt sie in die Wirklichkeit zurück. Was sind das nur für bescheuerte Gedanken, mit denen sie sich herumschlägt!

»Was?«

»Ich hab gesagt, dass du so still bist. Alles in Ordnung mit dir?«

Sie lacht. »Ja, klar, ich bin nur ein bisschen müde … Hab heute Nacht ganz seltsam geträumt.«

»Du sollst nicht seltsam träumen«, sagt er mit einem Lächeln. »Du sollst von mir träumen.«

»Das tu ich«, versichert Jessica ihm. »Auch.«

»Sehen wir uns heute Nachmittag?«, will Arvid wissen.

Jessica wirft Louise einen fragenden Blick zu, die mit den Schultern zuckt.

»Ist mir egal, ich muss lernen. Ich hab noch nicht mal mit Schwedisch angefangen.«

Ach ja. Morgen schreiben sie ja einen Schwedischtest!

»Mist, das hab ich komplett verdaddelt!«, sagt Jessica mit einem entschuldigenden Blick auf Arvid. »Da muss ich wohl auch noch lernen …«

»Dann komm ich einfach mit zu dir«, sagt er gut gelaunt, »und frag dich ab.«

Sie sieht ihn an. Das scheint sein Ernst zu sein.

Sie versucht sich die Wohnung vorzustellen, wie ein Fremder sie sehen muss. Die Sternenkarte auf dem Flur, die Bücher über Astrologie und den Weg zur inneren Kraft. Die Stapel der Esoterik-Zeitschrift *Für alle Fragen des Lebens* und die Stoffstreifen, Garne und Schnüre. Sivs Bett, das diagonal im Schlafzimmer steht, in einer harmonischen Linie mit dem Magnetfeld. Die indianischen Traumfänger in den Türrahmen, das Poster mit dem Elefantengott Ganesha an der Küchenwand, vielleicht ein aufgeschlagenes Exemplar von *Das Recht der Tiere* auf dem Küchentisch und all die Schnipsel mit hinduistischen Zitaten an der Kühlschranktür …

Es ist eine Weile her, dass Jessica außer Louise jemanden mit nach Hause gebracht hat, dass sie ihr Zuhause mit den Augen eines anderen betrachtet hat.

»Ich muss dich warnen …«, setzt sie an. »Meine Mutter ist etwas … speziell …«

»Cool. Leute wie alle anderen sind doch öde.«

»Okay, wenn du meinst, dass … Also, wenn du wirklich …«

Obwohl Arvid ihr mehrmals versichert, dass ihn so schnell nichts schockt, ist Jessica schlecht vor Aufregung, als sie mit dem Fahrstuhl in den vierten Stock fahren. Sie sucht nach dem Schlüsselbund, das am Boden ihrer Tasche klimpert.

Als sie den Schlüssel endlich zu fassen kriegt, fragt sie nervös: »Okay, bist du bereit?«

»Für deine Mutter?«

Jessica nickt.

»Schlimmer als meine kann sie nicht sein!«, sagt Arvid.

»Und ob. Dabei ist sie eigentlich ganz okay. Eben nur ein bisschen abgedreht.«

Jessica schließt die Wohnungstür auf, und gemeinsam betreten sie den Flur, der von der gigantischen Sternenkarte dominiert wird.

»Hallo!«, ruft Jessica und hofft inständig, dass Siv nicht mit irgendeiner Kräuter- oder Ölmaske oder in einem afrikanischen Tanzkleid auftaucht. Ihre neueste Entdeckung ist nämlich afrikanischer Tanz.

Fakt ist, dass Siv richtig normal aussieht, als sie mit einer gemütlichen, anthrazitfarbenen Yogahose und einem blassrosa Oberteil mit halblangen Ärmeln aus dem Wohnzimmer kommt. Sie hat ihre Zöpfe aufgemacht und die Haare gewaschen, sodass sie in wippenden Locken und glänzend über ihre Schultern fallen. Jessica atmet auf. Manchmal muss man eben Glück haben.

Siv holt Luft, um was zu sagen, bleibt aber stumm, als sie Arvid sieht.

»Das ist Arvid«, stellt Jessica ihn mit leicht warnendem Unterton vor.

Siv streckt die Hand aus. »Hallo, herzlich willkommen. Freut mich, dich endlich kennenzulernen!«

»Ebenso«, sagt Arvid.

»Er will mir bei Schwedisch helfen«, erklärt Jessica. »Für den Test morgen.«

»Super«, sagt Siv statt eines provozierenden »Ja, klar!«, das Jessica erwartet hätte. Siv kann sich benehmen, wenn es sein muss.

Damit der sensationelle Erfolg ein Erfolg bleibt, steuert Jessica direkt ihr Zimmer an.

»Komm!«, sagt sie zu Arvid.

Der zieht seine Sneakers aus und geht hinter ihr her. Er bei ihr zu Hause – das ist schon merkwürdig. Er in ihrem ganz privaten Bereich. Jessicas Zimmer ist wie ein Teil von ihr. Die Luft ist angefüllt von ihren geheimsten Gedanken und ihr Bettzeug riecht nach ihr. Im Regal stehen ihre Lieblings-CDs und ihre Lieblingsbücher, auf dem kleinen Bord über der Nachttischlampe sitzt Rufus und verrät, dass sie auch mal ein kleines Mädchen war, das nicht ohne Teddy einschlafen konnte. Und in diesem Zimmer steht jetzt Arvid und sieht sich um.

»Gemütlich«, sagt er.

Siv klopft an, ausnahmsweise, ohne gleich darauf die Tür zu öffnen und reinzugucken.

»Ich mach was zu essen«, ruft sie durch die geschlossene Tür. »Isst du mit uns, Arvid?«

»Mama ist Veganerin«, warnt Jessica ihn schnell.

»Kein Problem«, antwortet Arvid. »Ich hab nichts gegen veganes Essen.«

»Sehr sympathisch«, sagt Siv vor der Tür. »Krall dir den Typen, Jessi!«

Jessica stöhnt innerlich auf. Natürlich muss es am Ende doch noch peinlich werden. Aber es hätte schlimmer kommen können. Und Arvid sieht nicht sonderlich verlegen aus. Eher ein bisschen stolz. Am liebsten würde Jessica zu ihm gehen und ihn in den Arm nehmen, aber sie kriegt nicht den richtigen Dreh. Stattdessen setzt sie sich auf die Bettkante.

Arvid setzt sich neben sie. »Kuscheln wir ein bisschen vorm Schwedischpauken und Sprossenfassen?«

Jessica lacht und haucht ihm einen Kuss auf die Wange. »Klingt gut …«

Gleich darauf liegen sie eng aneinandergeschmiegt auf dem Bett. Jessicas Blut strömt dick und glühend heiß wie Lava durch ihre Adern. Das ist der Wahnsinn. Es ist so toll, kaum zu glauben, wie perfekt im Augenblick alles ist.

Als seine Hand ein paar Sekunden unmittelbar unter dem Nabel auf ihrem Bauch liegen bleibt, meldet sich die Unruhe zurück. Sie schiebt sie eilig beiseite.

Aber dann denkt sie, dass es nichts bringt, sich sinnlos verrückt zu machen. Soll sie doch froh sein, dass ihre Tage verspätet sind. So steht seinen Fingern auf dem Weg in ihren Slip nichts im Wege, wo es aus ganz anderen Gründen feucht und warm ist. Es pocht heiß unter seinen Fingerkuppen. Sie seufzt erwartungsvoll, als er seinen warmen Atem in das Haar in ihrer Halsbeuge bläst.

»Ich explodier gleich«, flüstert er. »Du machst mich völlig verrückt.«

Sie lächelt mit den Lippen an seiner Schläfe. »Du mich auch.«

»Glaubst du, das Essen ist sehr bald fertig …?«

Jessica schüttelt den Kopf. »Außerdem weiß Mama, was sich gehört … Mehr, als ich dachte.«

»Wenn ich in dich reindarf, kommt's mir wahrscheinlich auf der Stelle«, sagt Arvid verlegen. »Und das wäre ja vielleicht nicht so gut … Vielleicht sollten wir doch lieber warten, bis wir … du weißt schon …«

Jessicas Beine sind weich, als sie aufsteht und die untere Schreibtischschublade aufzieht, die kleine blau-weiße Profilverpackung unter dem Block hervorzieht und triumphierend in die Luft hält.

Arvid sieht sie verdutzt und mit roten Wangen an. »Oh …? Ich dachte, du wärst noch Jungfrau?«

Sie kommt lachend zurück ins Bett. »Bis neulich.«

Sie helfen sich gegenseitig mit dem Kondom, Jessica spürt ihren Puls bis in die letzte Faser des Körpers. Sie stellen sich ziemlich ungeschickt an. Aber mit Arvid macht das nichts. Dann lernen sie es eben gemeinsam.

Aber hinterher, als Arvid das Gummi abzieht und sein Sperma sicher darin gefangen ist, streicht wieder diese Unruhe durch ihren Körper.

Jetzt, denkt sie.

Jetzt wird's echt Zeit.

Nach einer weiteren Woche befindet Jessica sich im Auflösungszustand. Sie kann nachts nicht mehr schlafen und schleppt sich nur mit Mühe zur Schule. Arvid und Louise löchern sie inzwischen beide, was mit ihr los ist. Sie muss sich einen Schwangerschaftstest besorgen. Es gibt schließlich auch andere Gründe, wieso die Regel ausbleiben kann, aber sie muss den Test machen, um sicherzugehen. Sonst wird sie noch verrückt.

An einem herbstkalten Mittwochmorgen geht sie nicht in die Schule. Stattdessen fährt sie mit dem Fahrrad zum Bahnhof und sieht sich die Busfahrpläne an. Es darf nicht zu weit weg sein, damit sie es nach der Schule rechtzeitig nach Hause schafft, aber auch nicht zu nah, um nicht einem Bekannten in die Arme zu laufen.

Anderthalb Stunden später steht sie in der Hauptstraße eines Ortes, in den sie noch nie einen Fuß gesetzt hat. Jessica fragt eine ältere Frau mit weinrotem Mantel nach einer Apotheke. Sie ist nur ein paar Straßen entfernt, Jessica sieht gleich das grün-weiße Neonschild.

Es ist alles so unwirklich. Sie in einem fremden Ort, in einer fremden Apotheke, um ein völlig fremdes Produkt zu kaufen. Glücklicherweise bleibt es ihr erspart, nachzufragen. Dank der guten Ausschilderung an den Regalen entdeckt sie nach kurzer Suche den Abschnitt »Intim«. Neben Kondomen, Gleitmitteln, Cremes gegen Pilzinfektionen liegt auch eine längliche Schachtel, auf der *Clearblue Schwangerschaftstest* steht. Es gibt noch zwei weitere Marken. *Pregnafix* und *My Private Secret*. Alle ziemlich teuer. Gut, dass sie den ganzen Geldbeutel mitgenommen hat und nicht nur den Hundertkronenschein, den sie anfangs in die Hosentasche gesteckt hatte. Und welchen Test soll sie nun nehmen? Sie traut sich nicht, zu fragen. *Clearblue* liegt preislich zwischen den beiden anderen. Da kann man doch eigentlich nichts falsch machen.

Ihre Finger zittern, als sie die Packung aus dem Regal nimmt und damit zur Kasse geht. Während sie wartet, bis sie an der Reihe ist, hält sie die Packung so unauffällig wie möglich vor sich und legt sie eilig mit einem Hundertkronenschein auf den Tresen, wobei sie den Blickkontakt mit der weiß gekleideten Frau vermeidet.

Sollte die Frau im weißen Kittel trotzdem nachfragen, würde sie sagen, dass der Test für ihre Schwester ist. Das hat sie sich vorher zurechtgelegt. Aber die Frau fragt nicht. Sie scannt den Strichcode ein, nimmt den Schein, steckt die Schachtel in eine Tüte und reicht Jessica Quittung, Tüte und Wechselgeld über den Tresen. Eilig läuft sie aus der Apotheke, ohne sich zu bedanken oder zu verabschieden. Ihr Herz schlägt so heftig, dass es wehtut.

Sie hat es getan!

Endlich kann sie den Test machen, ihrer Unruhe ein Ende bereiten, ihre Nerven beruhigen, nachts wieder schlafen …

Sie muss über eine Stunde warten, bis der nächste Bus nach Hause fährt, aber was macht das schon? Sie ist trotzdem früh genug vor Schulschluss zurück. Jetzt gibt es nur noch zwei Dinge, um die sie sich kümmern muss. Erstens braucht sie eine glaubhafte Entschuldigung für Louise, wieso sie heute nicht in der Schule war, und zweitens muss sie die Apothekentüte so in der Tasche verstauen, dass Siv sie auf keinen Fall entdeckt. Als Jessica am Bahnhof aus dem Bus steigt, liegt die Tüte zwischen dem Taschenboden und dem verstärkenden zweiten Boden. So sieht man weder von außen was noch, wenn man in die Tasche reinguckt.

Sich eine Geschichte auszudenken, die Louise schluckt, ist schon bedeutend schwieriger. Jessica hat Louise noch nie angelogen. Sie weiß gar nicht so recht, wie man das macht. Alles, was ihr einfällt, klingt völlig unglaubwürdig. So zu tun, als wäre sie krank, würde einen besorgten Krankenbesuch nach der Schule provozieren. Und dann würde die Sache gleich auffliegen.

Sie steht da, das Handy in der Hand und den Daumen startbereit auf den Tasten, und weiß nicht, was sie schreiben soll. Sie ist so in Gedanken versunken, dass sie vor Schreck zusammenfährt, als das Handy in ihrer Hand plötzlich klingelt und vibriert. Unbekannte Nummer. Dann kann es jedenfalls nicht Louise sein. Nach kurzem Zögern drückt sie die grüne Taste.

»Hallo?«

»Hallo, Schatz, ich bin's«, antwortet Siv gestresst. »Ich muss Elenies Schicht übernehmen, es geht ihr sauschlecht. Im oberen Gefrierfach liegt Quorneintopf, den brauchst du nur …«

Vom Bahnhof hallt ein lautes Klingelsignal aus den Lautsprechern. Jessica kann grade noch rechtzeitig die Hand über den Hörer legen, bevor eine Frauenstimme ankündigt, dass gleich auf Gleis drei der Zug aus Stockholm einfährt. Siv unterbricht sich und ist ein paar Sekunden stumm.

»Hast du jetzt Unterricht?«, fragt sie. »Hat es nicht grad geklingelt? Machst du heute nicht früher Schluss, wie immer donnerstags?«

Jessica grinst. »Heute ist aber erst Mittwoch. Du bist ein bisschen verwirrt, Mama. Ich hab jetzt … Englisch. Bin so gegen drei zu Hause.«

»Ach Gott, ja, natürlich … Stell das Handy aus, bevor du in die Klasse gehst.«

»Ja, klar. Zumindest den Ton.«

»Oje! Notruf aus der Drei! Hillevi mal wieder. Bis später, Schatz! Küsschen!«

Sie wirft scheppernd den Hörer auf.

Allenthalben wird von der Vernachlässigung in den Alters- und Pflegeheimen berichtet, aber wenn es nach Siv ginge, bekäme jeder Hilfsbedürftige innerhalb von dreißig Sekunden die Hilfe, die er braucht. Sivs Kollegin Elenie nennt die Patienten in den winzigen Wohneinheiten hinter den Türen des langen Korridors nur »Fünf« oder »Drei«, Siv nennt sie grundsätzlich bei ihrem Namen, auch wenn sie zu Hause von ihnen erzählt. Hillevi, Birger, Mirja, Gunnel, Erik … Alle haben eine besondere Geschichte, sagt Siv. Manche tragen einen ganzen Roman, ein Lebensschicksal in sich, bei dem nur noch der Schluss aussteht. Bei einigen ein paar Kapitel, bei anderen vielleicht nur noch eine Seite. Jessica findet es schrecklich, wenn Siv das sagt, aber Siv findet die Vorstellung schön.

»Verstehst du nicht, ich habe die Möglichkeiten, ihnen ein glückliches Ende zu schreiben«, sagt sie. »Jeden Tag aufs Neue!«

»Das hängt ja wohl nicht nur von dir ab«, sagt Jessica dann. »Glücklich ist man nicht allein deswegen, weil jemand gleich angelaufen kommt, wenn einem der Hintern abgewischt werden muss.«

»Nein«, sagt Siv. »Das mag sein. Aber man wird garantiert unglücklich, wenn niemand kommt. Es ist schon beschämend genug, auf Hilfe angewiesen zu sein. Und noch beschämender, sie nicht zu bekommen.«

Jessica schaut auf die Bahnhofsuhr. Glück muss man haben.

Jessica geht zügig nach Hause. Sie hat das Gefühl, eine Bombe in ihrer Schultertasche zu transportieren. Jetzt muss sie nur noch die Bombe verstecken, ehe ihr jemand auf die Schliche kommt.

Als sie die Wohnungstür hinter sich zuzieht, schaut sie wieder auf die Uhr. Louise kommt frühestens in einer Stunde und fünfzehn Minuten.

Jessica nimmt die Apothekentüte mit der Schachtel aus dem Versteck. In der Schachtel liegt ein länglicher, weißer Stab, der ein wenig an einen Kugelschreiber erinnert. Mit einem kleinen Fenster auf der vorderen Seite. Nein, zwei Fenster. Ein kleines und ein größeres. Was muss man damit machen? Sie faltet den Beipackzettel auseinander. Da sind lauter Bilder und Anweisungen. Sie wirft einen nervösen Blick zur Tür und nimmt alles mit in ihr Zimmer. Die Verpackung mit dem Teststift versteckt sie bei den Kondomen unter dem Ringblock. Ganz hinten. Es gibt keinen Grund, wieso Siv dort nach etwas suchen sollte. Na ja, eigentlich ja schon, aber davon weiß Siv nichts.

Jessica legt sich aufs Bett und studiert den Beipackzettel: Man muss die Verschlusskappe abnehmen und auf den Stift pinkeln, ihn fünf Sekunden in den Strahl halten. Danach muss er zwei Minuten plan liegen. Ein Strich in dem kleinen Fenster bedeutet, dass der Test funktioniert, und ein zweiter Strich in dem größeren Fenster heißt, dass man nicht schwanger ist. Aber zwei Striche im großen Fenster, die wie ein Pluszeichen aussehen, bedeuten, dass man schwanger ist. Ein negatives Ergebnis kann in Einzelfällen fehlerhaft sein, steht da. Aber ein positives Ergebnis ist in jedem Fall korrekt. Im ersten Moment missversteht sie das mit positiv und negativ, bis ihr klar wird, dass »positiv« heißt, dass eine Schwangerschaft vorliegt.

Das Unwirklichkeitsgefühl ist wieder da. Das hier hat nichts mit ihr zu tun, das merkt man schon an der Sprache, an der Ausdrucksweise und der Wortwahl. Sie hat etwas gekauft, das eigentlich nicht für sie ist. Von der Packung lächelt ihr eine Frau mit unpersönlichem Reklamegesicht entgegen. Sie könnte genauso gut Mixer, Trainingsgeräte oder Zahnbleichungsmittel im Fernseh-Shop anbieten.

Sie faltet den Beipackzettel zusammen und steckt ihn in die Schachtel mit dem Teststift. Dann legt sie sich mit dem MP3-Player und den Kopfhörern im Ohr aufs Bett und hört in voller Lautstärke Evanescence. Es ist alles in Ordnung. Sie bildet sich das Ganze nur ein. Und jetzt hat sie auch noch eine Stange Geld für etwas aus dem Fenster geworfen, das sie gar nicht braucht, und einen Schultag verpasst. Jetzt reicht es aber!

Als Louise eine Stunde später atemlos in ihr Zimmer stürmt, schildert Jessica ihr überzeugend, wie schlecht ihr beim Aufstehen war. Und obwohl es bald wieder besser war, ist sie doch lieber zu Hause geblieben. Louise gibt sich damit zufrieden, sie hat ja mitbekommen, dass Jessica in letzter Zeit nicht gerade in Hochform ist. Bestimmt ein blöder Virus. Die Erklärung muss für alles taugen.

Sie kämpfen sich gemeinsam durch die Mathehausaufgabe, während Jessica versucht, das benommene Gefühl abzuschütteln.

Es ist alles in Ordnung.

Sie wiederholt die Worte im Stillen immer wieder, wie ein Mantra. Es ist alles in Ordnung.

Ong Namo Guru Dev Namo.

Der nächste Tag ist sehr seltsam. Sie geht in die Schule, sitzt die Stunden ab, isst Spaghetti mit Hackfleischsoße, redet mit Louise und knutscht ein bisschen mit Arvid, während ihr Bewusstsein die ganze Zeit in der unteren Schublade ihres Schreibtisches ist. Der Teststift, der dort liegt, und der zusammengefaltete Beipackzettel, die Bilder von dem Plus- und dem Minuszeichen gehen ihr keine Sekunde aus dem Kopf. Sie legen sich wie eine dünne Schicht über die Wirklichkeit, wie ein überbelichtetes Bild. Wieso hat sie den Test nicht gleich gemacht, damit sie es endlich abhaken kann?

Ihr Kopf summt wie ein Bienenschwarm. Das Schlafdefizit der letzten Tage macht sie völlig apathisch. In der zweitletzten Stunde döst sie einen Augenblick lang ein. Sie wirft einen Blick auf die Uhr und denkt, dass Siv jetzt nach Hause kommt und allein mit Jessicas Geheimnis in der Wohnung ist. Und sie sieht vor sich, wie der Teststift anschwillt und wächst und die Schublade sprengt und sich aus ihrem Zimmer herausdrängt, über den Flur, Siv entgegen, die sich gerade die Schuhe auszieht.

Jessica zuckt zusammen und ist wieder im Klassenzimmer, das sie für wenige Augenblicke verlassen hatte. Aber der Traum klebt an ihr. Sie muss den Test machen. Auch wenn er eigentlich gar nicht für sie gedacht ist, auch wenn es völlig unnötig ist, auch wenn das alles eine fixe Idee ist, die sich wie Kaugummi in ihren Hirnwindungen festgesetzt hat.

Arvid wartet unten bei den Spinden auf sie.

»Fabians Cousin gibt morgen eine Fete«, sagt er. »Fabian hat gefragt, ob er ein paar Kumpel mitbringen kann, und das geht in Ordnung. Kommst du mit? Ist bestimmt witzig. Der Cousin ist ein netter Typ. Er heißt Helmer.«

Mit Arvid auf eine Party gehen? Als seine Freundin? Jessicas Müdigkeit ist auf einen Schlag wie weggeblasen.

»Wo ist das?«, fragt sie.

»In der großen, weißen Villa gleich neben der Badestelle.«

»Helmer scheint ja ziemlich reich zu sein.«

»Sein Vater auf alle Fälle. Ihm gehört die Anwaltskanzlei, in der mein Alter arbeitet.«

»Aha. Klingt nicht schlecht.«

Arvid lacht. »Dann sag ich, dass wir kommen.«

Jessica nickt. Einen Augenblick lang denkt sie an Louise, aber sie kann ja wohl schlecht fragen, ob sie auch mitkommen darf. Das ist das erste Mal seit den Kindergeburtstagen im Kindergarten, dass Jessica ohne Louise zu einer Fete geht.

Arvid fasst ihr Haar im Nacken zu einem Zopf zusammen und zieht sie an sich.

»So viel steht fest, ich komme mit dem süßesten Mädchen des Abends.«

Sie küsst ihn flüchtig auf den Mund. »Ich staune immer wieder«, sagt sie.

»Worüber?«

»Über uns.«

Er nimmt sie in den Arm. Hüllt sie in seine Wärme ein. Jetzt darf nichts passieren, nichts darf das hier kaputt machen.

Nachmittags machen Louise und Jessica einen Abstecher ins Café Miranda. Sie trinken einen Latte und kommentieren die Leute, die vor den großen Fenstern vorbeigehen. Jessica erzählt Louise von der Fete.

»Geil«, sagt Louise. »Die Villa würde ich mir auch gern mal von innen angucken.«

»Ich fände es viel schöner, wenn du mitkommen könntest«, sagt Jessica.

Louise zieht die Schultern hoch. »Ach was. Das würde Mama

73

mir sowieso nicht erlauben. Sie ist immer noch sauer wegen der Sache bei Paula. In letzter Zeit ist sie echt launisch und regt sich wegen jeder Kleinigkeit auf.«

»Carin?«, fragt Jessica erstaunt.

Louise nickt. »Ich hab das Gefühl, Papa und sie streiten sich in letzter Zeit öfter als sonst. Irgendwie herrscht gerade eine ganz merkwürdige Stimmung bei uns zu Hause.«

Jessica sieht sie an. In Louises Blick liegt eine Verunsicherung und Traurigkeit, die man sonst gar nicht an ihr kennt.

»Warum hast du nichts davon erzählt?«, fragt sie.

Louise zuckt mit den Achseln. »Weiß ich nicht genau. Irgend-was liegt in der Luft. Es kann alles Mögliche sein. Vielleicht haben sie ja finanzielle Probleme oder so.«

Jessica weiß nicht, was sie sagen soll und ob es wirklich Grund zur Sorge gibt. Sie kann sich so schlecht konzentrieren, ihre Ge-danken zusammenhalten. In ihr nagt diese Unruhe, nagt und frisst sich fest. Nach einer Weile sagt sie, dass sie müde ist und nach Hause will, um zu schlafen.

Dass sie müde ist, stimmt sogar. Aber an Schlaf ist nicht zu den-ken.

Siv hat Gemüseburger gebraten, die stark nach Knoblauch rie-chen. Jessica wird schon übel, als sie die Wohnungstür aufmacht. Mehr als einen Bissen kriegt sie nicht runter.

Siv mustert sie mit mütterlich besorgtem Blick. »Bist du krank, mein Schatz?«

Jessica hat das Gefühl, jeden Moment in Tränen auszubrechen. Sie schluckt heftig und blinzelt. Räuspert sich. »Nein … Ich bin bloß müde, glaube ich …«

»Dann gehst du heute Abend am besten früh ins Bett. Musst du noch Hausaufgaben machen?«

Jessica schüttelt den Kopf, nicht ganz sicher, ob das stimmt. In letzter Zeit hat sie ziemlich den Überblick verloren, was die Hausaufgaben betrifft. Siv legt eine warme Hand auf Jessicas Arm, und Jessica wäre gern wieder das kleine Mädchen, das sich in Mamas Arm kuscheln und einfach weinen kann. Aber sie ist kein kleines Kind mehr. Sie ist fünfzehn und ganz allein mit ihrer Unruhe.

»Fast hätte ich's vergessen«, sagt Siv und steht auf. »Du hast eine Karte von John bekommen.«

Sie nimmt eine Postkarte von der Ablage und gibt sie Jessica. Der Kloß in ihrem Hals wird noch dicker, als sie die vertraute, geschwungene Handschrift sieht. Und wieder schluckt sie, energisch und irritiert.

»Was schreibt er?«, fragt Siv.

Jessica schneidet eine Grimasse. »Du willst mir doch wohl nicht erzählen, dass du sie nicht gelesen hast! Hältst du mich für blöd?«

Siv lächelt ertappt. »Entschuldige.«

Jessica liest die wenigen Zeilen, dass es sehr warm ist und es ihm den Umständen entsprechend gut geht, »ohne meine Prinzessin auf der anderen Seite der Erdkugel«. Prinzessin, das ist Jessica. Niemand außer John nennt sie so. Eigentlich ziemlich albern. Ein altes Märchen, von der Prinzessin und Long John Silver. Aber im Augenblick ist das Leben brutal wirklich, und der zwei Meter große John mit dem Silberhaar ist nicht da, er hat sich gegen sie entschieden. So ist es nun mal. Ganz davon abgesehen wäre sie mit ihrer Angst sowieso nicht zu ihm gegangen, selbst wenn er noch in der Vetegatan wohnen würde. In diesem speziellen Fall ist die Vetegatan ungefähr genauso weit weg wie Taiwan.

Wenig später liegt Jessica mit einer Tasse Kräutertee auf dem Nachttisch im Bett und hört Musik. Morgen macht sie den Test. Sie muss. Ihre Menstruation ist ausgeblieben. Und sie wird auch nicht mehr kommen, das muss sie endlich einsehen. Inzwischen ist es bald schon wieder Zeit für die nächste! Vielleicht gibt es ja eine ganz einfache Erklärung. Aber sie muss den Test machen. Das ist gar nicht weiter kompliziert. Man muss einfach auf den Stift pinkeln. Kinderleicht.

Sie muss es nur irgendwie schaffen, mit dem Stift aufs Klo zu gelangen, ohne von Siv erwischt zu werden. Er passt zwar in die Tasche vom Bademantel, aber man kann nie wissen. Lieber würde Jessica sich mit einer Heroinspritze erwischen lassen. Oder nein, wohl doch nicht. Aber so ungefähr.

Sie stellt den Radiowecker auf fünf Uhr, trinkt den Tee aus und dreht sich zur Wand. Schlafen. An die Fete morgen Abend denken. An Arvid denken. An was Schönes. Schlafen.

Die Nacht kommt Zentimeter um Zentimeter an sie herangekrochen. Möglicherweise nickt sie zwischendurch sogar kurz ein. Aber die meiste Zeit liegt sie wach und starrt in die Dunkelheit oder auf die kantigen Leuchtziffern vom Radiowecker. Sie hört ihren eigenen Herzschlag. Zumindest glaubt sie das. Aber vielleicht ist es auch der Puls, der in ihren Ohren rauscht. Ihr Bauch fühlt sich immer noch aufgebläht an. Oder bildet sie sich das nur ein? Die Brüste sind auch so empfindlich und größer als sonst, scheint es ihr.

Um vier Uhr hält sie es nicht länger aus.

Sie knipst die Leselampe an, geht zu ihrem Schreibtisch und nimmt die längliche Schachtel mit den blauen Druckbuchstaben heraus. *Clearblue.* Jessica zieht den hellgelben Frotteebademantel an. Die Schachtel schiebt sie unter die Matratze, den Stift steckt sie in die Tasche.

Ganz leise öffnet sie die Tür, bleibt stehen und lauscht. Sivs Atem im angrenzenden Zimmer geht gleichmäßig und schlafschwer. Jessica schleicht ins Badezimmer, die Hand fest um den Teststift geschlossen. Sie schaltet das Licht ein und schließt gründlich hinter sich ab. Das Neonlicht scheint ihr besonders grell und kalt. Sie knipst zusätzlich die Lampe überm Spiegel an, deren Licht etwas wärmer und freundlicher ist.

Sie zittert am ganzen Körper, als sie sich auf die Klobrille setzt, den Stift zwischen Daumen und Zeigefinger nimmt und ihn unter sich hält. Ihre Finger sind so steif und zittrig, dass ihr der Stift um ein Haar in die Schüssel gefallen wäre.

Fünf Sekunden.

Urin spritzt auf ihre Hand. Und wenn es jetzt nicht funktioniert, weil Urin auch auf die Fenster gespritzt ist? Sie hofft fast, dass es nicht funktioniert.

Der vorher weiße Saugstreifen ist deutlich rosa gefärbt, als sie den Stift vorzieht. Sie klappt den Klodeckel runter und legt den Stift auf den Waschbeckenrand.

Danach ist es still. So still, dass sie das Rauschen in ihrem Kopf hört.

Zwei Minuten. Jessica zählt die Sekunden.

Sie will weggucken, die Handtücher anstarren oder was auch immer, aber es geht nicht, ihre Augen gehorchen ihr nicht, sie kleben an den beiden kleinen Fenstern von dem weißen Plastikstift. In dem kleineren Fenster wird schnell ein deutlicher, blauer Strich sichtbar, der besagt, dass der Test funktioniert. Fast gleichzeitig erscheint das Zeichen in dem anderen Fenster. Zuerst blass und diffus, dann immer deutlicher. Eindeutig und außer Frage. Ehe sie bis vierzig gezählt hat, ist dort ein gnadenlos messerscharfes Pluszeichen zu erkennen.

Jessica kriegt kaum noch Luft. Auf dem Beipackzettel stand was von zwei Minuten. Vielleicht ist das Ergebnis vorher nicht eindeutig? Vielleicht verblasst der eine Streifen ja wieder?

Das Rauschen in ihrem Kopf wächst zu einem Donnern heran.

Sie weiß, dass sie sich selbst etwas vorzumachen versucht. Ihr ist klar, dass der Strich nicht wieder verschwinden wird. Und ihr ist klar, was sie schon vorher wusste, was ihr Körper längst begriffen hat und was das Gehirn nicht begreifen wollte.

Sie ist schwanger.

Es ist Freitag, vier Uhr morgens. Jessica ist fünfzehn Jahre alt. Sie hat ein einziges Mal in ihrem Leben ungeschützten Sex gehabt und sie ist schwanger.

Sie zieht sich mechanisch an, isst ein paar Löffel Müsli mit Hafermilch und geht zur Schule. Sie sieht sich selbst diese Dinge tun, sieht, wie blass und versteinert ihr Gesicht ist. Sie friert, hat eine Gänsehaut auf den Armen. Sie sieht alles, aber sie fühlt nichts. Als wäre der Mensch, den sie beobachtet, ihr bis vor Kurzem sehr nah gewesen, jetzt aber nicht mehr. Etwas hat von ihrem Körper Besitz ergriffen. In ihr hat sich ein Lebewesen eingenistet. Ein anderer Mensch. Jessica übergibt sich auf der Schultoilette.

Louise sieht sie fragend an, als sie wieder herauskommt.

»Wie sieht's aus? Ist dir immer noch schlecht?«

Jessica zieht die Schultern hoch. »Muss irgendein Virus sein.«

»Ausgerechnet jetzt, wo ihr doch heute Abend zu der Fete wolltet!«

Ach ja, die Fete. Die hatte sie ganz vergessen. Aber jetzt klammert sie sich daran wie an einen rettenden Strohhalm. Mit Arvid auf eine Fete gehen. Super. Das ist das Einzige, worüber sie sich heute Gedanken machen will. Eine geile Fete. Als Arvids Freundin.

»Wir gehen auf die Fete«, sagt Jessica. »Auf jeden Fall. Natürlich gehen wir. So schlecht ist mir auch wieder nicht.«

Als sie nachmittags nach Hause kommt, ist sie so müde, dass sie sich kaum noch auf den Beinen halten kann. Sie muss dringend schlafen, unbedingt. Siv ist noch nicht da. Jessica will ihr einen Zettel schreiben und auf den Küchentisch legen, dass sie spätestens um sechs Uhr geweckt werden will, aber das ist ihr schon zu viel. Sie torkelt in ihr Zimmer und sinkt wie eine Schlenkerpuppe aufs Bett. Und zum ersten Mal seit mindestens zwei Wochen schläft sie tief und traumlos.

Eine Stimme zieht sie an die Oberfläche. Sie hört sie wie durch Wasser, gedämpft und weit weg. Sie hat keine Ahnung, wie lange sie geschlafen hat, und es dauert eine Weile, ehe sie so wach ist, dass sie die Augen aufmachen kann.

Siv steht vor ihrem Bett und sieht sie an. »Schatz, alles in Ordnung? Du hast so tief geschlafen, dass ich es schon fast mit der Angst gekriegt habe.«

Jessica dreht den Kopf so weit, dass sie die Ziffern auf dem Radiowecker sehen kann. 19:23. Die Fete! Arvid! Sie schwingt sich so eilig aus dem Bett, dass ihr schwarz vor Augen wird. Siv muss sie festhalten, damit sie nicht umkippt.

»Jessica, Kind! Was ist los mit dir?«

Jessica macht sich los. Jetzt bloß keine warmen Hände und Arme. Nichts darf die Eisschicht zum Schmelzen bringen, die das lauernde Gefühlschaos in ihr einhüllt.

»Ich bin zu einer Fete eingeladen! In einer halben Stunde bin ich mit Arvid an der Bushaltestelle verabredet! Warum hast du mich nicht früher geweckt?!«

»Woher soll ich denn wissen, dass du was vorhast? Was ist bloß mit dir los, Jessi?«

Jessica weicht Sivs forschendem Blick aus.

»Ich habe es eilig!«, faucht sie und reißt die Schranktür auf.

Die Wahl fällt auf das gerade geschnittene, dunkelgrüne Kleid, dazu der breite schwarze Gürtel mit der silberfarbenen Schnalle und Nieten. Sie will nicht an den aufgeblähten Bauch erinnert werden, indem sie versucht, sich in ein Paar enge Jeans zu quetschen. Mit dem Gürtel lose über der Hüfte fühlt es sich fast an wie gewohnt. Vielleicht kann sie so vergessen, dass dort jemand eingezogen ist und ein Eigenleben führt. Sie wählt ein Paar schwarze Schuhe mit hohen Absätzen, ebenfalls mit Nieten, passend zum Gürtel. Man kann nicht so gut in ihnen gehen, aber was spielt das für eine Rolle? Das Kleid bedeckt den halben Oberschenkel. Normalerweise würde Jessica eine Leggins oder eine enge Hose darunterziehen. Aber heute geht sie mit nackten Beinen. Im Badezimmer malt sie sich schwarze Linien um die Augen und legt ordentlich Mascara auf und Sivs rostbraunen Lidschatten. Die Farbe passt eigentlich nicht zu ihren Augen, dafür umso besser zu den Klamotten und ihren Haaren.

Siv betrachtet Jessica skeptisch von der Küchentür, als die ihre Jacke und die grüne Tasche vom Garderobenhaken nimmt.

»Du siehst ein bisschen ordinär aus«, sagt sie. »Ist das Absicht? Mag Arvid, wenn du dich so auftakelst?«

Jessica hält ihr demonstrativ die Tasche ihn. »Steck schon ein paar Kondome rein! Das tust du doch sonst immer.«

Siv lächelt sie an. »Willst du damit sagen, dass du die, die ich letztes Mal reingetan hab, gebraucht hast?«

»Ja, vielleicht«, sagt Jessica. Und geht.

Als sie auf die Straße kommt, hört sie Siv vom Balkon rufen:

»Jessi! Fang!«

Jessica sieht nach oben. Das lange Haar weht Siv ins Gesicht, als sie sich über das Balkongeländer beugt und etwas herunterfallen lässt.

Zwei kleine, blau-weiße Profilverpackungen trudeln abwärts, werden von einem Windstoß erfasst und landen im Gebüsch an der Hauswand. Jessica hebt sie auf und steckt sie in die Tasche. Sie fühlt das aufgerollte Gummi durch die Plastikverpackung. Da melden sich schon wieder die Tränen. Sie zwinkert und schluckt, schluckt und zwinkert, aber sie lassen sich nicht aufhalten. Ehe sie um die nächste Ecke in die Storgatan biegt, muss sie stehen bleiben, den kleinen Taschenspiegel und den Kajalstift aus der Tasche kramen und das schlimmste Dilemma reparieren. Sie wischt die grauschwarzen Streifen von den Wangen und erneuert die Farbe um die Augen. Zum Glück ist das meiste noch da, wo es sein soll.

Arvid sieht sie staunend an. »Wow … Toll siehst du aus. Aber nicht wie sonst.«

»Muss ich das?«, fragt sie.

Er schüttelt den Kopf. »Absolut nicht. Du siehst super aus. Wir haben den Bus verpasst, er ist grade abgefahren. Ist aber bestimmt kein Unglück, wenn wir eine Viertelstunde später kommen. Vornehme Leute machen das grundsätzlich.« Er grinst.

Jessica erwidert seinen Blick, ohne zu lächeln. Wie soll es jetzt werden? Was wird passieren? Ihr Leben war gerade so perfekt. Und sie der glücklichste Mensch auf der Welt. Arvid mag sie, er hatte ihr gezeigt, dass er sie wirklich mag. Er hat sogar gesagt, dass er sie liebt. Sogar das. Wie sollte es jetzt weitergehen?

»Was ist?«, fragt er.

»Gar nichts«, antwortet sie hastig. »Ich hab dich nur angeguckt. Deine Haare sehen gut aus so.«

Sie sind zerwuselt, wie bei Paulas Fete, aber seitdem sind sie gewachsen und sehen noch weicher aus. Er trägt einen dünnen schwarzen, eng anliegenden Pulli ohne Aufdruck und eine gerade geschnittene Jacke, die sie noch nicht kennt. Khakigrüne Hose. Schwarz und grün. Sie passen zusammen. Alles könnte, wie gesagt, vollkommen perfekt sein.

Als sie gut zwanzig Minuten später am Badeplatz aus dem Bus steigen, ist es stockdunkel und es zieht kalt vom Wasser rauf. Die feuchte Luft legt sich auf ihre Gesichter und Jessicas nackte Beine. In der Villa sind alle Fenster hell erleuchtet.

Jessica greift nach Arvids Hand, als sie von der Straße auf die breite Kieseinfahrt abbiegen. Diesen Abend will sie sich durch nichts verderben lassen! Als Erstes wird sie was trinken, wenn es Alkohol gibt, um in Partylaune zu kommen und alles andere in einen wohltuenden Nebel zu verbannen.

Es gibt Alkohol. Keinen polnischen Schmuggelwodka wie bei Paula, sondern Bacardi und Absolut. Und Red Bull, Grape und Coca-Cola zum Mischen. Zitronenscheiben, einen großen Eimer mit Cruncheis und richtige Gläser. Sogar Bowle gibt es in einer riesigen Schale, mit Eiswürfeln und Fruchtstückchen.

Helmer ist groß, braunhaarig und älter, als Jessica dachte. Bestimmt über zwanzig. Er sieht erwachsen aus in der hellen Anzugjacke und der schwarzen Hose. Nach einem kurzen, fragenden Blick erkennt er Arvid wieder und reicht ihm die Hand.

»Willkommen! Trinkt, chillt und lasst es euch gut gehen! Später gibt's auch noch einen Happen zu essen. Fabian ist irgendwo da drinnen, seht euch einfach um.«

Die Räume sind hoch. Der Tisch mit den Getränken steht vor der Tür, die ins gepackt volle Wohnzimmer führt. Die meisten Leute sind älter als Arvid und Jessica.

»Ich komm mir ein bisschen fehl am Platz vor«, flüstert sie in Arvids Ohr.

»Quatsch«, sagt er. »Jetzt holen wir uns erst mal was zu trinken und dann gucken wir uns ein bisschen um. Was es wohl zu essen gibt? Was glaubst du? Solche Winzbrote oder so?«

Jessica kichert.

»Sandwiches und Kanapees«, sagt sie. »Was weiß ich. Pizza wohl kaum.«

Die Antwort bekommen sie eine gute halbe Stunde später, als zwei Cateringtypen mit einer großen Platte Sushi, Knoblauchbrot und spanischen Tapas auftauchen. Das sieht köstlich aus. Dazu Schüsseln mit allen möglichen Schalentieren und Meeresfrüchten, kleine Omelettestückchen und diverse Aufstriche.

Jessica hat inzwischen einige Gläser Bacardi mit Cola und Zitrone getrunken, und da sie seit dem Mittagessen in der Schule nichts mehr gegessen hat und da auch nicht besonders viel, schnurrt der Alkohol bereits wie eine Katze durch ihre Adern. Nichts kann ihr mehr was anhaben.

Fabian kommentiert das Buffet. »Sushi ist ekelig. Toter Fisch. Uäh!«

»Magst du ihn lieber lebend?«, fragt Jessica kichernd.

»Wenigstens gebraten sollte er sein«, sagt Fabian.

»Dann ist er ja noch toter!«, sagt Arvid und schnappt sich eine der Reisrollen in Algenverpackung. »Sushi schmeckt saulecker!«

»*Sau*, genau. Ich steh mehr auf Tapas!«

Jessica probiert von allem etwas. Sie hat plötzlich einen Riesenhunger und es sind so viele spannende Sachen da. Manches ist so scharf, dass es einem die Schleimhäute verätzt, anderes ganz mild. Zum Beispiel der Eiersalat mit Mayonnaise und Kartoffeln oder die Fleischklößchen in Tomatensoße. »Albóndigas«, erklärt Fabian. Jessica ist egal, wie das Zeug heißt. Sie isst einfach. Sushi mit höllisch scharfem Ingwer und Sojasoße mischen sich in ihrem Bauch mit Garnelen in feuerroter Knoblauchsoße. Ihr schmeckt alles, auch wenn die Schärfe ihr zwischendurch die Tränen in die Augen treibt. Zum Essen gibt es Sake in kleinen Keramikschälchen und Rioja in dünnen, langstieligen Weingläsern.

Als sich der Andrang um das Buffet lichtet, ruft Helmer, dass die Tanzfläche eröffnet ist, und die Musik, die bis jetzt leise im Hintergrund gedudelt hat, dröhnt plötzlich dumpf aus den Lautsprechern.

Jessica spült zum Nachtisch ein Glas Bacardi mit Eis hinunter, bevor sie mit Arvid tanzt. Das ist irre, der Raum pulst. Sie trinken mehr Bacardi, sie wusste ja gar nicht, dass Rum so gut schmeckt, fast süß, wenn man erst mal ein paar Gläser gehabt hat. Auf dieser Fete scheinen alle zu tanzen, jeder tanzt, wie er will, sie kann alles loslassen, yes, gleich hebt das Dach der weißen Villa ab.

An viel mehr kann sie sich hinterher nicht erinnern.

Doch, an die Übelkeit und die türkisfarbenen Wände in der Toilette erinnert sie sich. Das schwere Gefühl, als sie auf dem gefliesten Boden liegt und sich nicht mehr aufrichten kann, und an all die Buffetleckereien, die aus ihr herausschießen. Das Brennen im Hals und in der Nase, der bohrende Schmerz und die Krämpfe im Unterleib. Ha, jetzt kotzt sie das Kind aus, jetzt kommt es raus, dieses Wesen, das sich ungefragt in ihr eingenistet hat!

Sie kann sich nicht rühren, sie heult und das Erbrochene landet auf dem Fußboden statt in der Kloschüssel. Nichts in ihr kann das überleben, die Frage ist nur, ob sie selber das lebend übersteht.

»Ich begreif das nicht«, sagt Siv. »Ich begreif nicht, wie du das tun konntest! Okay, als Mutter muss man wohl damit rechnen, seine Tochter in Alkohol mariniert zu Hause abgeliefert zu bekommen … Aber ich hab dir immer vertraut, Jessi! Und du hast dieses Vertrauen nie missbraucht. Was ist passiert?«

Jessica liegt auf der Seite in ihrem Bett, das Gesicht zur Wand. Siv sitzt hinter ihr auf der Bettkante. Ab und zu legt sie eine warme Hand auf ihre Schulter und Jessica zuckt zusammen und verkrampft sich. Fass mich nicht an, sagt ihr Körper. Fass mich nicht an, sonst zerfalle ich in tausend Scherben.

»Hast du Liebeskummer?«

»Lass mich schlafen«, sagt Jessica.

»Du hast die letzten anderthalb Tage verschlafen. Jetzt wird es Zeit, dass du dich umdrehst und mir eine plausible Erklärung gibst. Du hättest sterben können, Jessica!«

Jessica kneift die Augen zu, schottet sich ab, verkriecht sich nach innen.

Siv erhebt sich mit einem Seufzer. »Okay, dann schlaf noch eine Stunde. Ich weck dich. Arvid hat übrigens angerufen. Willst du nicht mit ihm reden?«

Jessica antwortet nicht. Sivs Stimme hat plötzlich einen neuen Unterton. »Bist du sauer auf ihn? Hat er dir was getan?«

Jessica kann nicht zulassen, dass Siv schlecht über Arvid denkt. Obwohl sie sich bleischwer fühlt und jeder Muskel protestierend aufschreit, dreht sie den Kopf.

»Arvid hat nichts getan«, sagt sie. »Kann ich jetzt schlafen?«

»Und was soll ich Lollo sagen? Sie ruft alle fünf Minuten an.«

»Dass ich schlafe.«

»Jessi, bitte ...«

Jessica macht die Augen wieder zu. Nichts auf der Welt bringt sie jetzt noch dazu, sie aufzumachen. Sivs Gezeter hat sie völlig erschöpft.

Nach ein paar Tagen fängt Siv an, von Ärzten und Antidepressiva zu reden. Wenn sie als überzeugte Gegnerin aller chemischen Medikamente von Glückspillen anfängt, ist sie ernsthaft besorgt.

Jessica liegt noch immer im Bett. Sie steht nur auf, um zur Toilette zu gehen und zwischendurch ein Glas Hafermilch zu trinken, mehr nicht. Sie denkt an nichts. Kann die Augen nicht offen halten. Will einfach nur schlafen. Sivs Androhung, sie zur Notfallambulanz zu schleppen, erreicht sie wie ein fernes Echo, ohne Effekt. Nächte und Tage fließen ineinander. Vor dem Fenster ist November. Der Unterschied zwischen Hell und Dunkel ist kaum zu erkennen und in Jessicas Zimmer sind die Jalousien sowieso runtergezogen.

Siv stellt ihr eine Duftkerze ins Zimmer und bringt ihr abgekochtes Johanniskrautkonzentrat. Sie sagt kaum noch was, aber eines Morgens bricht es plötzlich aus ihr heraus: »Ich wünschte, John wäre zu Hause.«

Seit dem Fest in der weißen Villa sind sechs Tage vergangen. Die Worte dringen durch den Nebel, und Jessica versteht, dass Siv kurz vorm Zusammenbruch ist, wahrscheinlich ist sie genauso ratlos wie sie selbst. Jessica versteht auch, dass das Schweigen ein Ende haben muss, weil sie vor dem, was mit ihr passiert, nicht weglaufen kann. Davor kann sie sich nicht verstecken und schützen, weil es in ihr selbst ist und mit jedem Tag, der vergeht, wächst und größer wird. Ihre Gedanken bewegen sich träge durch ihre Hirnwindungen, aber zumindest rühren sie sich. Jessica dreht sich in Zeitlupe im Bett um und sieht Siv an.

»Sag Lollo, dass sie herkommen soll«, sagt sie.

Siv sieht sie ein paar Sekunden in stummer Verdutztheit an. Dann nickt sie eilig. »Ich rufe sie an. Jetzt. Auf der Stelle.«

Jessica dreht sich wieder zur Wand, um ihre Kräfte zu sammeln und zu versuchen, an die Oberfläche zu gelangen. Siv ist in Ordnung, denkt sie. Sie ist komplett verrückt mit ihrem ganzen Hokuspokus, aber sie würde niemals Jessicas Entscheidung infrage stellen, mit Louise statt mit ihr reden zu wollen. Jessica ist ihr dafür sehr dankbar, auch wenn sie es nicht sagen kann.

Nach weniger als einer Viertelstunde klingelt Louise an der Tür. Sie muss aus dem Haus gestürzt und auf dem Fahrrad hergeflogen sein.

Jessica hat es gerade mal ins Bad geschafft und sich das fettige Haar gekämmt. Sie ist auf dem Weg zurück in ihr Zimmer, als Siv Louise hereinbittet, mit roten Wangen und völlig außer Puste. Jessica nickt kurz in Richtung ihrer Zimmertür und Louise folgt ihr wortlos. Die Luft hinter den heruntergelassenen Rollgardinen ist warm und feucht. Es riecht nach abgestandener Angst.

»Mein Gott, Jessi«, sagt Louise leise und lässt sich aufs Bett fallen, wo Jessica sich am Fußende zurechtgesetzt hat. Sie wartet stumm. Jessica sieht sie an. Sie weiß, dass sie es sagen muss. Es wird so oder so rauskommen und da will sie Louise an ihrer Seite haben.

»Ich krieg ein Kind«, sagt sie.

Diesen Satz hat sie noch nicht einmal für sich ausgesprochen. Sie zuckt fast zusammen, als sie sich das sagen hört. »Ich krieg ein Kind« ist viel konkreter und deutlicher als »Ich bin schwanger«.

Louise sieht Jessica für ein paar Sekunden mit einem komplett leeren Gesichtsausdruck an, während sie die Botschaft zu begreifen versucht. Es folgt ein kurzes Lächeln und ein leichtes Zucken in den Mundwinkeln. »Das ist ein Scherz, oder?«

Jessica schüttelt den Kopf. »Ich habe einen Test gemacht. Ich bin schwanger.«

»Kann der nicht falsch sein?«

»Nein.«

»Scheiße!«

»Ja.«

Louises graubraune Augen mustern sie eingehend, als würden sie nach einem Zeichen suchen, dass Jessica sie auf den Arm nimmt.

»Und was willst du jetzt machen?«, fragt sie schließlich.

»Das weiß ich nicht.«

»Arvid?«

»Er weiß nichts davon.«

»Aber es ist von ihm?«

»Ja, verdammt, was glaubst du denn!«

Louise wedelt abwehrend mit der Hand. »Tut mir leid. Ich bin einfach ein bisschen ... geschockt.«

»Was glaubst du, wie's mir geht?«

Louise sieht sie noch ein paar Sekunden an. Dann krabbelt sie an Jessicas Seite und nimmt sie in den Arm. Jessica hebt mühsam die Arme und erwidert die Umarmung. Das Weinen kämpft sich schon wieder an die Oberfläche, aber sie kann es unterdrücken. Sie hat das Gefühl, zu zerbrechen, wenn sie jetzt den Tränen freien Lauf lässt.

»Wie lange ...«, setzt Louise an. »Also, ich meine ... wann bist du ...«

»Bei Paulas Fete. Ganz sicher.«

»Echt? Beim allerersten Mal?«

»Beim zweiten Mal haben wir ein Kondom benutzt.«

»Aber ... Paulas Fete ... Das ist doch schon ein paar Wochen her! Einen Monat ... Nein, mehr ... Fast zwei!«

»Glaubst du, das weiß ich nicht?«

»Doch ... doch, klar. Warum hast du nicht eher was gesagt? Du kannst nicht länger warten! Je länger man wartet, umso schwieriger wird die Abtreibung! Nach einer bestimmten Zeit braucht man sogar eine besondere Genehmigung.«

Jessica legt die Hand auf ihren Bauch, als stünde schon jemand mit dem Absauger bereit. So weit hat sie noch gar nicht gedacht, und sie will auch nicht daran denken, selbst wenn sie weiß, dass Louise recht hat, dass es nur schwieriger wird, je mehr Zeit verstreicht.

»Ich werde es Mama sagen«, sagt sie. »Aber vorher wollte ich mit dir reden.«

Louise streckt den Arm aus und streicht mit den Fingerspitzen über Jessicas Bauch.

»Die Vorstellung, dass da drinnen ein Baby ist ... Wahnsinnig ... Unglaublich!«

Jessica schnauft. »Baby! Ein Zellklumpen ist das, mehr nicht!«

Louise schüttelt den Kopf. »Ist es nicht! Nicht nach so langer Zeit. Da ist es ein Minimensch mit Schwanz. Wir haben zu Hause einen Bildband. Man erkennt das Baby schon nach wenigen Wochen, es sieht aus wie eine kleine Kaulquappe mit Babygesicht und winzigen Händen und Füßen!«

Jessica schüttelt sich. »Sei still!«

Louise verstummt. »Entschuldigung. Das Buch liegt nur lustigerweise grad bei uns auf dem Wohnzimmertisch, deswegen habe ich gestern darin rumgeblättert. Schon seltsam, oder?«

Jessica zuckt mit den Schultern. Da ist Louise wie Siv, sie sieht in jedem zufälligen Ereignis eine versteckte Botschaft.

»Bringen wir es so schnell wie möglich hinter uns«, sagt Jessica. »Was?«

»Es Mama zu erzählen. Solange du noch da bist.«

Louise reißt die Augen auf, wie immer, wenn was Aufregendes bevorsteht.

»Okay ...«

Kurz darauf sitzt Siv ebenfalls auf dem Bett, den besorgten Blick fragend auf Jessica geheftet, die mehrmals tief einatmen muss, ehe sie die Worte noch einmal über die Lippen bringt. Sie starrt auf ihre Hände, als sie es sagt. Danach ist es so unerträglich still im Zimmer, dass sie nicht anders kann, als den Blick zu heben. Siv sitzt stumm vor ihr, als müsse sie den Inhalt der Worte erst einmal verdauen.

»Jesus Christus«, sagt sie dann. »Jesus Christus und alle Teufel in der Hölle … Warum hast du bloß nichts gesagt? Ist das alles? Und ich hab mir sonst was für Katastrophen ausgemalt!«

Jessica wechselt einen hastigen Blick mit Louise. Hat Siv jetzt das bisschen Verstand verloren, das sie noch hatte?

»Zum Beispiel?«, fragt sie. »Was könnte noch schlimmer sein?«

Siv breitet die Arme aus. »Meine Güte, dass du vergewaltigt worden bist, psychisch krank, drogensüchtig, für den Rest deines Lebens traumatisiert, weil du seit Ewigkeiten gemobbt wirst! Du ahnst ja nicht, was für Horrorszenarien mir in den letzten Tagen durch den Kopf gegangen sind. Eine ungewollte Schwangerschaft ist kein Weltuntergang, oder? So was passiert ständig! Natürlich ist das ärgerlich und anstrengend, das verstehe ich ja … Aber das ist ein Routineeingriff und schnell erledigt. Weiß Arvid davon?«

»Natürlich weiß er es nicht!«, ruft Jessica entsetzt.

»Was heißt hier natürlich!«, platzt Siv heraus. »Das ist doch genauso seine Verantwortung!«

»Wenn du was sagst, verzeih ich dir das nie!«, sagt Jessica. »Hast du verstanden?«

Siv legt die Hände vors Gesicht. »Gütiger Gott …« Sie nimmt die Hände weg und sieht Jessica mit blanken Augen an. »Ich hab mir solche verdammten Sorgen gemacht!«, sagt sie und schlingt die Arme um Jessica, die sich nicht wehren kann.

Sivs Duft, die Wärme ihres Körpers und die Erleichterung, nicht mehr alleine damit zu sein, sind einfach zu viel. Der Tränenfluss durchbricht alle Schleusen und lässt sich nicht mehr aufhalten.

Jessica wird von Schluchzern geschüttelt, sie kriegt kaum noch Luft, ihr ganzer Körper bebt und Siv wiegt sie in ihren Armen wie ein kleines Kind.

»Mein Schatz«, sagt sie tröstend. »Meine kleine Jessica. Hättest du doch nur eher was gesagt ... Was hast du denn geglaubt, was passieren würde? Was hast du für ein Bild von mir, mein Dummerchen?«

Ein Kichern findet einen Weg durch das Schluchzen.

»Jedenfalls nicht, dass du erleichtert sein würdest!«, schnieft sie und hört Louises Lachen.

Nacht. Jessica liegt auf ihrem Bett und starrt in die Dunkelheit. Ihre rechte Hand liegt unmittelbar unter dem Nabel, auf der warmen, nackten Haut ihres Bauches.

Ein kleines Minibaby mit Händen und Füßen. Sie hat es gesagt, und jetzt, wo alles in Gang gekommen ist, hat sie endlich Platz, darüber nachzudenken.

Bis jetzt hat sie jeden Gedanken daran unterdrückt. Auch an eine Abtreibung. Seit dem Pluszeichen auf dem Teststift ist die Zeit stehen geblieben. Alle Gedanken sind in einer Sackgasse gelandet.

Sie würde jetzt gern den Bildband angucken, von dem Louise erzählt hat. Um zu sehen, wie das kleine Wesen aussieht, das sich in ihr eingenistet hat. Ein Kind. Ein kleiner Mensch, zur Hälfte sie und zur Hälfte Arvid und trotzdem etwas ganz Eigenes. Ganz es selbst.

Die Frau, bei der sie einen Termin bekommen haben, hat rote Wangen und ist etwas mollig. Sie sieht aus, als wäre sie um die fünfzig, und ihr Handschlag ist überraschend kräftig und warm, aber Jessica ist zu aufgeregt und bekommt nichts mit. Ein bisschen später liest sie den Namen noch einmal auf dem Namensschild an ihrem Kittel: *Lena Moberg, Hebamme.*

Sie sitzen auf blau bezogenen Stühlen in einem kleinen Untersuchungsraum. Jessica und Siv nebeneinander, Lena ihnen gegenüber.

Siv ist übertrieben redselig. Jessica ist nicht sicher, ob das ein Versuch ist, ihr die unangenehme Situation erträglicher zu machen. Wie auch immer, es ist Jessica ziemlich peinlich. Als ob es nicht so schon peinlich genug wäre. Jessica weiß nicht, wohin mit den Händen oder wo sie hingucken soll.

»Da redet man sich den Mund fusselig über Verhütung und Schutz«, sagt Siv mit einem Lachen. »Na ja, man kennt das ja von sich selbst. Manchmal kommt es, wie es kommt!«

Lena lächelt Siv freundlich an und nickt, aber wenn sie etwas sagt, wendet sie sich meistens direkt an Jessica. Sie hat graugrüne Augen und das leicht gewellte Haar sieht unnatürlich blond aus. Dafür ist ihr Lächeln umso echter.

»Nach der zehnten Woche ist es für eine medizinische Abtreibung zu spät«, sagt sie. »Danach ist es ein chirurgischer Eingriff.«

»Und was … passiert da?«, fragt Jessica nervös.

Chirurgisch klingt nach Aufschneiden, Operation. Lena beruhigt sie und sagt, dass der Eingriff nicht gefährlich ist.

»Man bekommt eine kurze Narkose«, erklärt sie, »in der der Arzt ein Instrument durch die Scheide einführt und die Schleimhäute der Gebärmutter absaugt oder ausschabt. Die meisten Frauen können noch am gleichen Tag nach Hause. Manchen ist kurz nach dem Eingriff übel, aber das vergeht wieder. Möglicherweise hat man hinterher eine Blutung, so etwa wie die Regelblutung, nur etwas länger. In ganz wenigen Fällen muss noch einmal nachgeschabt werden, meistens ist es beim ersten Mal erledigt.«

Jessica nickt steif. Ihr Magen reagiert empfindlich auf die Schilderung. Denkt eigentlich keiner an das Kind da drinnen? Wirkt die Narkose, die sie kriegt, auch bei ihm?

Lena will wissen, wann die Fete bei Paula war und wann und wie sie den Schwangerschaftstest gemacht hat. Jessica antwortet nach bestem Vermögen und Lena lächelt sie aufmunternd an.

»Du weißt zumindest ganz genau, wann du schwanger geworden bist«, sagt sie. »Das wissen längst nicht alle so eindeutig. Trotzdem müssen wir einen Ultraschall machen, auch wenn es im Grunde genommen reine Formsache ist. Das ist vorgeschrieben, wenn eine schwangere Frau sich entscheidet, die Schwangerschaft abzubrechen. Der Eingriff nach der dreizehnten Woche ist umfassender und …«

»Dreizehnte Woche?«, unterbricht Siv sie gereizt. »Aber die Fete ist zwei Monate her! Zwei Monate sind acht Wochen, wenn ich mich nicht irre!«

Lena lächelt geduldig. Jessica mag sie. Für Lena scheint eine Abtreibung keine Nebensächlichkeit zu sein, auch nicht, wenn es eine Fünfzehnjährige ist, die ungewollt schwanger geworden ist. Klar, keine Frage, sie ist zu jung, um Mutter zu werden, Mütter gehen nicht in die neunte Klasse, aber irgendwie hat sie plötzlich das Gefühl, dass wenigstens mal jemand danach fragen könnte.

»Man rechnet vom ersten Tag der letzten Menstruation«, sagt Lena. »Und da Jessica so genau weiß, wann die Befruchtung stattgefunden hat, kann man davon ausgehen, dass die letzte Menstruation etwa zwei Wochen davor war… das wären dann zehn Wochen. Wir müssen einen Ultraschall machen, unabhängig von der

Entscheidung für oder gegen eine Abtreibung. Um festzustellen, wie weit die Schwangerschaft fortgeschritten ist. Das ist zu ihrer eigenen Sicherheit. Dagegen haben Sie doch nichts einzuwenden, oder?«

Siv rückt auf die Stuhlkante. Schlägt die Beine übereinander. »Natürlich nicht. Ich möchte meine Tochter nur nicht mehr Unannehmlichkeiten aussetzen als nötig.«

»Das will niemand. Aber wer erwachsen genug ist, um ungewollt schwanger zu werden, sollte auch erwachsen genug sein, die Prozedur vor einer Abtreibung durchzustehen.«

»Tut das weh?«, fragt Jessica.

»Du kriegst eine Narkose«, sagt Lena. »Von dem Eingriff merkst du nichts.«

»Ich meine … hat das Kind Schmerzen?«

Sie spürt Sivs Blick. »Mein Schatz! Das ist noch kein Kind, das ist nur ein Embryo!«

»Louise hat gesagt, es sieht aus wie eine Kaulquappe mit Armen und Beinen und dass es sogar schon Hände und Füße hat!«

»Was ist denn das für ein Blödsinn?«, sagt Siv.

Jessica sieht Lena an. »Stimmt das nicht? Sieht man noch nicht, dass es ein Mensch ist?«

Lena ist einen Moment lang unschlüssig.

»Doch, das kann man sehen«, sagt sie dann.

»Haben Sie kein Buch hier?«, fragt Jessica. »Die Mutter von meiner Freundin hat einen Bildband …«

»Es gibt jede Menge Bücher über die embryonale Entwicklung«, sagt Lena. »Ich weiß ja nicht, was für ein Buch deine Freundin hat, aber ich habe hier eins, das heißt *Mamapraxis* … Das kannst du dir gerne anschauen, wenn du magst.«

Jessica nickt. Aus dem Augenwinkel sieht sie Siv eine abwehrende Geste machen, aber Lena nimmt das Buch trotzdem aus dem

Regal über ihrem Computertisch. In dem Buch sind Fotos und Bilder, die die Entwicklung des Kindes von Woche zu Woche aufzeigen.

Lena blättert. »Du bist aller Voraussicht nach in der elften Woche ... hier.«

Auf der gelblichen Ultraschallaufnahme kann sie nicht viel erkennen, man kann den Kopf und den Körper nur erahnen. Aber unter dem Foto ist ein schematisches Bild von einem zusammengerollten Baby. Im Vergleich zum Körper ist der Kopf ziemlich groß, aber im Übrigen sieht es fertig aus, mit Fingern und Zehen und allem. So groß wie eine Pflaume, steht da.

»Das hat ja gar keinen Schwanz«, sagt Jessica.

Lena lacht leise. »Der Schwanz hat sich zu diesem Zeitpunkt schon zurückgebildet.«

Siv rutscht unruhig auf dem Stuhl hin und her.

»Ist das psychologisch sehr schlau, Jessica Bilder von kleinen süßen Babys zu zeigen?«, fragt sie.

»Wenn Jessica wissen möchte, wie der Embryo aussieht, bin ich verpflichtet, sie darüber zu informieren«, sagt Lena. »Abtreibungen gehören inzwischen zu den Standardeingriffen, und es ist gut, dass es diese Möglichkeit gibt. Aber deswegen ist es keine Angelegenheit, die man allzu leicht abtun sollte. Sich hinterher solche Bilder anzusehen kann viel schlimmere Folgen haben.«

Siv wirft einen hektischen und unruhigen Blick auf die aufgeschlagene Buchseite.

»Wie schnell können wir das Ganze hinter uns bringen?«, fragt sie schließlich.

Lena sieht Jessica an. »Je früher der Eingriff, desto besser, natürlich. Vorher bekommst du noch einen Termin bei einem Arzt. Der eigentliche Eingriff wird dann in der Frauenklinik vorgenommen. In ein, zwei Wochen könntest du es hinter dir haben, denke ich.

Es wäre allerdings gut, wenn du vorher noch mit Britt, unserer Psychologin, sprichst. Das empfehlen wir allen. Möglicherweise seht ihr euch auch öfter als einmal.«

Jessica nickt. Sie fühlt sich zwischen einem Unwirklichkeitsgefühl und der brutalen Realität hin und her gerissen. In ihr ist ein kleines Kind. Das ist eine Tatsache. Ein richtiges kleines Kind, deren Mutter sie ist. Und das soll jetzt getötet werden. Ans Tageslicht gesaugt werden und sterben. Die Übelkeit ist schlagartig da. Sie muss energisch schlucken.

»Jessica«, sagt Lena. »Hast du etwas dagegen, wenn deine Mutter draußen im Wartezimmer auf dich wartet?«

»Wieso?«, fragt Siv.

»Das ist gängige Praxis bei uns«, sagt Lena beruhigend. »Wir führen immer ein Einzelgespräch mit der Schwangeren, die abtreiben möchte. Da spielt es keine Rolle, ob sie von einem Elternteil, einer Freundin oder dem Freund begleitet wird.«

Siv erhebt sich unschlüssig. Dann klopft sie Jessica auf die Schulter.

»Wird schon werden«, sagt sie. »Ich warte draußen auf dich.«

Lena schließt die Tür hinter ihr und setzt sich wieder vor Jessica. »Wie fühlst du dich?«

Jessica sieht sie fragend an. Lena scheint es wirklich wissen zu wollen.

»Seltsam …«, sagt sie wahrheitsgemäß. »Nicht besonders gut.«

»Ist es der Eingriff, vor dem du Angst hast?«

Jessica schüttelt den Kopf. »Ich glaube nicht. Ich denke nur … Bestimmt halten Sie mich für bescheuert … Mama würde es auf jeden Fall … Aber ich frage mich, ob das so selbstverständlich ist.«

»Was?«

»Dass ich das Kind abtreiben lasse. Mir ist auch klar, dass ich viel zu jung bin, aber … immerhin tötet man sein Kind. Ist doch egal, ob es Embryo oder sonst wie heißt … es ist auf alle Fälle ein Kind!«

Lena nickt. »Das ist kein leichter Entschluss. Vielen geht es vor und nach der Abtreibung schlecht. Das ist eine ganz normale Reaktion.«

»Gibt es niemanden, der es … bereut?«

»Doch, das kommt vor. Manche bereuen ihre Entscheidung schon auf dem Operationstisch. Dann wird der Eingriff abgebrochen. Und bestimmt bereut es die eine oder andere auch hinterher. Aber niemand hindert sie daran, später noch einmal schwanger zu werden, zu einem günstigeren Zeitpunkt. Du hast noch alle Zeit der Welt vor dir.«

Ja, doch, das stimmt. Sie versteht, was Lena sagen will. Und aller Wahrscheinlichkeit nach wird es genauso kommen. Irgendwann in der Zukunft wird sie das Kind weiterwachsen lassen und es zur Welt bringen. Und es kennenlernen.

»Aber …«, sagt Jessica. »Das ist dann nicht das gleiche Kind. Ein Kind, das man abgetrieben hat, kommt nie wieder zurück.«

Lena lächelt. »Da hast du vollkommen recht. Willst du damit sagen, dass du dir noch nicht sicher bist, ob du eine Abtreibung vornehmen lassen willst?«

Jessica zuckt mit den Schultern. »Ich weiß es nicht. Ich wundere mich nur, dass mich das niemand fragt.«

Lena lehnt sich zurück und sieht sie an.

»Okay, Jessica. Dann frage ich dich jetzt. Willst du eine Abtreibung machen lassen oder die Schwangerschaft zu Ende führen?«

»Aber das geht doch nicht?«

»Natürlich würde das gehen. Es wäre sicher sehr anstrengend und in vielerlei Hinsicht unpraktisch, du bist ja wirklich noch sehr jung. Aber du wärest keinesfalls die erste fünfzehnjährige Mutter auf dieser Welt.«

»Sechzehn«, sagt Jessica. »Ich werde im Februar sechzehn.«

Lena sieht sie mit zusammengekniffenen Augen an, als wollte sie den Fokus auf das Mädchen, das ihr gegenübersitzt, ordentlich einstellen.

»Du hast dir Gedanken darüber gemacht, oder?«

»Ein bisschen ... Oder nein, ich weiß es nicht. Ich denke jetzt darüber nach. Weil Sie gesagt haben, dass es nicht grundsätzlich unmöglich ist.«

»Das heißt aber nicht, dass ich es dir unbedingt empfehlen will«, betont Lena. »Ein Kind ist keine süße Puppe. Ein Kind wird dein Leben auf Dauer verändern. Nichts wird mehr sein, wie es einmal war. Kinder verlangen unendlich viel Geduld und Liebe. Als Babys, aber auch später. Man ist extrem gebunden. Vielleicht möchtest du was unternehmen, auf Partys gehen, reisen. All das ist als Mutter eines kleinen Kindes viel schwieriger. Ja, und dann deine Beziehung zu Gleichaltrigen ... Es besteht das Risiko, dass du dich mit deinen Freunden auseinanderlebst, weil du dich plötzlich in einer ganz anderen Lebensphase als sie befindest, in der sie vielleicht erst in zehn oder mehr Jahren sein werden.«

»Wollen Sie gar nichts zur Ausbildung und zum Arbeiten sagen?«, fragt Jessica. »Das ist Erwachsenen doch immer besonders wichtig.«

Lena lacht. »Ja, das sollte ich wahrscheinlich. Du wirst gezwungen sein, eine Auszeit zu nehmen, zwischen der Mittelstufe und dem Gymnasium. Damit wird sich dein Schulabschluss verzögern. Und nicht zu vergessen der finanzielle Aspekt ... Ein Kind kostet Geld.«

»Kriegt man kein Kindergeld?«

»Ja, aber nicht sehr viel. Kinderwagen, Gitterbett, Kleider, Windeln ... Am Anfang braucht man besonders viel. Und du bist schließlich nicht die einzige Betroffene ... Was sagt denn dein Freund dazu?«

Jessica schüttelt den Kopf.

»Der weiß nichts davon. Er würde … Ich weiß nicht genau, wie er reagieren würde, aber jubeln würde er sicher nicht.«

»Ist er in deinem Alter?«

»Ja.«

Lena lächelt.

»Fünfzehnjährige Jungs sind mental meist weniger weit als gleichaltrige Mädchen.«

»Obwohl Arvid eigentlich ziemlich reif ist …«, sagt Jessica. »Verglichen mit den anderen Jungs … Tut es sehr weh, ein Kind zu kriegen?«

Lena zögert kurz.

»Ja«, sagt sie dann. »Das tut es. Aber das ist ein Schmerz, der sich mit keinem anderen vergleichen lässt. In den meisten Fällen stimmt irgendetwas nicht, wenn einem was wehtut, der Schmerz ist ein Warnsignal, und je größer der Schmerz, desto größer die Gefahr. Aber der Schmerz bei einer Geburt hat einen Sinn, er hilft dem Kind auf die Welt und er gehört dazu … Das ist schwer zu erklären. Aber wenn man keine Angst hat und bereit ist, mit seinem Schmerz zusammenzuarbeiten, tut es nicht so weh, als wenn man Angst hat und sich dagegen wehrt. Und hinterher … du ahnst ja nicht, wie schnell man vergisst! Sonst würde wohl keine Frau freiwillig mehr als ein Kind zur Welt bringen. Aber es tut weh, richtig ordentlich weh sogar, da braucht man gar nicht drum herum zu reden. Es gibt Mittel, um die Schmerzen zu lindern, aber eine *schmerzfreie* Entbindung habe ich noch nie erlebt.«

Lena dreht einen Stift zwischen ihren Fingern hin und her, während sie redet. Als sie fertig ist, legt sie ihn auf die Schreibtischplatte und nickt Jessica zu, die mit einem Ziehen im Bauch auf ihrem Stuhl sitzt. Sie kann kaum noch atmen, so heftig ist es.

»Weißt du, was ich denke?«, sagt Lena. »Ich denke, du solltest jetzt nach Hause gehen und eine Woche darüber nachdenken. Nicht länger. Dann kommst du wieder zu mir, am besten ohne deine Mutter, damit wir uns noch einmal in Ruhe unterhalten können. Das ist dein Körper und deine Entscheidung, Jessica. Niemand kann dir das abnehmen. Aber deine Wahl wird sicher außer dir noch andere betreffen. Besonders, wenn du dich dafür entscheidest, das Kind zur Welt zu bringen. Wenn es dir ›nur‹ darum geht, dass das Kind am Leben bleibt, kannst du darüber nachdenken, ob du es entbinden und dann zur Adoption freigeben willst. Willst du es behalten, bedeutet das auch eine Verantwortung für deinen Freund, ob er es will oder nicht. Du wirst voraussichtlich auf Unterstützung und Hilfe von deinen Eltern angewiesen sein, von daher wäre es sehr gut, wenn du deine Mutter davon überzeugen kannst, dass deine Entscheidung die richtige für dich ist …«

Jessica stößt ein abgehacktes, bitteres Lachen aus. »Das klappt nie!«

»Wir sollten vielleicht gemeinsam mit ihr reden, wenn es so weit ist. Aber jetzt denk du erst einmal über dich und deine Lage nach, Jessica. Das ist eine wichtige Entscheidung, wie auch immer sie ausfällt.«

Jessica nickt niedergeschlagen.

»Es wird wohl auf die Abtreibung hinauslaufen«, sagt sie. »Alles andere wäre ja wohl völlig … verrückt?«

Lena lächelt. »Darüber kannst du ja in den nächsten Tagen nachdenken. Wollen wir gleich einen Termin abmachen, oder rufst du mich an, wenn du so weit bist?«

»Besser, wir machen gleich einen Termin aus, dann habe ich was, das ich Mama zeigen kann.«

»Okay.« Lena tippt etwas auf ihrer Tastatur. »Dann wollen wir mal sehen… Jessica Sol Jakaranda? Heißt du so?«

Jessica lacht. »Das ist auf dem Mist meiner Mutter gewachsen … Sie ist ein bisschen verrückt. Jessica hab ich Papa zu verdanken, sonst hätte ich wahrscheinlich nur so seltsame Namen.«

»In einer Woche … am Montag also. Drei Uhr? Bist du dann schon mit der Schule fertig?«

»Ich bin um zehn nach fertig.«

»Dann sagen wir halb vier, das geht auch. Denk ganz in Ruhe nach, Jessica Sol Jakaranda.«

Lena lächelt sie an und Jessica lächelt nervös zurück. Sie lässt den Blick durch den Raum schweifen, über die hellgelben Wände, die Untersuchungsliege mit der Papierrolle und die grün gestreiften Gardinen am Fenster. An den Wänden hängen einige mit Tesafilm angeklebte Poster mit Frauen oder Teilen von Frauen im Querschnitt mit kleinen Pfeilen, an denen steht, was wie heißt. Auf dem Regal über dem Computertisch dann ein paar Bücher und Broschüren. Dort liegt auch ein Beckenknochen aus gelbweißem Kunststoff und eine Stoffpuppe.

Jessica sieht Lena an.

»Okay«, sagt sie. »Ich werde darüber nachdenken.«

Sie steht auf und öffnet die Tür. Auf der Türschwelle dreht sie sich noch einmal um.

»Danke«, sagt sie.

Lena lächelt. »Bis zum nächsten Mal.«

Jessica nickt. Dann geht sie ins Wartezimmer.

Auf dem Heimweg legt Siv den Arm um Jessicas Schulter.

»Das hast du super gemacht«, sagt sie. »Man muss Fragen stellen. Das ist gut. Sonst fühlt man sich schnell von Ärzten überrollt.«

Sie seufzt und lächelt.

»Ich bin ja nur froh, dass John das nicht erfahren muss«, fügt sie hinzu. »Er würde mir bestimmt vorwerfen, dass ich mich nicht genügend um dich gekümmert habe …«

Jessica wirft ihr einen hastigen Seitenblick zu.

»Das ist ja wohl kaum deine Schuld«, sagt sie. »Wo du mir doch immer Kondome mitgegeben hast, wenn ich irgendwohin gegangen bin.«

Sivs Lächeln wird breiter.

»Aber es ist mir offensichtlich nicht gelungen, dir klarzumachen, wofür sie gut sind«, sagt sie.

An diesem Abend sitzt Jessica lange am Computer. Sie hat den Begriff »Abtreibung« in die Suchmaschine eingegeben und haufenweise Treffer. Jede Menge Fakten und Bloggs und Seiten, wo Frauen sich über ihre persönlichen Erfahrungen austauschen. Einige sind nicht viel älter als sie. Sie schreiben von ihrer Erleichterung, der Trauer, ein paar waren hinterher viel niedergeschlagener, als sie es sich jemals hätten vorstellen können, andere haben sich einfach nur befreit gefühlt. Es gibt keine eindeutige Wahrheit, so viel wird Jessica klar. Was für die eine gut ist, muss noch lange nicht gut für die andere sein.

Danach gibt sie »schwanger« ein. Über 500000 Treffer. Wieder unzählige Informationsseiten und Bloggs. Auf einer Seite kann man eingeben, wann man das letzte Mal seine Tage hatte und sehen, in welchem Stadium der Embryo jetzt ist. Dann kann man sich in Wochenschritten weiter vorklicken. Sie entdeckt einen kurzen Film über eine Entbindung. Ziemlich beängstigend, zu sehen, wie so ein großes Geschöpf aus dem Körper der Frau gepresst wird. Und doch auch seltsam faszinierend. Ein kitzelndes, erschrecktes Flattern im Bauch.

Aber all das ist nicht das Entscheidende. Weder die Fakten über die körperlichen Veränderungen noch die Schmerzen bei der Entbindung, nicht die Infos über schmerzlindernde Maßnahmen oder alle Argumente, wie leicht oder wie schwer eine Abtreibung ist. Wenn es nur darum ginge, das Für und Wider gegeneinander abzuwägen, gäbe es keinen Zweifel. Dann wäre eine Abtreibung für sie genauso selbstverständlich wie für Siv.

Trotzdem zögert sie. Weil sich in ihrem Körper ein lebendiger, kleiner Mensch eingenistet hat, der absolut abhängig von ihr ist und über dessen Leben oder Tod sie nun entscheiden muss. Sie hat sich selber in diese Situation gebracht und jetzt ist da dieser kleine Mensch. Ein neues Leben, ein Kind, ihr Kind. Es geht nicht nur darum, sich zu überlegen, ob man mit sechzehn Jahren ein Kind zeugen will oder nicht. Das Kind ist bereits gezeugt, weil sie nicht aufgepasst haben. Jetzt geht es um was anderes.

Es geht darum, wer sie sein will. Oder, weil sie das nicht so genau sagen kann, vielleicht besser, wer sie nicht sein will. Sie will nicht eine Frau sein, die ihr Kind getötet hat.

So was ist danach nicht erledigt, das kann man nicht einfach abhaken. Selbst wenn sie später längst erwachsen ist und verheiratet und Mutter von drei Kindern, wird sie immer noch die sein, die zu einem früheren Zeitpunkt ihr Kind getötet hat.

Wie kann das die selbstverständliche Entscheidung sein, auch wenn man erst fünfzehn Jahre alt ist?

Lena hat gesagt, es gebe eine Alternative: dass man das Kind zur Welt bringt und dann zur Adoption freigibt. Jessica legt die Hand auf ihren Bauch. Zwischendurch kommt es ihr vor, als könne das Baby da drinnen ihre Gedanken verstehen. Obwohl das natürlich Einbildung ist.

Gegen zwei Uhr schaut Siv herein, verschlafen und mit dem dunkelvioletten, offenen Bademantel über dem Nachthemd.

»Jessica, Schatz, kannst du nicht schlafen? Ich verstehe ja, dass das eine aufreibende Zeit für dich ist, aber du musst versuchen, zu schlafen, damit du es morgen in die Schule schaffst ... Du hast schon so viel versäumt.«

Schule?

Die kommt ihr so weit weg und nebensächlich vor. Wie soll sie in dieser Verfassung unregelmäßige Verben lernen oder Algebra-Aufgaben rechnen? Wo sie den wichtigsten Beschluss ihres Lebens fassen muss!

Andererseits. In der Schule ist Louise. Es täte gut, mit ihr zu reden. Genau. Plötzlich vermisst sie Louise ganz schrecklich. So sehr, dass sie einen Augenblick überlegt, sie anzurufen. Aber sie beherrscht sich. Eine aus dem Tiefschlaf gerissene Louise ist nicht das Gleiche wie eine ausgeschlafene Louise, das weiß Jessica.

»Okay«, sagt Jessica. »Ich geh gleich schlafen.«

»Nach dem Eingriff wirst du sicher auch einige Tage zu Hause bleiben müssen, von daher wäre es gut, wenn du ein bisschen aufholen könntest.«

Eingriff.

Ein ziemlich schwaches Wort. Jemanden zu töten ist schließlich ein ganz schön brutaler »Eingriff«, oder?

Jessica putzt die Zähne und geht brav ins Bett. Das Zimmer ist gelüftet und Siv hat das Bett neu bezogen. Ein frisches Gefühl. Die dicke Angstluft ist weg. Aber die Unruhe ist noch da. Die Unruhe und Unsicherheit und die Abneigung gegen das, was mit ihr geschieht. Der Eingriff.

Würde Siv sie unterstützen, wenn sie verspricht, das Kind wegzugeben, nachdem sie es zur Welt gebracht hat? Es gibt doch so viele kinderlose Paare, die sich nichts sehnlicher wünschen als ein Kind. Vielleicht könnte man sie ja vorher kennenlernen, um sicherzugehen, dass sie in Ordnung sind? Wäre damit nicht allen gedient? Das muss Siv doch auch so sehen? In allen möglichen anderen Zusammenhängen ist es ihr unendlich wichtig, keine Lebewesen zu töten. Sie geht ja schon auf die Barrikaden, wenn eine Wespe erschlagen wird, solange es ein Fenster gibt, das man öffnen kann, um das Tier ins Freie zu entlassen! Aber ihr eigenes Enkelkind kann ruhig umgebracht werden! Und genau das ist es: Sivs Enkelkind.

Jessica muss lächeln, trotz allem.

Oma Siv.

Bestimmt stand das für die nächsten Jahre noch nicht auf ihrem Plan. Aber so weit würde es ja auch gar nicht kommen. Wenn man ein Kind zur Adoption freigibt, ist man im juristischen Sinn nicht länger die Mutter dieses Kindes.

Aber was muss das für ein Gefühl sein? Ein kleines Baby, das man gerade geboren hat, an andere Menschen wegzugeben? Würde sie das Kind wenigstens zu sehen bekommen? Oder wäre es besser, es gar nicht zu sehen? Würde sie es schaffen, das Kind wegzugeben, wenn es erst einmal da ist, ein Kind, das Teil von ihr ist, in ihrem Körper gewachsen?

Aber wenn die einzige Alternative ist, es jetzt zu töten?

Jessica dreht sich hastig zur Wand und drückt sich das Kissen über den Kopf. Ihr Inneres ist zum Schlachtfeld geworden. Das ist eine Nummer zu groß für sie. Sie hat das Gefühl, zu zerbersten.

Ein paar Blocks von zu Hause entfernt bringt Jessica das Rad zum Stehen und tippt Louises Nummer ein. Sie ist fünf Minuten früher als sonst von zu Hause aufgebrochen, um Louise zu erreichen, bevor sie sich auf den Weg macht.

Die viel zu weite und deswegen kaum getragene Hose, die Siv im letzten Schlussverkauf für sie besorgt hat, spannt über ihrem Bauch, als sie mit einem Fuß auf dem Pedal und dem anderen auf dem nassen Asphalt steht. Plötzlich geht es so schnell, sie muss jederzeit damit rechnen, dass es irgendwem auffällt. Wenn sie Glück hat, glauben die anderen, sie hätte ein paar Kilo zugenommen, warum auch immer. Trotzdem hat sie vorsichtshalber einen langen weiten Pullover angezogen.

Endlich antwortet Louise.

»Kannst du das Buch mitbringen?«, fragt Jessica.

»Welches Buch?«, fragt Louise mit einem Gähnen.

»Das Buch, von dem du mir erzählt hast! Das mit den Fotos von dem Kind.«

»Jetzt? Zur Schule?«

»Wir brauchen es den anderen ja nicht zu zeigen! Ich will nur mal reingucken. Bitte!«

»Da muss ich erst Mama fragen … Es ist ihrs. Ich könnte natürlich sagen, dass wir es für eine Gruppenarbeit brauchen.«

»Clever.«

»Klar, ich bin ein Genie, das weißt du doch. Bis gleich!«

Es ist kalt draußen. Jessica hat die Winterjacke über den langen Pullover gezogen und ein Halstuch umgebunden, aber ihre Ohren werden im Fahrtwind kalt und knallrot. Der Regen, der sich feucht auf ihr Gesicht und ihre Schultern legt, ist mit Schnee vermischt und riecht nach Winter. Wie die Zeit rast! Erst jetzt, in diesem ersten richtigen Novemberschmuddelwetter, wird ihr klar, wie lange es her ist, dass sie und Louise zu Paulas Fete gefahren sind. Gut zwei Monate seit dem Vollmond über dem grünen Bettüberwurf. Gut zwei Monate, seit sie nicht mehr alleine ist.

Sie hat seit über einer Woche nicht mehr mit Arvid gesprochen. Und sie weiß immer noch nicht, was sie ihm sagen soll. Bestimmt ist er sauer auf sie.

Sie will nicht darüber nachdenken. Ihre Kräfte reichen im Moment für nichts anderes. Das, was in ihrem Körper vor sich geht, verschlingt alle Energie. Das Kleine, das dort wächst. Und die Entscheidung.

Trotzdem freut sie sich, als er hinter ihr auftaucht, während sie die Jacke in ihren Spind hängt. Und natürlich tut es gut, seinen unruhigen Blick zu sehen und die Erleichterung, als sie versichert, dass zwischen ihnen alles in Ordnung ist. Sie war einfach nur krank, sagt sie, und furchtbar müde.

»Ich dachte schon, ich hätte irgendwas falsch gemacht«, sagt Arvid. »Oder dass deine Mutter vielleicht sauer auf mich ist. Die anderen wollten schon einen Krankenwagen rufen, aber ich hab gesagt, dass wir ein Taxi nehmen. Vielleicht wäre es doch besser gewesen, dich ins Krankenhaus zu bringen, dachte ich hinterher. Dir ging es ja echt dreckig.«

Es dauert eine Weile, bis ihr klar wird, worüber er redet.

»Ich war besoffen«, verbessert sie ihn.

»Meinetwegen … Aber das war es nicht allein, oder? Du musst dir an den Garnelen den Magen verdorben haben, oder so. Du hast ja ziemlich viel gegessen. Und vorher kamst du mir noch nicht sonderlich betrunken vor. Aber auf einen Schlag war dir sauübel.«

»Was haben die anderen gesagt?«, fragt Jessica. »Helmer und so? Waren sie sauer?«

Arvid schüttelt den Kopf. »Sie haben sich bloß Sorgen gemacht. Aber du warst ja wach, darum dachte ich, dass ich dich besser erst mal nach Hause bringe.«

Jessica zieht erstaunt die Augenbrauen hoch. Sie kann sich absolut an keine Heimfahrt erinnern. »Ich war wach?«

»Zumindest bist du raus zum Taxi gegangen. Mit etwas Unterstützung, aber immerhin.«

»Wie schrecklich … Ich kann mich ums Verrecken an nichts erinnern!«

»Aber ich. Du hast meine Jacke vollgekotzt.«

Jessica schießt es heiß ins Gesicht. »Und mit so einer willst du zusammen sein?«

Arvid grinst. »Glücklicherweise kotzt du ja nicht ständig!« Er legt seine Arme um ihre Schultern und zieht sie an sich.

»Ich hab dich vermisst«, sagt er.

»Du kannst nicht ganz normal sein«, sagt sie lachend.

In dem Moment kommt Louise durch die Tür. Sie reißt die Strickmütze vom Kopf und wischt den Schneeregen mit einer energischen Handbewegung von der Jacke.

»Da steht ihr und turtelt und wärmt euch gegenseitig, während wir Normalsterblichen uns den Arsch abfrieren«, sagt sie, als sie auf die beiden zukommt. »Mist, das Leben ist ungerecht!«

Jessica wirft Louise einen fragenden Blick zu. Louise klopft bestätigend auf die Tasche. Dann nickt sie unauffällig mit einem Blick in Arvids Richtung, worauf Jessica hastig den Kopf schüttelt. Nein, er weiß noch nichts.

Louise schaut auf die Uhr.

»Oh Mist, noch fünf Minuten!«, sagt sie mit einem vielsagenden Blick auf Jessica. »Kannst du mir noch mit den Hausaufgaben helfen, bevor es klingelt?«

»Ja, klar«, sagt Jessica schnell.

»Okay«, sagt Arvid. »Ich hab jetzt Spanisch. Wir sehen uns später!« Er gibt Jessica einen Kuss auf die Wange, ehe er geht.

»Ich such nur noch schnell meine Bücher zusammen, dann können wir in den oberen Flur«, sagt Louise. »Da ist es bestimmt ruhig.«

»Du bist die Beste, Lollo ... Weißt du das?«

»Red keinen Quatsch. Aber warum sollte ich das Buch mit in die Schule bringen? Du hättest doch auch heute Nachmittag mit zu mir kommen können?«

»Ich will es mir aber *jetzt* angucken!«

»Okay, okay.«

Sie haben Unterricht im Raum 401, am Ende des oberen Flurs. Neben der Tür steht eine braune Bank, dort setzen sie sich hin. Der Flur wird noch einige Minuten menschenleer sein. Trotzdem sprechen sie leise, fast flüsternd, als hätten die Wände Ohren. Louise klappt das Buch auf, das voller bunter Fotos ist.

»Guck mal. Sieben Wochen.«

Das Kind sieht aus wie ein Alien mit den riesigen, schwarzen Augen in dem großen Kopf. Jessica schlägt mit pochendem Herzen die nächste Seite um. »Embryo in der zehnten Schwangerschaftswoche« steht unter dem Bild. Das Baby sieht schon entschieden menschlicher aus. Der Mund ist leicht geöffnet und die Finger an der kleinen Hand sind deutlich zu erkennen.

»So sieht sie aus«, sagt Jessica. »Oder er.«

Louise schüttelt den Kopf.

»Da steht doch zehnte Woche.«

»Man rechnet vom ersten Tag der letzten Menstruation. Nicht vom Zeitpunkt der Befruchtung. Wir waren gestern bei der Jugendberatungsstelle. Ich bin sogar schon Anfang der elften Woche.«

Louise sieht sie in einer Mischung aus Staunen und Entsetzen an. »Wow ... Und wann wird die Abtreibung gemacht? Wird das jetzt nicht knapp?«

Jessica nimmt Anlauf. Atmet tief ein. »Ich überlege ... es nicht zu machen.«

Louise sieht sie verständnislos an. »Was nicht zu machen?«

»Eine Abtreibung.«

»Aber! Wie willst du das Problem sonst lösen?«

Jessica schüttelt gereizt den Kopf. Am Ende des Flurs sind die ersten Schritte auf der Treppe zu hören. Gleich klingelt es.

»Vielleicht behalte ich es ja«, sagt sie.

Louise reißt die Augen auf.

»Bist du jetzt völlig übergeschnappt?«, platzt sie heraus.

»Schhhh!«

Die ersten Mitschüler kommen zwischen den Backsteinwänden auf sie zugeschlendert. Im nächsten Augenblick ertönt das Klingelzeichen.

Louise starrt sie immer noch entgeistert an. »Sag, dass das ein Scherz ist.«

»Nein, ist es nicht.«

»Du kannst doch nicht ... Also, das muss dir doch klar sein!«

»Jetzt sei still. Wir müssen das auf später verschieben.«

Aber Louise kann nicht warten. Sobald sie ihre Plätze eingenommen haben, bombardiert sie Jessica mit zusammengeknüllten Zetteln, die sie aus dem karierten Ringblock reißt.

Du bist erst fünfzehn! steht auf einem von ihnen. Und *Du wirst zwanzig Kilo zunehmen und Hängetitten kriegen!* auf dem nächsten. Später kommt noch einer angeflogen, auf dem Louise ihr zu erklären versucht, dass Jessica damit ihr Leben zerstört. Nach den ersten Zetteln beginnt Jessica sich Sorgen zu machen, dass Ahlgren wissen will, was sie da treiben, oder noch schlimmer, dass er sie auffordert, nach vorne zu kommen und die Zettel vorzulesen. Ahlgren gehört zu der Sorte Lehrer, die so was fertigbringen.

In dem Augenblick kommt der nächste Zettel angeflogen. Der Text ist hingeschmiert und kaum zu entziffern: *Kapier doch, wie abstoßend du mit so einem dicken Bauch aussiehst! Niemand wird mehr mit dir zusammen sein wollen!*

Jessica schickt Louise einen langen, schockierten Blick. Ist das wirklich ihre beste Freundin, die ihr diese Sachen schreibt? Louise sieht nur kurz zurück. Vielleicht schämt sie sich ja, wenigstens ein bisschen. Gleich danach landet ein weiterer Zettel auf Jessicas Tisch. Es steht nicht viel darauf, vielleicht eine Entschuldigung. Jessica hat keinen Nerv, nachzusehen. Mit einer schnellen Bewegung wirft sie den Brief ungelesen zu Louise zurück. Das ist ein echter Schlag unter die Gürtellinie. Sie muss gegen die Tränen ankämpfen. Louise kann sie mal! Sie hätte wenigstens versuchen können, sie zu verstehen. Sie nach dem Grund fragen können. Versuchen können, das Ganze aus Jessicas Perspektive zu betrachten.

Jessica reißt auch einen kleinen Zettel aus dem Block und schreibt in Großbuchstaben BITCH darauf. Sie zögert kurz, aber dann faltet sie ihn zweimal zusammen und wirft ihn auf Louises Tisch.

Als es klingelt, steht Louise auf und verschwindet, ohne Jessica eines Blickes zu würdigen.

Der restliche Tag ist eine einzige Qual. Jessica verbringt jede freie Minute mit Arvid. Dienstags haben sie zur gleichen Zeit Mittags- und Nachmittagspause. Um sich ihre Enttäuschung nicht anmerken zu lassen, redet und albert sie mehr als sonst, was sie eigentlich aber nur noch tiefer runterzieht.

Es ist Jahre her, dass Louise und sie sich gestritten haben, und damals war das Ganze noch am gleichen Tag geklärt und erledigt. Sie kann sich nicht einmal mehr erinnern, worum es damals ging, nur dass sie sich hoch und heilig geschworen haben, dass ihnen so was nie wieder passiert.

Louise mit Mette und Sonja zum Essen gehen zu sehen schmerzt. Bedeutet das, dass sie sich zwischen ihrer besten Freundin und dem Kind entscheiden muss? Ist das fair? Sie versteht das nicht.

Sie kann nachvollziehen, dass Louise sie für verrückt hält. Das geht ihr ja auch nicht viel anders. Aber sie kann nicht verstehen, wieso Louise ihr deswegen die kalte Schulter zeigt. Okay, es war gemein, was sie auf den Zettel geschrieben hat. Aber Louises Zettel waren mindestens genauso gemein. Die Worte bohren sich noch immer unter ihre Haut.

Arvid möchte nach der Schule ins Café Miranda, aber Jessica gibt ihm einen Korb. In der letzten Stunde wird sie von solch einer Müdigkeit überfallen, dass sie nur noch nach Hause und in ihr Bett will. Im Augenblick ist alles ein bisschen zu viel, sie kann jetzt nicht verliebt an einem Cafétisch sitzen. Nicht mal mit Arvid. Glücklicherweise ist er nicht sauer.

»Du scheinst noch nicht ganz wieder auf dem Damm zu sein«, sagt er nur. »Morgen vielleicht?«

Sie nickt und sieht ihn schüchtern an. Vielleicht hätte sie doch zuerst mit ihm reden sollen? Vielleicht hätte er es ja verstanden?

Jetzt will sie keinen weiteren Konflikt riskieren. Am besten gar nicht darüber nachdenken. Sie richtet ihre ganze Konzentration darauf, den Schulhof zu überqueren, das Fahrrad aufzuschließen und die Schultasche mit den Hausaufgabenbüchern auf den Gepäckträger zu klemmen.

Aus dem Augenwinkel sieht sie Louise mit zögernden Schritten auf den Fahrradständer zukommen, als würde sie absichtlich trödeln, damit Jessica eine Chance hat, weg zu sein, ehe sie ankommt. Es ist Jessica egal, dass ihr die Tränen übers Gesicht laufen, als sie durch die Järnvägsgatan strampelt. Am Katrinebergspark setzt der Schneeregen wieder ein und da sieht man die Tränen sowieso nicht mehr. So nah am Wasser gebaut wie in den letzten Wochen hatte sie noch nie. Das Weinen scheint permanent in ihr zu lauern, bereit, bei der geringsten Provokation die Tränenschleusen zu öffnen. Wobei sie heute nun wirklich eine Veranlassung zum Heulen hat. Aus Wut, Enttäuschung und Anspannung.

Dabei ahnt sie in diesem Moment noch gar nicht, was ihr bevorsteht.

Sie schließt die Wohnungstür in der Vorfreude auf, sich auf ihr Bett werfen und ein paar Stunden schlafen zu können. Erst als sie die Schuhe ausgezogen und die Jacke über den Haken gehängt hat, sieht sie Siv, die stumm in der Küchentür steht und sie ansieht. Ihre Körperhaltung strahlt Empörung aus, obwohl sie sich Mühe gibt, ruhig zu bleiben.

»Was hast du dir nur in den Kopf gesetzt?«, fragt sie.

Jessica versteht gar nichts. Aber die Frage beunruhigt sie auch nicht weiter, weil die Welt sich momentan derart in Auflösung befindet, dass ihr nichts mehr seltsam vorkommt. Außerdem ist sie todmüde. Sie wischt sich die Tränen und den Schneeregen aus dem Gesicht und streicht sich das nasse Haar aus der Stirn.

»Wovon redest du?«

»Lollo hat gerade angerufen.«

Jessica richtet sich auf und sieht Siv an, während es ihr zum zweiten Mal an diesem Tag die Beine unterm Leib wegzieht. Das kann doch nicht wahr sein? Das würde Louise doch niemals tun? Sie würde doch nicht Siv anrufen und petzen? Nicht Lollo! Der Boden beginnt zu schwanken. Das kann nicht sein!

Siv seufzt und nimmt Anlauf.

»Also, Jessi, was soll das heißen?«, sagt sie. »Ist das dieser dämlichen Platinblonden mit ihren süßen Babybildern zu verdanken? Worüber habt ihr eigentlich geredet, nachdem sie mich ins Wartezimmer verbannt hat? Gehört sie einer fanatischen Organisation gegen Abtreibung an, oder was? Die Möglichkeit abzutreiben ist die Freiheit der modernen Frau! Wir verheiraten keine Zwölfjährigen mehr und kriegen nicht nur deshalb Kinder, weil wir menstruieren!«

Jessica starrt auf die Sternkarte an der Flurwand. Sie kann nicht. Sie will jetzt nicht darüber diskutieren. Sie will schlafen. Sie ist niedergeschlagen und verunsichert und müde. Sie will die Augen zumachen und im Universum verschwinden, Kraft sammeln.

»Können wir später darüber reden? Ich bin so schrecklich müde.«

»Nein!«, sagt Siv bestimmt. »Es gibt kein Später! Nicht in dieser Angelegenheit. Das muss jetzt geklärt werden! Was hast du zu Louise gesagt?«

»Ich hab nur gesagt, dass ich noch nicht weiß, was ich mache! Das hast du ja wohl nicht alleine zu bestimmen! Das ist doch schließlich mein Kind!«

Siv breitet die Arme aus, die dünnen Silberreifen an ihrem rechten Handgelenk klirren. Die frisch geflochtenen, streng zurückgebundenen Zöpfe unterstreichen ihren verzweifelten Gesichtsausdruck noch. »Das ist kein Kind! Noch nicht! Aber wenn du noch lange so weitermachst, ist es bald eines, und irgendwann wirst du mich und das Kind hassen, weil ich nicht darauf bestanden habe, dass du abtreibst!«

Jessica legt die Hände an die Schläfen. Sie hat das Gefühl, auseinanderzubrechen.

»Mama …«, fleht sie. »Bitte …«

Siv ändert die Taktik. So jedenfalls kommt es Jessica vor. Sie geht ein paar Schritte auf Jessica zu, schließt sie in ihre Arme und streicht ihr zärtlich übers Haar.

»Meine Kleine … Ich verstehe ja, dass es nicht einfach ist«, sagt sie plötzlich ganz sanft. »Nachdem diese unmögliche Frau bei der Jugendberatungsstelle dir die Bilder gezeigt hat, stellst du dir das, was in dir wächst, als ein kleines, süßes Minibaby vor, für das du Verantwortung übernehmen musst. Aber so ist es nicht! Du musst gar nichts. Du kannst später noch einen ganzen Haufen Kinder kriegen, du kannst die Welt bevölkern, wenn du willst, Jessi, aber dieser Ausrutscher muss korrigiert werden! Begreif das doch! Bald ist es zu spät! Du hast keine Zeit für pubertäre Grübeleien … Du musst jetzt erwachsen und vernünftig sein. Es geht um dein ganzes weiteres Leben, deine Zukunft … Liebling!«

Das klingt alles so unglaublich falsch in Jessicas Ohren. Wie kann man sein Kind »Liebling« nennen und im gleichen Atemzug verlangen, dass das Kind dieses Kindes in der Neonbeleuchtung eines Operationssaals herausgekratzt wird?

»Ich will schlafen«, sagt sie.

»Du kannst schlafen, sobald du mir versprichst, dass wir ein Gespräch mit einer anderen Beraterin verabreden. Okay?«

»Okay.«

Das Versprechen fällt ihr nicht schwer. Für ein paar Stunden Schlaf würde sie alles versprechen.

Siv hat einen Arm um ihre Schultern gelegt und bringt sie in ihr Zimmer. Dann breitet sie eine Decke über Jessica aus, als die sich auf dem Bett ausstreckt. Der Schlaf zieht sie nach unten, verschlingt sie. Wie kann man nur so müde sein?

Im Traum wird das Foto aus dem Buch lebendig. Das kleine Wesen dreht sich hin und her und schlägt plötzlich die Augen auf. Jessica wird mit einem Ruck wach. Das Shirt klebt an ihrem verschwitzten Körper. Sie hört gedämpfte Stimmen. Wie lange hat sie geschlafen?

Sie setzt sich langsam auf, muss dringend aufs Klo, pinkeln.

Die Stimmen kommen aus der Küche. Bekannte Stimmen.

Es dringt nur langsam zu ihrem Bewusstsein durch, dass das Siv und Louise sind, die sich in der Küche unterhalten. Sie huscht ins Bad und schließt hinter sich ab. Louise! Wie kann sie es wagen, hier aufzukreuzen! Wie kann sie nur!

Jessica starrt ihr Spiegelbild an. Ihre Augen sind rot gerändert und die Lippen vom Schlaf geschwollen.

Sie bleibt lange auf dem Klo sitzen, wohl wissend, dass sie in die Küche muss, um die beiden mit ihrer Anwesenheit zu konfrontieren. Sie hat keine andere Wahl. Ihr Herz pocht wie das eines gejagten Tieres. In der Küche sitzen ihre Mutter und ihre beste Freundin, sie sind die Jäger. Jessica schüttelt den Kopf. Das kann nicht sein. Vielleicht stimmt ja wirklich etwas mit ihr nicht. Sie hat gehört, dass schwangere Frauen sich oft komisch benehmen, Kreide oder saure Gurken direkt aus dem Glas essen und so weiter. Vielleicht verlieren manche ja auch den Verstand und reden sich ein, ihr Kind zur Welt bringen zu wollen, obwohl sie erst fünfzehn sind.

Ganz vorsichtig legt sie die Hand auf den Bauch und spürt einen spitzen Stich.

»Entschuldige«, flüstert sie dem Baby zu. »Entschuldige, aber ich habe wohl keine andere Wahl.«

Sie sieht wieder in den Spiegel. Verflixte Tränen, die nicht aufhören wollen zu laufen. Müde, rot verheulte Augen. Vor Kurzem war sie noch so glücklich. Vor wenigen Monaten war noch alles perfekt. Wenn man die ungewollte Folgeerscheinung wegnimmt, ist dann alles wieder, wie es war? Wird sie wieder die sein, die sie vorher war? Ist das erstrebenswert? Die zu sein, die man war? Oder die zu werden, die man sein will? Oder die zu werden, die man gerne wäre?

Jessica dreht den Wasserhahn auf und spült sich das Gesicht mit kaltem Wasser ab. Louise hat sie jedenfalls bitter enttäuscht und das wird sie ihr deutlich sagen. Es spielt keine Rolle, ob sie in der Sache recht hat oder nicht. Hinter ihrem Rücken Siv anzurufen ist ein unverzeihlicher Verrat.

Sie rubbelt sich hart mit dem Frotteehandtuch durchs Gesicht und schließt die Tür auf, holt tief Luft, streckt den Rücken und geht in die Küche. Dort ist es jetzt still. Siv und Louise sitzen sich am Küchentisch gegenüber.

»Hallo, mein Schatz«, sagt Siv. »Hast du gut geschlafen?«

Jessica sieht Louise an, deren Blick ein paar Sekunden verschämt ausweicht. Aber dann stellt sie sich Jessicas enttäuschtem Blick. Aus ihren Augen funkeln Besorgnis und Trotz.

»Ich konnte nicht anders, das musst du doch verstehen!«, sagt sie. »Du hast mich dazu gezwungen! Ich hab das nur deinetwegen getan.«

Jessica antwortet nicht. Halten sie sie nicht länger für *zurechnungsfähig*? Für so unfähig, ihren Verstand zu gebrauchen, dass sie hinter ihrem Rücken und über ihren Kopf hinweg für sie die Entscheidungen treffen? Zu ihrem Besten?

»Jessi, Liebling«, sagt Siv beschwichtigend. »Wenn du wirklich vorhast, das Kind zu behalten, hätte ich es im Laufe der Woche ja doch irgendwann erfahren, und dann hätten wir diese Diskussion eben später gehabt und das Ganze noch mehr rausgezögert. Das macht es doch nur noch schwerer für dich. Oder hast du vielleicht vor, abzuhauen? Ich weiß nicht, was in deinem Kopf vorgeht, Jessica, aber du musst mit mir darüber *reden*! Du bist noch nicht reif genug, diese Gedanken allein mit dir auszutragen. Du musst mit mir reden, verstehst du das?«

»Wir können reden, wenn sie sich verabschiedet hat«, sagt Jessica mit einem kurzen Nicken in Louises Richtung. »Über so was spreche ich nicht vor Leuten, die ich nicht kenne!«

Sie sieht, wie die Worte Louise volle Breitseite treffen, sie verletzen und schmerzen. Das hat gesessen. *Genauso fühle ich mich*, würde sie am liebsten sagen. *Genauso. Kapierst du?*

»Jetzt bist du ungerecht!«, sagt Siv. »Louise hat absolut richtig gehandelt.«

Louise erhebt sich in Zeitlupe von ihrem Stuhl.

»Da bin ich nicht so sicher«, sagt sie. »Aber irgendwann verstehst du vielleicht, *warum* ich das gemacht habe!«

»Ich verstehe noch nicht einmal, was du hier zu suchen hast«, sagt Jessica wütend. »In der Schule wolltest du nicht mit mir reden, aber mit Siv hast du schon viel zu viel geredet. Also, was willst du noch hier?«

Louise zuckt mit den Schultern. »Eigentlich wollte ich mich entschuldigen … für das, was ich geschrieben habe … und dir erklären, wieso ich Siv angerufen habe. Aber das hat wohl keinen Sinn.«

Jessica schüttelt den Kopf. »Nein, wohl kaum.«

Louise beißt sich fest auf die Unterlippe.

»Okay«, sagt sie und geht raus auf den Flur.

Siv springt auf und läuft hinter ihr her. Versucht, sie zum Bleiben zu überreden, damit sie das Ganze klären können. Aber Louise geht und Siv kommt zurück in die Küche und sieht Jessica vorwurfsvoll an.

»Lollo ist deine beste Freundin!«, sagt sie. »Sie macht sich Sorgen um dich und hat mich deswegen über deine Pläne informiert. Sie hätte mich nicht anrufen müssen. Sie hätte einfach auf dich pfeifen können, Jessica, aber das tut sie nicht. Und du verletzt sie so!«

Jessica antwortet nicht. Sie hat keine Lust, sich auf eine Diskussion einzulassen. Die Wunde, die Louise ihr zugefügt hat, ist viel zu frisch, um darin herumzustochern. Darüber kann sie zu diesem Zeitpunkt noch mit niemandem reden.

»Du wirst sie heute Abend anrufen«, sagt Siv. »So kannst du dich nicht aufführen.«

Jessica klammert sich fest an den Rand des Spülbeckens. Das Metall ist kalt unter ihrer Hand und aus dem Abfluss steigt ihr leichter Gestank in die Nase.

»Nicht zu fassen, was ich alles nicht kann!«, sagt sie. »Ruf sie doch selber an! Ihr scheint euch ja wunderbar einig zu sein!«

Siv lacht. »Jessi, bitte, ich versuche nicht, sie dir wegzunehmen!«

»Weißt du was?«, faucht Jessica. »Das ist mir scheißegal!«

Siv schüttelt den Kopf. »Siehst du es nicht selbst ein? Du bist noch nicht reif genug, Mutter eines eigenen Kindes zu werden. Wie kannst du nur daran denken?«

Jessica starrt sie ein paar Sekunden fassungslos an. Wenn das kein Schlag unter die Gürtellinie war, weiß sie nicht, was sonst.

»Liegt dir wirklich so viel daran, das Kind aus der Welt zu schaffen, dass dir jede Methode recht ist?«, fragt sie.

Dann verlässt sie die Küche und geht in ihr Zimmer.

Siv redet den ganzen Abend und die halbe Nacht auf Jessica ein. Sie fleht und bettelt und argumentiert. Jessica will wirklich mit ihr reden, aber es geht einfach nicht. Siv kommt mit solcher Gewalt auf sie zugewalzt, dass Jessica davor nur die Augen zukneifen kann. Hätte Siv mit den Achseln gezuckt und »Dann mach doch, was du willst« gesagt, wären ihre Unsicherheiten und Überlegungen wie ein Wasserfall aus ihr herausgeströmt, davon ist sie überzeugt. Aber so macht sie dicht. Erst als Siv scheinbar aufgibt und nichts mehr sagt, kann Jessica wieder einen Gedanken fassen.

Am Abend nach dem Streit mit Louise wagt sie einen Vorstoß. Siv schweigt seit einigen Stunden, und Jessica liegt mit Evanescence in den Kopfhörern auf ihrem Bett, um Kraft und Mut zu sammeln. Warum versucht Siv nicht zu verstehen, wie sie sich fühlt? Jessica will ja mit ihr reden, es ihr erklären, »sie an sich ranlassen«, wie Siv es ausdrückt.

Im Wohnzimmer klappert der Webstuhl. Jessica geht hinein und setzt sich auf die Armlehne vom Sofa. Der Teppich, an dem Siv arbeitet, ist grob gewebt und in dunklen und hellen Grautönen gehalten, bis auf vereinzelte Farbflecken. An einer Stelle ist ein weicher, rosa Stoffstreifen eingewebt und an einer anderen eine Partie moosgrüne Schnurfasern. Siv hebt den Kopf, als Jessica den Raum betritt.

»Hallo«, sagt sie. »Wie fühlst du dich?«

»Schlecht«, sagt Jessica wahrheitsgetreu. »Ich will ja mit dir reden, aber es ist so schwierig. Ich glaube, du kannst dir nicht vorstellen, wie schwierig es ist.«

»Ich habe jedenfalls festgestellt, dass wir das ganz offensichtlich nicht alleine lösen können«, sagt Siv. »Und wir sind nicht die einzigen Betroffenen. Ich glaube nicht, dass du alle Konsequenzen überblickst. Wir kriegen gleich Besuch. Sei so gut und zieh dir was Nettes an. Vielleicht finden wir ja gemeinsam eine Lösung.«

Jessica wundert sich. Machen die Hebammen von der Jugendberatungsstelle auch Hausbesuche? Siv hatte doch was von einer anderen Beraterin gesagt, einer »zweiten Option«, sozusagen. Die Hauptaufgabe einer Hebamme war es ja wohl, Babys auf die Welt zu helfen? Aber sie müssen natürlich auch zuhören und Tipps geben können, ohne die Trauer zu verurteilen, weil jemand sein Kind herausschaben lässt.

Was Nettes anziehen? Jessica sieht an ihrem schwarzen, langen Hemd und der Jeans herunter. Die Jeans lässt sich nicht mehr zuknöpfen, aber mit einem ihrer alten Gürtel durch die Laschen geht es. Unter dem langen Hemd ist das nicht zu sehen. Was meint Siv mit »was Nettes anziehen«?

Sie geht ins Badezimmer, bürstet sich gründlich das Haar und wischt die Schminkreste unter den Augen weg. Das muss reichen.

Und wieder einmal ist sie total ahnungslos.

Die Menschen in ihrer Umgebung scheinen sich samt und sonders und schlagartig in komplett unberechenbare und unbegreifbare Wesen verwandelt zu haben. Oder, der Verdacht ist ihr in letzter Zeit schon öfter gekommen, sie ist diejenige, die sich verändert hat. Jedenfalls überrumpeln sie sie immer wieder. Im wahrsten Sinne des Wortes.

Als es wenig später an der Tür klingelt, kommt sie gerade aus ihrem Zimmer auf den Flur. Hätte sie geahnt, was sie dort erwartet, hätte sie sich garantiert in ihrem Zimmer verbarrikadiert.

Im Flur stehen Arvid und seine Eltern.

Jessica schnappt nach Luft. Was für ein Albtraum! Das kann nur ein Albtraum sein! Einer dieser grauenvollen Träume, aus denen man nass geschwitzt und panisch aufwacht, zehnmal ins Laken gewickelt und mit der Decke am anderen Ende des Zimmers.

Unfähig, sich zu rühren, völlig gelähmt und verstummt, steht sie da und sieht, wie Siv Arvids elegante Mutter Anna und den mindestens ebenso ordentlich gebügelten Vater begrüßt, der sich als Peter vorstellt. Danach begrüßt sie Arvid.

»Willkommen. Schön, dass Sie kommen konnten«, zwitschert Siv. »Jessica?«

Beim Umdrehen sieht sie, dass Jessica schon da ist. Anna und Peter reichen ihr die Hand und Jessica greift im Reflex danach.

»Man könnte fast meinen, dass ein Ehevertrag geschlossen werden soll«, scherzt Peter, »so ernst klang deine Mutter am Telefon.«

Arvid sieht Jessica fragend an, und Jessica sieht panisch in seine tiefblauen Augen, bevor sie den Blick abwendet. Das war's. Das war's in alle Ewigkeit und die Zeit danach.

Siv bittet Familie Eskilsson ins Wohnzimmer und verschwindet dann in der Küche, um Kaffeetassen zu holen. Jessica läuft hinter ihr her und bohrt die Fingernägel in ihren Arm.

»Das verzeih ich dir nie!«, zischt sie. »Ich hab dich gewarnt! Das verzeih ich dir nie, wenn du ihm davon erzählst!«

Siv reißt sich los und massiert ihren schmerzenden Arm.

»Aua! Und wie willst du es in der Schule geheim halten? Es wird sich nicht mehr lange verbergen lassen! Oder willst du dich die nächsten sieben Monate in deinem Zimmer verkriechen? Außerdem habe nicht ich vor, etwas zu sagen, das wirst du tun. Wenn du auch nur im Geringsten daran denkst, das Kind zu behalten, betrifft das diese Menschen in höchstem Maß! Oder bist du da anderer Meinung?«

»Du bist doch verrückt!«

Siv dreht sich um und sieht sie an.

»Nein«, sagt sie. »Verrückt bist höchstens du. Und irgendwie muss ich dich doch zur Einsicht bringen! Du hast nicht im Mindesten begriffen, was für Ausmaße das hat. Du bist ja noch nicht einmal in der Lage, die nächstliegende Konsequenz deines Handelns zu erkennen. Und deshalb möchte ich, dass du endlich Vernunft annimmst, und zwar jetzt gleich!«

Jessica schnappt nach Luft. So hat Siv sich das also gedacht.

»Und was willst du denen da draußen sagen?«, fragt sie.

Siv zieht die Schultern hoch. »Da fällt mir schon was ein, zum Beispiel, dass wir uns kennenlernen sollten, nachdem unsere Kinder eine Beziehung eingegangen sind.«

Jessica traut ihren Ohren nicht. »Das ist Erpressung!«

»Nein«, sagt Siv. »Ist es nicht. Wenn ich dir angedroht hätte, deinem Freund von dem Kind zu erzählen, falls du dich weigerst, eine Abtreibung machen zu lassen, das wäre Erpressung! Aber merkst du nicht, wie absurd das ist? Selbst wenn du ihn nicht einweihen willst, wird er es irgendwann erfahren, egal was ich tue oder nicht. Ich will den Vorgang nur beschleunigen, weil ich glaube, dass es mit jedem weiteren Tag nur schlimmer für dich wird!«

Zu viele Worte. Siv dreht alles so hin, dass Jessica keine Erwiderung einfällt.

Mit einem Stapel Tassen in der Hand geht Siv zurück ins Wohnzimmer. Jessica bleibt mit dem Rücken an die Spüle gelehnt stehen und versucht, die Panik wegzuatmen, die in ihr aufsteigt. Sie steht reglos da, bis Siv zurückkommt, um die Roggenbrötchen aus der Mikrowelle zu nehmen.

Jessica sieht ihr schweigend zu, wie sie die Brötchen in einen Korb legt und die Kräuterpasta aus dem Kühlschrank holt.

Sie hat keine Wahl. Im Grunde genommen hat sie doch die ganze Zeit gewusst, dass sie nur verlieren kann, dass Siv und alle anderen ihren Willen durchsetzen werden. In ihrem tiefsten Innern hat sie das gewusst. Dass sie keine wirkliche Wahl hat. Dass die Alternative viel zu gewaltig und schwindelerregend ist, um überhaupt in Erwägung gezogen zu werden. Sie ist eine Versagerin. So einfach ist das.

»Okay …«, sagt sie leise. »Dann lass dir was einfallen … von wegen kennenlernen oder was du gesagt hast …«

Siv schaut auf. In ihrem Gesicht ist die Andeutung eines Lächelns zu sehen und sie streichelt Jessica die Wange. »Mein Schatz. Das ist nicht leicht für dich, ich weiß. Aber glaub mir, die Alternative ist keinen Deut leichter. Und sie gilt auf Lebenszeit!«

Jessica nickt. Die Panik mischt sich mit Traurigkeit und Erleichterung. Ihre Kehle ist wie zugeschnürt und hinter den Augenlidern brennen die aufsteigenden Tränen. Wie soll sie diesen Abend überstehen? Hat sie sich das wirklich selber eingebrockt? Wegen ihres Zögerns vor einem Eingriff, der für alle anderen offenbar ganz selbstverständlich ist?

Siv legt den Arm um ihre Schulter und drückt sie kurz. »Komm, gehen wir rein! Dein Freund ist hier. Vor euch liegt hoffentlich eine schöne Zeit. Etwas, das heute hätte vorbei sein können, wird weitergehen. Weil du dich entschieden hast. Ich werde in dieser ganzen Zeit bei dir sein, Jessi. Das verspreche ich dir.«

»Nicht nötig«, sagt Jessica. »Ich kriege ja eine Narkose, da spielt es keine Rolle, ob du da bist oder nicht. Oder willst du sichergehen, dass das Kind auch wirklich tot ist?«

Siv zuckt zusammen. »Jessica, bitte!«

Jessica sieht sie kurz an. »Was ist? Erträgst du die Wahrheit nicht?«

Siv schüttelt den Kopf. »Die Wahrheit ist die, dass ich will, dass es wieder ist wie vorher. Für uns alle. Damit wir da weitermachen können, wo wir waren.«

Nein, denkt Jessica, wie früher wird es nie wieder werden. Nichts, was war, wird fortgesetzt, alles wird anders sein. Wie genau, kann sie nicht sagen, aber wie vorher wird es nie mehr. Auch nicht mit Siv. Niemals.

Anna und Peter sitzen auf dem Sofa. Arvid hat sich in einen Sessel gesetzt und trommelt nervös mit den Fingern auf der Armlehne. Sein Haar sieht frisch gewaschen und weich aus, Jessica wagt einen kurzen Blick in seine Richtung, als sie sich in den freien Sessel neben ihm setzt.

Vielleicht ist die Entscheidung ja richtig, obwohl sie sich vollkommen falsch anfühlt. Vielleicht war sie wirklich auf dem besten Weg, den absoluten Wahnsinn zu begehen.

Siv zieht den Hocker herüber, der immer neben dem Webstuhl steht und auf dem sie sitzt, wenn sie von der Seite an die Webarbeit ranmuss oder was ändert oder aufdröselt.

Genau das, was sie jetzt tut, denkt Jessica. Sie geht von der Seite an die Sache heran und ändert und zupft sie zurecht. Die Schicksalsfäden der Nornen, die in alten Zeiten das Schicksal der Menschen und Götter gesponnen haben.

Die meiste Zeit reden Anna und Siv. Peter trägt mit der einen oder anderen Bemerkung zum Gespräch bei. Zwischendurch ziehen sie Arvid und Jessica auf, die beide peinlich berührt in ihren Sesseln sitzen und vor sich hin starren. Nachdem jeder ein Vollkornbrötchen mit Kräuter-Sojabohnenpaste und Kresse gegessen hat, beugt Peter sich vor, legt die Fingerspitzen aneinander und stützt sich mit den Ellenbogen auf den Knien ab. So sitzt er bestimmt da, wenn er als Anwalt das Vertrauen eines Klienten gewinnen will.

»Ja, also«, sagt er, »noch einmal herzlichen Dank für die Einladung! Aber, Siv, am Telefon haben Sie geklungen, als hätten Sie uns etwas Ernstes mitzuteilen?«

Siv lächelt und wedelt abwehrend mit der Hand. »Ach was … Eigentlich gibt es keinen konkreten Grund. Ich finde es nur irgendwie seltsam, dass Jessi immer mehr Zeit in einer Familie verbringt, die ich überhaupt nicht kenne. Mag sein, dass ich in dieser Beziehung etwas altmodisch bin, aber ich finde, dass man die Menschen kennenlernen sollte, mit denen die Kinder umgehen ... besonders die Familie des Freundes!«

Hätte Jessica Kaffee im Mund gehabt, hätte sie sich garantiert daran verschluckt. Altmodisch! Siv? Jessica spürt Arvids kurzen verdutzten Seitenblick und starrt mit glühenden Wangen auf eine Ecke des Couchtisches. Peter und Anna lachen freundlich. Sie kennen Siv halt nicht, obwohl ihre Aufmachung und ihre Frisur eindeutig auf eine nicht gerade altmodische Einstellung schließen lassen.

»Ach«, sagt Anna. »Wir dachten schon, dass Arvid ... na ja, dass etwas zwischen den beiden vorgefallen ist, was geklärt werden muss, oder dass er irgendwas angestellt hat hier bei Ihnen und ...«

»Ihr hättet mich ja vielleicht mal fragen können!«, sagt Arvid.

»Ja, natürlich, sicher«, stimmt Peter ihm zu. »Aber wir wussten ja nicht, was wir davon halten sollten. Siv hat uns einen ziemlichen Schrecken eingejagt, muss ich sagen!«

Er lacht. Siv ebenfalls.

»Ich bitte tausendmal um Entschuldigung!«, sagt sie. »Wahrscheinlich war ich einfach nur etwas nervös vor dem Telefonanruf.«

So eine Scharade.

Jessica hebt den Blick und sieht einen nach dem anderen an. Und sie stellt sich vor, dass das Baby durch ihre Augen mitguckt.

Das ist dein Papa, erklärt sie ihm stumm. Dein Papa und deine Großeltern. Und deine Oma. Deine Oma sagt, du bist lebenslänglich. Aber dich wegmachen zu lassen ist auch lebenslänglich. Egal was ich tu, du wirst immer da sein. Die einzige Wahl, die ich habe, ist die, ob ich dich töten oder leben lasse. Das ist meine Wahl.

So gerne sie es Siv auch recht machen würde, indem sie »zur Vernunft kommt« und was sonst noch von ihr verlangt wird, rumort

128

doch ständig dieser Zwiespalt in ihr. Es geht nicht nur um das Kind, es geht auch um sie selbst. Was sie um ihrer selbst willen machen soll, will und muss.

»Das stimmt nicht, sie hatte sehr wohl was zu sagen«, sagt Jessica, ehe sie sich richtig besinnt.

Alle Augenpaare sind auf sie gerichtet. Jetzt oder nie. Siv stellt die Kaffeetasse mit einem lauten Klirren ab. Jessica sieht aus dem Augenwinkel, dass ihre Lippen sich wie zum Protest leicht öffnen, aber es kommt kein Laut heraus. Es ist ohnehin zu spät.

»Oder genauer gesagt«, fährt Jessica fort, »ich habe was zu sagen. Ich hätte lieber erst einmal mit Arvid darüber gesprochen, aber Mama hat mich mit diesem Besuch heute Abend überrumpelt ... Also gut, dann eben auf diesem Weg.«

Sie holt tief Luft und sieht Arvids Eltern an. Eigentlich möchte sie Arvid ansehen, aber das traut sie sich nicht.

»Ich bin schwanger«, sagt sie. »Ich bin schwanger und will keine Abtreibung machen.«

Ein paar Sekunden herrscht absolute Stille im Wohnzimmer. Keine stille Stille, eher wie eine stumme Explosion. Und erst nachdem die Explosion verklungen ist, ist wieder etwas zu hören.

»Meine Güte«, sagt Peter und dreht sich fragend zu Siv um, der es gelingt, ihren erschrockenen Blick von Jessica loszureißen und ihre Gesichtszüge zu sortieren.

»Also, gerade hatte ich sie dazu gebracht, einzusehen ...«, setzt Siv an. »Ich dachte eigentlich, wir hätten uns darauf verständigt, dass es nicht mehr nötig ist, Sie damit zu belasten ...«

Anna stellt mit angespannter Sorgfalt die Tasse auf den Unterteller, und ihre Hände verknoten sich Hilfe suchend ineinander auf ihrem Schoß, während sie ihren Sohn ansieht.

»Arvid ...?«

Arvid blickt schockiert von einem zum anderen. In der halben Sekunde, die Jessicas und sein Blick sich kreuzen, kann sie in seinen Augen den Sturm sehen, der in ihm wütet. Dann sieht er seine Mutter an.

»Davon hab ich nichts gewusst!«, sagt er.

»Aber ... Jessica und du, ihr habt also ...?«, stammelt Anna, nicht in der Lage, die Frage bis zum Ende auszusprechen.

»Wir haben das gemacht, was man macht, wenn man Kinder zeugt«, sagt Jessica. »Was glauben Sie denn?«

»Aber wir haben uns doch geschützt!«, platzt Arvid heraus.

»Nicht beim ersten Mal«, sagt Jessica.

»Bitte!«, unterbricht Siv sie. »Keine Details. Es ist, wie es ist! Bleibt die Frage, wie wir jetzt damit umgehen.«

Anna hat die Hände an die Schläfen gepresst, als wolle sie den Kopf daran hindern, runterzufallen. Peter räuspert sich.

»Da gibt es natürlich nur eine Möglichkeit«, sagt er mit stren-

130

gem Blick auf Jessica. »Ihr seid definitiv zu jung, um Eltern zu werden! Arvid *Papa?* Das ist doch lachhaft! Wie kommst du überhaupt auf die Idee?«

»Ich hatte nicht vor, irgendwelche Forderungen an ihn zu stellen«, sagt Jessica.

Peter lächelt nachsichtig. Er ist es offenbar gewohnt, mit Überraschungen und widerspenstigen Personen umzugehen.

»So funktioniert das nicht«, sagt er autoritär. »Du hast das Recht, über dich und deinen Körper zu bestimmen. Arvid könnte dich nicht daran hindern, eine Abtreibung vornehmen zu lassen, selbst wenn er es wollte. Aber wenn du dich entscheidest, das Kind zu bekommen, ziehst du Arvid in eine Spirale aus diversen Verpflichtungen! Du würdest sein Leben zerstören, junge Frau, und das tut man niemandem an, den man mag, oder?«

Arvid sieht von Peter zu Jessica und wieder zurück.

»Ich raff nicht, warum wir jetzt darüber reden müssen!«, platzt er heraus.

»Ich auch nicht«, stimmt Anna ihm zu. »Das ist doch völlig absurd!« Peter legt eine Hand auf den Unterarm seiner Frau.

»Ganz offensichtlich sieht Jessica den Ernst der Situation nicht ein«, sagt er. »Aber ich bin sicher, sobald sie eine Beratungsstelle aufsucht, werden sie ihr die einzig vernünftige Lösung nahelegen.«

»Das kann man vergessen!«, sagt Siv aufgebracht. »Wir waren bei der Jugendberatungsstelle, um eine Abtreibung zu beantragen, und zu dem Zeitpunkt hatte Jessica auch noch keine anderen Pläne. Dort wurden wir von einer platinblonden Hebamme beraten, die Jessica Fotos von süßen kleinen Embryos gezeigt hat!«

Peter zieht die Augenbrauen hoch. »Wirklich! Sehr unprofessionell.«

»Was ist denn das für ein Mensch!«, platzt Anna heraus. »Jessica ist doch noch ein Kind! Ihr Körper ist physisch kaum reif für eine ... das ... das ist doch lächerlich!«

»Mit fünfzehn hält man sich für so erwachsen«, sagt Siv nachsichtig. »Das weiß man ja noch von sich selbst!«

»Ich hatte mit fünfzehn noch nicht einmal meine Menstruation!«, ruft Anna mit schriller Stimme, worauf Peter erneut eine beruhigende Hand auf ihren Arm legt.

Jessica sitzt leicht verwundert mitten in der Schusslinie. Sie wundert sich weniger über die Reaktion der anderen als über ihre eigene plötzliche Entschlossenheit. Sie ist weder eingeschüchtert noch unsicher oder den Tränen nahe, sondern auf einmal kampfbereit und trotzig. Wenn sie ihr Kind haben wollen, müssen sie sie festbinden und es mit Gewalt herausschneiden!

»Ich muss ja nicht angeben, wer der Vater ist, wenn das so ein Problem ist!«, sagt sie. »Ich kann sagen, dass ich es nicht weiß. Dass ich so betrunken war, dass ich mich nicht erinnere!«

»Das kommt gar nicht infrage!«, ruft Siv empört.

Arvid fährt aus dem Sessel hoch, in dem er bis zu diesem Zeitpunkt stumm gesessen hat.

»Und woher weiß ich, dass es von *mir* ist?«, sagt er. »Ich meine, dass es ausgerechnet bei dem einen Mal passiert sein soll? Wie wahrscheinlich ist das?«

Jessica starrt ihn fassungslos an und Siv schlägt mit der flachen Hand auf den Couchtisch.

»Es ist immer das eine Mal, wo es passiert!«, sagt sie aufgebracht. »Man wird nicht *mehr* schwanger, wenn man öfter miteinander schläft! Es hängt davon ab, wann und wie man es macht, nicht wie oft!«

»Ja, ja«, sagt Peter. »Jetzt beruhigen wir uns alle erst einmal wieder!«

»Beruhigen?«, sagt Siv. »Meine Tochter ist schwanger, weil Ihr

Sohn seine Samen verteilt, ohne aufzupassen! Er ist ja wohl genauso verantwortlich für die Situation wie Jessica!«

»Ja, natürlich, selbstverständlich! Ich will ja auch nur sagen, dass seine Reaktion in diesem Zusammenhang ganz natürlich ist!«

Jessica sieht immer noch Arvid an, und als ihre Blicke sich begegnen, sieht er plötzlich verlegen aus.

»Tut mir leid«, sagt er. »Aber ich bin völlig geschockt ... Natürlich glaube ich nicht, dass ... also ... stimmt das wirklich, Jessica?! Das ist wie ein verdammter ... der reinste Albtraum!«

Jessica legt instinktiv die Hand auf ihren Bauch. »Unfall«, »Albtraum«. So nennen sie dich, denkt sie, an das Kind in ihrem Inneren gerichtet. Eigentlich wäre es dir zu wünschen, dass dir diese Familie erspart bleibt.

»Es gibt noch die Möglichkeit ...«, setzt Jessica leise an. »Die Hebamme hat gesagt, dass man das Kind zur Welt bringen ... und später zur Adoption freigeben kann.«

Alle Blicke sind auf Jessica gerichtet und wieder wird es ganz still im Raum.

»Jessi, Kleines ...«, sagt Siv.

»Aber wieso, um Himmels willen?«, will Peter wissen. »Warum willst du deinem jungen Körper so eine Belastung antun?«

Die Entschlossenheit ist genauso schnell verflogen, wie sie gekommen ist, und Jessica möchte nur noch heulen. Die Müdigkeit ist auch wieder da. Am liebsten würde sie in ihr Zimmer flüchten und sich in den Schlaf weinen.

»Das ist doch ein Kind«, murmelt sie. »Ein Mensch.«

»Ein *Embryo*!«, sagt Anna. »Das ist nur die Vorstufe zu einem Kind!«

Jessica ballt vor Verzweiflung die Hände.

»Doch, es ist ein *Kind*!«, schreit sie fast. »Ich bin in der elften Woche! Da ist aus dem Embryo ein Fötus geworden, wenn euch die Benennung so wichtig ist! Aber ein Kind war es schon die ganze Zeit!«

Anna starrt sie an. »*In der elften Woche?* Bist du nicht ganz bei Sinnen, Jessica?«

Sie sieht Siv an. »Wie konnten Sie es zulassen, sie bis in die elfte Woche kommen zu lassen?!«

Siv breitet die Arme aus. »Ich habe es auch erst letzten Samstag erfahren! Sonst wäre die Sache natürlich längst aus der Welt! Vorgestern waren wir bei der Jugendberatungsstelle, und gestern habe ich von ihrer Freundin erfahren, dass Jessica sich mit dem Gedanken trägt, das Kind zu behalten! Ich habe natürlich alle Hebel in Bewegung gesetzt, um ihr klarzumachen, auf was sie sich damit einlässt!«

Anna rückt sich die Frisur zurecht und wischt sich einen unsichtbaren Krümel vom Rock.

»Wir denken natürlich in erster Linie an Arvid«, sagt sie. »Und für ihn wäre das eine Katastrophe. Ich finde, Jessica hat nicht das moralische Recht, sein Leben zu zerstören! Ihn in so jungen Jahren an sich zu binden wäre …«

»In erster Linie geht es nicht um die Moral, sondern um das Gesetz«, unterbricht Peter sie. »Und nach dem Gesetz hat sie leider jedes Recht dazu, weil er genauso verantwortlich für das Geschehene ist. Aber ich behaupte mal, dass diese Lösung in jedem Fall unglücklich für beide Parteien wäre. Wenn sie allerdings das Kind zur Welt bringt und es zur Adoption freigibt, verändert das die Sachlage entscheidend. In dem Moment betrifft uns die Angelegenheit im Grunde genommen nicht mehr.«

Seine Frau sieht ihn vorwurfsvoll an.

»Und was ist, wenn sie es sich anders überlegt?«, sagt sie. »Wenn sie sich zu einem Zeitpunkt umentscheidet, an dem die Schwangerschaft zu weit fortgeschritten ist, um sie abzubrechen?«

Zwischen Peters Augenbrauen bildet sich eine Falte.

»Das ließe sich eventuell in einer Art Beziehungsvertrag regeln …«, sagt er. »Da werde ich mich informieren.«

Er sieht Siv entschuldigend an. »Das fällt unter *Familienrecht*, mit dem Gebiet habe ich mich nie beschäftigt, darum kenne ich mich da nicht so aus. Aber einer meiner Kollegen in der Kanzlei kann sicher mehr dazu sagen.«

Siv schüttelt den Kopf.

»Hier wird kein Kind geboren!«, sagt sie und wendet sich an Arvid. »Kannst du nicht mit ihr reden, Arvid? Ihr mögt euch doch! Vielleicht hört sie ja auf dich?«

»Hallo«, sagt Jessica irritiert. »Ich sitze hier!«

»Ja, du sitzt da, ja«, sagt Siv. »Aber du bist so unnahbar! Sieh deinen Freund an und sag mir, ob du ihn dir als Vater vorstellen kannst? Und dann versuch dir vorzustellen, dass du für uns genauso aussiehst. Nicht wie eine Mutter, sondern wie ein Kind auf der Schwelle zum Erwachsenwerden.«

Jessica sieht Arvid an. Nein, wie ein Vater sieht er wohl nicht aus. Aber auch nicht mehr wie ein Kind. Sie kann sehen, dass die Neuigkeit langsam, aber sicher bei ihm angekommen ist. Die komplette Verwirrung ist aus seinem Gesicht verschwunden und von etwas anderem abgelöst worden, das sie noch nicht recht deuten kann.

»Jessica …«, fängt er an.

Dann bricht er den Satz ab und sieht Siv und seine Eltern an. »Wäre ein bisschen *privacy* zu viel verlangt?«

Siv steht auf und stellt die Kaffeetassen und Teller zusammen. Peter und Anna folgen ihr in die Küche, aber ehe Anna den Raum verlässt, wirft sie Arvid einen letzten, desperaten Blick zu. Ein Blick, der deutlich sagt, dass sie ihre ganze Hoffnung auf ihn setzen.

Jessica ist erschöpft und niedergeschlagen. Wenn Arvid ihr wenigstens ein bisschen Verständnis entgegenbringt, für sie da ist oder sie wenigstens in den Arm nimmt. Kann sie sich so irren? Ist das wirklich alles so selbstverständlich? Lena, die Hebamme, sagt das vielleicht nur, weil sie ihre Patientinnen weder in die eine noch in die andere Richtung beeinflussen darf, sondern sie über alle Möglichkeiten informieren und ihnen alle Fragen beantworten muss, obgleich sie es genauso wahnsinnig findet wie alle anderen. Wie hätte Jessica reagiert, wenn es um jemand anderen ginge? Wenn sie erfahren hätte, dass Louise schwanger ist und das Kind behalten will? Sie kann sich die Situation nicht richtig vorstellen, weil sie heute so viel mehr weiß als noch vor einem Monat. Aber hätte sie wenigstens zugehört und zu verstehen versucht? Sie ist nicht sicher. Inzwischen ist es nicht mehr möglich, das Ganze objektiv anzugehen.

Jessica sieht Arvid an, der neben ihrem Sessel kniet, damit sie miteinander reden können, ohne dass die andern alles mitbekommen. Wenn er doch die Hand heben und sie wenigstens berühren würde! Aber das tut er nicht. Er erwidert einfach nur ihren Blick, und sie weiß nicht, ob er einen Angriff vorbereitet oder nur schon mal im Stillen die Worte vorformuliert, damit er sie auf die richtige Art herausbringt.

»Ich mag dich«, sagt er schließlich. »Und das weißt du auch. Das ist es nicht. Aber, wir können doch kein Kind zusammen haben! Das klingt völlig krank, wenn ich es ausspreche, hörst du das nicht? Ich weiß, dass es genauso meine Schuld ist, dass es so weit gekommen ist, aber daran kann ich jetzt auch nichts mehr ändern. Aber du, Jessica! Du kannst uns retten! Verstehst du? Wenn es möglich wäre, dass ich an deiner Stelle ins Krankenhaus fahre und den Abbruch vornehmen lasse, würde ich es sofort machen, aber das hilft dir auch nicht weiter, oder?«

Mitten in dem ganzen Elend verziehen sich Jessicas Mundwinkel ein wenig nach oben.

»Nicht viel«, sagt sie.

»Genau, also musst du es machen!«, sagt Arvid. »Das ist kein Spiel, Jessica!«

Sie nickt.

Arvid ballt die Hände auf ihrer Armlehne zu Fäusten und legt die Stirn kurz darauf, ehe er wieder hochguckt.

»Ich habe noch so viel vor. Ich will Karriere machen. Reisen und die Welt kennenlernen! Ich will tauchen. Vielleicht werde ich Meeresbiologe und mache lange Forschungsreisen … Ich will kein Kind, jedenfalls jetzt noch nicht! Es stimmt, was Mama sagt … Du würdest mein ganzes Leben kaputt machen, begreifst du das nicht?«

Jessica ist ein Wurm am Angelhaken. Alle schnappen nach ihr und zwischendurch beißt wer an und zieht an ihr. Sie windet sich die ganze Zeit, ohne loszukommen. Die einzige Möglichkeit loszukommen wäre die, sich fressen zu lassen. So ist das. Das ist das Schicksal eines Wurms.

»Und darum zerstört ihr lieber mein Leben?«, sagt sie. »Keiner von euch scheint sich klarzumachen, dass ich mein Leben lang damit leben muss, dass ich mein eigenes Kind umgebracht habe! Das will keiner von euch kapieren!«

»Aber das ist doch noch kein Kind, man sieht ja noch nicht mal was!«

»Doch, man sieht was! Du kannst gerne mitkommen und es dir ansehen, wenn sie es im OP aus mir rausgesaugt haben. Dann können deine Mutter und du euch über die Todeszuckungen freuen!«

»Hör schon auf, Jessica! So funktioniert das doch gar nicht.«

Jessica sieht ihm tief in die Augen. Eine gewaltige Kraftanstrengung, sie legt alles, was sie hat, in diesen Blick. »Und wie funktioniert es?«

Arvid zieht die Schultern hoch. »Woher soll ich das wissen! Aber weißt du was? Es ist mir scheißegal! Ich will dieses verdammte Kind nicht, so einfach ist das!«

Jessica schlingt die Arme um ihren Körper, versucht, nicht zu zerfallen, und kämpft gegen die Enttäuschung an, die wie Lava bei einem Vulkan aus ihr herausbricht. Die Welt ist schlecht, schlecht, schlecht.

»Mach dir keine Sorgen«, sagt sie. »Ich glaube nicht, dass er oder sie so einen wie dich überhaupt als Vater haben will!«

Arvid steht auf.

»Okay«, sagt er. »Du bist ja selber schuld! Und damit du es nur weißt, ich werde abstreiten, dass ich der Vater bin. Wenn's sein muss, sage ich, dass du auf der Fete noch mit einem anderen geschlafen hast. Oder dass ich ihn rausgezogen habe, bevor ich gekommen bin. Irgendwas in der Art!«

»Du bist widerlich«, sagt Jessica leise.

Im Alleinkampf gegen eine Übermacht. Das ist ihr jetzt klar.

Sie werden sie zwingen, aufzugeben und sich mit weit gespreizten Beinen auf dem OP-Tisch den Fötus aus dem Unterleib schaben zu lassen, und alle, absolut alle um sie herum werden erleichtert aufatmen. Genauso wird es kommen. Sie hat keine Chance.

Jessica liegt zusammengekrümmt auf ihrem Bett. Nach dem Treffen mit Arvid und seinen Eltern hat sie nicht mal mehr die Kraft gehabt, sich auszuziehen. So werden sie sie irgendwann abholen und ins Krankenhaus zu dem *Eingriff* schleppen müssen. Sie kann nicht mehr. Ende der Fahnenstange. Ihr Kampf ist vorbei. Sie hat gekämpft und verloren. Nicht nur ihr Kind, sondern auch ihren Freund und ihre beste Freundin. Und Siv obendrein. Sie will nur noch liegen bleiben, es gibt nichts mehr, wofür es sich aufzustehen lohnt, und nichts mehr zu verlieren.

Das Telefon in der Küche klingelt.

Wie im Halbdämmer hört sie Siv aus dem Badezimmer kommen und eilig zum Telefon laufen. Sie hört, wie sie sich meldet und dass sie etwas sagt, aber nicht, was sie sagt. Nach einer Weile klopft sie an Jessicas Tür und öffnet sie vorsichtig.

»Schläfst du?«

Jessica antwortet nicht. Sie wäre nicht einmal in der Lage gewesen zu antworten, wenn sie es gewollt hätte. Und sie will auch gar nicht.

»Carin ist am Apparat«, sagt Siv. »Ich weiß, dass ihr euch gut versteht. Darum hab ich mir überlegt, ob du nicht vielleicht mit ihr reden möchtest?«

Oh nein, jetzt nicht auch noch Carin! Ihr Widerstand ist doch längst gebrochen, merken sie das denn nicht? Müssen sie jetzt auch noch Carin da mit reinziehen? Noch eine mehr, die auf sie einhackt. Wenn sie nicht so entsetzlich müde wäre, wenn sie auch nur ansatzweise in der Lage wäre, sich zu rühren oder den Mund aufzumachen, würde sie jetzt laut protestieren.

Siv kommt ins Zimmer und setzt sich auf die Bettkante.

»Ich weiß, dass du wach bist, Jessica. Du bist aufgewühlt und niedergeschlagen, und du tust mir entsetzlich leid, das musst du wissen. Ich würde dich auch in Ruhe lassen, wenn Carin mir eben nicht etwas erzählt hätte … Das hab ich vorher nicht gewusst, aber sie hat eine Abtreibung hinter sich. Bevor sie Louise bekommen hat. Sie war noch extrem jung und wurde ungewollt schwanger. Sie würde gerne mit dir darüber reden. Willst du dir nicht wenigstens anhören, was sie zu sagen hat?«

Sivs Worte dringen ganz langsam durch den Nebel.

Carin? Abtreibung?

Für Jessica ist Carin der Inbegriff der Supermama. Herzlich, liebevoll, mütterlich, immer ein Papiertaschentuch griffbereit und immer was Selbstgekochtes auf dem Tisch. Dass Carin vor Louise ein Kind abgetrieben hat, ist unvorstellbar. Jessica dreht sich langsam auf die Seite.

»Aber nur, wenn du das Telefon in mein Zimmer bringst«, sagt sie.

Siv springt auf, um das Telefon zu holen. Jessica ist nicht sicher, ob sie wirklich wissen möchte, was sie gleich erfährt, ob es ihr hilft, besser zu verstehen, was alle anderen außer ihr längst begriffen haben, oder ob mit diesem Gespräch noch eine Illusion über einen Menschen zerplatzt, den sie respektiert und mag. Aber es ist ein Strohhalm, wenn auch ein dünner, an dem sie sich festhalten kann, nachdem alles um sie herum so unbegreiflich ist.

Sie steckt den Telefonstecker in die Dose hinter dem Bett. Siv zieht sich zurück und schließt die Tür mit einem hoffnungsvollen und aufmunternden Lächeln, das Jessica ganz schnell beiseiteschieben muss, wenn sie es schaffen will, den Hörer ans Ohr zu legen.

»Hallo ...?«

»Hallo, Jessica, Carin hier. Entschuldige, dass ich so spät noch anrufe!«

Ihre Stimme rieselt wie ein warmer Sommerregen durch die Reste von Jessicas Schutzwall, und sie muss sich zusammenreißen und kräftig schlucken, um nicht anzufangen zu weinen.

»Ich habe es heute Abend erfahren«, sagt Carin. »Sonst hätte ich dich schon eher angerufen. Louise hat es mir erzählt. Oder genauer gesagt, ich hab es ihr aus der Nase gezogen. Sie war so schrecklich niedergeschlagen, dass ich am Ende darauf bestanden habe, zu erfahren, was mit ihr los ist. Ich hoffe, du bist deswegen nicht sauer auf mich.«

»Nein«, murmelt Jessica. »Inzwischen wissen es sowieso alle, hab ich das Gefühl.«

»Ich weiß nicht, was Siv dir erzählt hat«, sagt Carin. »Aber ich war mal in einer ähnlichen Situation wie du.«

Jessica setzt sich mühsam im Bett auf und lehnt sich mit dem Rücken gegen die Wand. Sie will hören, was jetzt kommt. Zum ersten Mal in den letzten Tagen hat sie nicht das Bedürfnis, Augen und Ohren zu verschließen, wenn jemand mit ihr redet.

Aber sie hat Angst. Ihre Bereitschaft, zuzuhören, macht sie noch verletzlicher. Sie hat schon so viele Schläge eingesteckt und fühlt sich, als liege ihr Herz offen. Ungeschützt im kalten Luftzug pumpt es das Blut durch ihre Adern.

»Mhm«, sagt sie.

Carin scheint nachzudenken, in der Leitung ist nur ihr Atmen zu hören.

»Vorher muss ich dir aber noch was anderes erzählen«, sagt sie schließlich. »Ich denke, das ist notwendig, damit du mich nicht falsch verstehst ... Jessica, du bist die Erste, die davon erfährt. Außer Eric natürlich, aber sonst weiß es niemand.«

»Was meinst du?«

»Ich bin auch schwanger. Louise kriegt ein Geschwisterchen.«

Jessicas Kopf beginnt zu schwirren. Das ist einfach zu viel!

»Aber ... ähm!«, stammelt sie. »Also ... Glückwunsch ... oder was sagt man da?«

»Na ja«, sagt Carin, und Jessica hört ihrer Stimme an, dass sie lächelt. »Was denkst du?«

Jessica seufzt. »Gratuliert hat mir bisher noch niemand!«

»Das kann ich mir vorstellen.«

»Wie weit ... Wann wird ...?«

»Ich bin in der vierzehnten Woche. Louise sagt, du bist in der elften?«

»Ja.«

Es ist still in der Leitung.

»Ich weiß nicht, ob es richtig ist, dir das zu erzählen«, ergreift Carin wieder das Wort, »aber hier ist auch nicht alles so selbstverständlich, wie man meinen könnte. Eric war alles andere als begeistert, als er von meiner Schwangerschaft erfahren hat, wir haben auch viel über Abtreibung geredet. Aber weißt du, Jessi, ich bin jetzt zweiundvierzig ... Das ist mit ziemlicher Sicherheit meine letzte Chance. Es war absolut nicht geplant, aber trotzdem hab ich mich riesig gefreut. Ich möchte dieses Kind unbedingt haben. Das sollst du wissen, bevor ich dir von meiner Abtreibung erzähle. Damit du keinen falschen Eindruck bekommst. Und damit du weißt, dass ich nachvollziehen kann, wie es im Moment in dir aussieht, was für ein Gefühl das ist, so ein kleines Wesen, einen anderen Menschen, in sich zu tragen.«

Jessica laufen die Tränen übers Gesicht, aber sie kümmert sich nicht darum. Sie sitzt stumm auf ihrem Bett und hört Carin zu, die ihr von einem Jungen namens Sebastian erzählt.

»Er sah super aus«, sagt sie. »Alle Mädchen waren hinter ihm her. Ich war siebzehn und nicht sehr selbstbewusst, und als Sebastian ausgerechnet mit mir zusammen sein wollte, war das genau die Bestätigung, die ich brauchte. Das Gefühl, gut genug zu sein, und die neidischen Blicke der anderen Mädchen … Ich glaube, allzu verliebt in ihn war ich nicht, und von einer gemeinsamen Zukunft mit ihm hab ich auch nicht geträumt oder so. Aber wir waren zusammen. Und ziemlich bald blieb meine Periode aus. Und du weißt ja, wie sich das anfühlt, wenn man überhaupt nicht darauf vorbereitet ist!«

Jessica nickt und vergisst, dass Carin sie nicht sehen kann. Aber Carin fährt trotzdem mit ihrer Geschichte fort.

»Bei mir war es eher umgekehrt als bei dir«, sagt sie. »Meine Mutter war der Meinung, dass ich die Verantwortung für mein Handeln übernehmen müsse und das Kind zur Welt bringen und mich darum kümmern sollte. Ich war wie paralysiert, panisch, angeekelt, wenn ich ehrlich sein soll. Ich wollte kein Kind haben! Ich habe, ohne zu zögern, eine Abtreibung beschlossen. Erst unmittelbar vor dem Eingriff habe ich Muffensausen gekriegt. Aber ich habe den Abbruch trotzdem durchgezogen. Und das war gut so, Jessica! Ich wollte auf keinen Fall Mutter werden, ich war nicht reif dafür. Und ich bin nach wie vor der Meinung, dass kein Kind unerwünscht zur Welt kommen sollte. Es wäre ungerecht dem Kind gegenüber gewesen, es am Leben zu lassen. Verstehst du?«

Jessica sitzt ganz still da und starrt in das dunkle Zimmer. Sie muss eine Weile nach ihrer Stimme suchen, ehe sie antworten kann. Sie hört sich gepresst an, als wäre sie jahrelang nicht mehr benutzt worden.

»Hast du ... hast du es nie bereut?«, fragt sie schließlich. »Auch später nicht?«

»Nein. Oder ... bereut trifft es nicht ganz«, sagt Carin. »Ich war damals auch nicht hundertprozentig sicher, ob ich richtig gehandelt habe. Meine Hauptangst war, danach womöglich keine Kinder mehr bekommen zu können, dass das vielleicht meine einzige Chance war ... Ich musste oft daran denken, als ich Eric geheiratet habe und nicht schwanger wurde, obwohl wir es versuchten. Da kam die Angst wegen dem, was ich getan hatte. In meinem Kopf setzte sich fest, dass ich kinderlos bleiben würde, als Strafe für die Abtreibung, sozusagen. Aber dann bin ich doch schwanger geworden. Louise kam zur Welt und danach war alles leichter. Aber das ist nichts, was man ... Wie soll ich es ausdrücken, ohne dir Angst zu machen? Das lässt man nicht einfach hinter sich, Jessica. Man muss lernen, damit zu leben. Man trifft eine Entscheidung, was am besten für einen selbst und für das ungeborene Kind ist. Und mit dieser Entscheidung muss man leben, ob sie nun für oder gegen das Kind ausfällt.«

»Genau das denke ich ja!«, platzt Jessica heraus. »Aber das scheint keiner zu kapieren! Alle tun so, als ginge es nur darum, das Kind rauszuschaben, und – Hokuspokus – hat es nie existiert!«

»Nein, so ist es nicht. Trotzdem halte ich eine Abtreibung in manchen Fällen für die richtige Entscheidung. Ein ungewolltes Kind ist oft ein unglückliches Kind. Vielleicht richtet man einen größeren Schaden an, wenn man es leben lässt.«

Jessicas Kopf schwirrt vor Müdigkeit und den vielen Worten. All die unterschiedlichen Meinungen und Ansichten, die Ausbrüche, die Traurigkeit und die Angst, das ist alles so verwirrend. Sie weiß nicht, wo sie mit dem Sortieren anfangen soll.

»Kann ich dich später noch mal anrufen?«, fragt sie. »Wenn ich ein bisschen darüber nachgedacht habe?«

»Natürlich«, sagt Carin. »Du kannst mich jederzeit anrufen.«

»Danke.«

Aber in ihrer Verwirrung ist sie auch erleichtert. Dass sie doch nicht komplett verrückt zu sein scheint. Ihre Gedanken befinden sich nicht mehr im freien Fall. Da ist jemand, der das Gleiche erlebt und sich die gleichen Gedanken wie sie gemacht hat. Danke, Carin, dass du ausgerechnet heute Abend angerufen hast!

Jessica stellt das Telefon auf das Nachtschränkchen und streckt sich auf dem Rücken im Bett aus. Gerade war sie noch sicher gewesen, den Verstand zu verlieren, in einem dunklen Loch zu verschwinden, aus dem sie nie mehr herauskommen würde. Aber jetzt gibt es einen Lichtblick. Eine kleine, vorsichtig flackernde Flamme.

Ein kleines Lebenslicht.

Vielleicht liegt es an dem Gespräch mit Carin oder an der puren Erschöpfung, aber nachdem Jessica sich ausgezogen hat und unter ihre Decke gekrochen ist, schläft sie zum ersten Mal seit langem die ganze Nacht tief und traumlos durch, bis zum Radioweckerpiepsen am nächsten Morgen um sechs Uhr.

Das vertraute Geräusch klingt mit einem Mal so fremd. Wie aus einer anderen Welt. Einer auf den Kopf gestellten Welt, die nichts mehr mit Jessica zu tun hat. Das ist gerade das Seltsame, wenn einem etwas Großes widerfährt. Die Welt um einen herum tickt einfach weiter wie gewohnt. Die Tage haben die gewohnten Wochennamen, die Leute gehen ihrer Arbeit nach und die Flugzeuge malen ihre Kondensstreifen an den Himmel.

Donnerstag. Das heißt Sozialkunde und Deutsch am Vormittag.

Beim Gedanken an die Schule zieht sie widerwillig die Decke über den Kopf. Nicht wegen der Schule an sich, aber dorthin zu gehen bedeutet, Louise und Arvid zu begegnen.

Trotzdem schlägt sie die Bettdecke nach einer Weile zurück, steigt aus dem Bett und geht ins Badezimmer. Die Wanne ist nass, dann ist Siv also schon auf.

Jessica zieht das Nachthemd aus und betrachtet sich im Spiegel, stellt sich seitlich davor und begutachtet sich im Profil. Wer nicht weiß, wie ihr Bauch aussieht, sieht wahrscheinlich nichts, aber sie selbst erkennt es inzwischen ganz deutlich. Er wölbt sich nach vorne. Ihre Hüften sind runder als vorher, und sie ist fast sicher, dass ihre Brüste auch größer sind. Aus dem Spiegel blickt ihr eine junge Frau entgegen. Eine junge Frau, die ihr erstes Kind erwartet.

Ihr Haar ist nach wie vor rot, nur etwas blasser und mit einem deutlichen Rand am Haaransatz, wo die Farbe rausgewachsen ist. Jessica fasst die Haare in einem Zopf zusammen, ehe sie unter die

146

Dusche steigt. Beim Einseifen registrieren ihre Hände die Veränderungen ihres Körpers. Es ist ihr Körper, aber irgendwie ist er auch fremd. Genau genommen gehört er nicht mehr ihr allein. Ein weiterer Mensch ist von ihm abhängig. Das ist irgendwie unheimlich und zugleich so selbstverständlich. Es ist eine der grundlegenden Fähigkeiten des weiblichen Körpers, einen kleinen Menschen so lange in sich zu tragen, bis er bereit ist, der Welt zu begegnen. Es war nicht beabsichtigt, dass es so früh passiert, aber daran lässt sich nichts mehr ändern.

Das heißt, es war nicht ihre Absicht, dass es jetzt passiert. Aber das muss ja nicht automatisch bedeuten, dass kein Sinn dahintersteckt. Irgendeinen Sinn wird es schon haben. Und sei es nur, dass es plötzlich einen Sinn in ihrem Leben gibt, eine Aufgabe. Nämlich, ein Baby auf die Welt zu bringen.

Jessica hält mitten in der Bewegung inne.

Ein Baby! Sie kann sich kaum erinnern, überhaupt mal ein Baby aus der Nähe gesehen zu haben! Sie hat noch nie Windeln gewechselt oder einen Kinderwagen spazieren gefahren. Ein Baby muss gefüttert und gebadet werden ... und tausend andere Dinge, die sie nicht einmal ahnt. Wie soll man das alles schaffen? Gibt es Kurse, in denen man das lernt, oder weiß man einfach eines Tages, was man machen muss? Mit zwanzig oder so? Jessica steigt aus der Dusche und sieht sich noch einmal im Spiegel an. Vielleicht weiß man es ja in dem Moment, wenn man Mutter wird ...

Mama Jessica.

Sie sieht das Lachen in ihren Augen und lächelt ihr Spiegelbild an. Das ist absurd! Völlig unwirklich! Und trotzdem wahr. Sie ist die Mutter des Kindes, das in ihr wächst. Und wenn sie nichts dagegen unternimmt, sollte sie innerhalb der nächsten sieben Monate dringend lernen, wie man Windeln wechselt und Kinderwagen spazieren fährt! Sie spürt ein warmes Flattern, das zu gleichen Teilen aus Unruhe und Freude besteht. Wie soll das gehen? Unmöglich! Das schafft sie nie!

Wenn Siv für und nicht gegen sie wäre, dann könnte sie ihr alles beibringen.

Jessica geht zurück in ihr Zimmer und zieht sich an. Kurzer Stretchrock mit Strumpfhosen darunter und eine lange Bluse. Sie hat keine Lust, in aufgeknöpfter Jeans in die Schule zu gehen! Die Auswahl in ihrem Kleiderschrank ist in wenigen Wochen auf einen Bruchteil geschrumpft. Ihr wird nichts anderes übrig bleiben, als das Kindergeld vom nächsten Monat für Schwangerschaftsklamotten auszugeben. Bizarr!

Siv sitzt am Küchentisch und isst ihr selbst gemischtes Müsli mit Sojamilch. Vor ihr steht eine dampfende Tasse grüner Tee. Sie sieht Jessica besorgt und eindringlich an, als sie die Küche betritt und im Kühlschrank nach etwas sucht, wovon ihr nicht schlecht wird.

»Wie geht es dir?«, fragt Siv vorsichtig.

»Gut«, antwortet Jessica.

»Hat es dir geholfen, mit Carin zu reden?«

»Mhm. Sie ist echt nett.«

»Wie schön.«

Jessica nimmt eine Scheibe Vollkornbrot, schmiert Tartex darauf und verteilt ein paar Gurkenscheiben auf der Paste. Dann schält sie ein paar Karotten und steckt sie in die Obstpresse.

»Es gibt noch Tee«, sagt Siv hinter ihr.

Einen halben Becher Tee, das Saftglas und das Butterbrot balancierend, setzt Jessica sich auf ihren Platz Siv gegenüber. Sie weiß, dass Siv darauf wartet, dass sie etwas sagt, aber sie muss erst ein paar Bissen essen und ein paar Schlucke Saft trinken, ehe sie in der Lage ist, das zu erklären, was sie erklären muss. Obwohl sie sich nach dem erholsamen Schlaf und ihrem Gespräch mit Carin viel stärker fühlt.

Sie sieht Siv an. Täuscht sie sich oder ist sie gealtert? Oder liegt das an der Unruhe und der Müdigkeit?

»Tut mir leid, Mama«, sagt Jessica bedächtig, »aber ich kann das nicht! Ich würde jede Nacht Albträume haben und mich für den Rest meines Lebens hassen! Das kannst du doch nicht wollen?«

Siv schließt kurz die Augen, als ob sie Kraft sammeln müsste. Dann sieht sie Jessica an. »Nein, Jessica, das will ich natürlich nicht.«

Sie seufzt und legt die Hände um die große Teetasse, als wollte sie sich daran wärmen.

»Ich hatte gehofft, dass Carin dich umstimmen kann. Hat sie dir nicht von ihrer Abtreibung erzählt?«

»Doch.«

»Hat sie nicht gesagt, dass sie es nicht bereut hat, dass sie sich damals zu jung und zu unreif gefühlt hat?«

»Ja, hat sie.«

»Und sie war immerhin schon siebzehn, Jessica! Zwei Jahre älter als du!«

»Ja.«

»Und? Hast du denn gar keine Konsequenz daraus gezogen? Jessica, bitte, wieso bist du nur so … starrsinnig? Du bist doch sonst nicht so … Ich meine, man konnte doch immer mit dir reden … Wenn das deine Rebellion gegen mich sein soll, hast du dir wahrlich die falsche Gelegenheit dafür ausgesucht, Liebling! In bestimmten Phasen ist es ganz normal, wenn man sich von seinen Eltern distanzieren will und genau das Gegenteil von dem macht, was sie wollen. Aber dabei geht es um Dinge, die man reparieren kann, Jessica. Man kann sich die Haare blau färben, die Schule abbrechen, nach Portugal trampen oder in einem Geschäft was mitgehen lassen!«

Jessica muss grinsen.

»Aber damit könnte man dich eh nicht aus der Reserve locken. Wer gegen dich rebellieren will, muss Fleisch essen, Kosmetika kaufen, die an Tieren getestet wurde, heiraten und eine Hausfrau im Pelzmantel werden oder Aktien von Waffenfonds kaufen.«

Siv lacht. »Okay, okay ... Aber all das lässt sich Gott sei Dank auch reparieren!«

Sie wird wieder ernst und legt eine Hand auf Jessicas Handrücken. »Kinder hat man für immer und ewig. Natürlich ist es auch fantastisch, aber nicht, wenn man fünfzehn Jahre alt ist! Eine Weile ist es vielleicht ganz toll, aber ... entschuldige den Vergleich, aber spätestens nach einem Jahr ist es, als hätte man seinem Kind den heiß ersehnten Hund geschenkt. Nach der ersten Begeisterungsphase ist es doch wieder Mama, die sich um ihn kümmern muss! Und Jessi, ich habe keine Lust, wieder Mutter eines kleinen Kindes zu sein. Außerdem ist es nicht fair dem Kind gegenüber. Ein Kind verdient es, Eltern zu haben, die reif genug sind, um es großzuziehen. So ist das nun mal. Und du hast ja gesehen, wie Arvid reagiert hat. Eine vollkommen gesunde Reaktion für einen Jungen in seinem Alter.«

Jessica sieht aus dem Fenster. Sie will nicht an Arvid denken. Am liebsten wäre es ihr, Arvid würde gar nicht existieren oder von der Erdoberfläche verschwinden. Aber er sitzt wie ein Dorn in ihrem Fleisch und brennt.

»Ich kann es nicht töten, das hab ich doch schon gesagt«, murmelt sie. »Nicht Arvids wegen, und deinetwegen auch nicht.«

»Du erinnerst dich, was du versprochen hast, oder?«, sagt Siv.

Jessica sieht Siv stumm an. Was soll sie ihr versprochen haben? Sie kann sich nicht erinnern, irgendwas versprochen zu haben. Siv sieht ihre Verunsicherung.

»Meinst du die Mütterberatungsstelle?«

»Ja, oder die Jugendberatungsstelle, wie du willst. Die sind beide im gleichen Gebäude, auf der Rückseite der Ambulanz. Ich werde noch heute dort anrufen und fragen, ob wir mit jemand anderem als dieser Lena Moberg sprechen können.«

»Ich fand sie gut.«

»Sie ist eine Katastrophe!«, platzt Siv heraus. »Immerhin war sie es, die dir diese Flausen in den Kopf gesetzt hat!«

»Das stimmt doch gar nicht! Sie war die Einzige, die gemerkt hat, dass ich mir unsicher war, dass ich das alles überhaupt nicht so selbstverständlich fand wie du. Darum wollte sie alleine mit mir sprechen.«

Siv schnaubt. »Sie hätte begreifen müssen, dass du zu jung bist, um so eine Entscheidung zu treffen.«

Jessica steht vom Tisch auf, obwohl sie erst das halbe Brot gegessen hat.

»Ich muss zur Schule«, sagt sie.

»Du hast versprochen, mit mir dorthin zu gehen!«

»Ja, aber wohl kaum während der Schulzeit?«

Siv schüttelt den Kopf. »Ich muss ja auch zur Arbeit. Aber ich versuche, für heute Nachmittag einen Termin zu kriegen. Sie werden ja wohl einsehen, dass es eilt.«

Jessica zieht ihre Jacke an, wickelt das lange Tuch mehrmals um den Hals, nimmt ihre Tasche und geht.

Es ist kalt und stockdunkel. Es tut gut, die Lungen mit frischer Luft zu füllen. In den letzten Tagen ist oben in der Wohnung so viel Umwälzendes passiert, dass es die reinste Erleichterung ist, rauszukommen. Jessica schließt das Rad auf und strampelt los, umgeben von erleuchteten Fenstern und gähnenden Menschen, die aus ihren Hauseingängen treten, brummenden Motoren und einer einsamen Seele, die auf dem Fahrrad von der Nachtschicht nach Hause kommt. Weiße Atemwolken im Schein der Straßenlaternen. Der Katrinebergspark liegt im Dunkeln unter den großen, kahlen

Bäumen. Jessica wird automatisch schneller, als sie daran vorbeifährt. Aber als sie sich der Schule nähert, fängt sie an zu trödeln. Sie will nicht zu früh da sein, damit die Wartezeit bis zur ersten Stunde nicht zu lang wird.

Als sie die Glastür aufstößt, sieht sie Arvid. Er steht bei den Spindreihen der 9 C und unterhält sich mit Tobias und Fabian. Ihr Herz schlägt wie wild und ein unüberschaubares Gefühlschaos schwappt in ihr hoch. Sie ist wütend und enttäuscht, am liebsten würde sie Arvid schlagen und zur Hölle jagen, und sie vermisst ihn so sehr, dass es sie fast zerreißt. Sein Lachen und seine Augen mit den Stürmen, die dort drinnen toben. Die Wetterwechsel hinter seiner Iris. Seine Hände, die sich nach ihr ausstrecken und sie an sich ziehen, obwohl alle es sehen können. Sein Lachen.

Und *er* hat gesagt, dass er sie liebt. Was für ein Hohn! Jetzt steht er da drüben und amüsiert sich mit Tobias und Fabian, und an seiner Körperhaltung ist nichts Zerknirschtes, nichts an ihm lässt auf das kleinste bisschen Herzschmerz schließen. Er ist wie immer. Der gleiche Arvid wie vor dem Ereignis. Als ob nichts gewesen wäre. Nichts als ein böser Traum.

Aber Träume säen nicht solchen Samen.

Jessica schließt ihren Spind auf und spricht mit dem Kind in ihrem Bauch. Er ist uns egal, sagt sie. Wir sind jetzt auf uns allein gestellt. *Be strong, baby*. Wir schaffen das.

Die Bücher und den Ringblock wie ein Schild vor sich hertragend, geht sie an der Spindreihe vorbei und die Treppe nach oben. Sie zwingt sich, geradeaus zu gucken und Arvid nicht anzusehen, einen Schritt nach dem anderen, den Blick nach vorn gerichtet. Er will uns nicht, sagt sie zu dem Kind. Das hat er gesagt. Wir bedeuten ihm nichts und wir müssen ihn uns aus dem Kopf schlagen. Raus, raus, raus mit ihm.

Die Schüler haben sich bereits vor der Klasse versammelt.

Louise unterhält sich mit Mette, verstummt aber, als sie Jessica sieht. Für eine Sekunde überlegt Jessica, ob sie vielleicht über sie geredet haben, ob Louise die Neuigkeit ausstreut, weil sie sauer auf Jessica ist. Wissen jetzt alle Bescheid? Sie sieht sich nervös um, aber keiner der anderen scheint ihr mehr Aufmerksamkeit zu schenken als sonst. Keine vielsagenden Blicke. Nein, Louise hat offensichtlich nichts gesagt. Das kann Jessica sich auch nicht vorstellen. Sie waren beste Freundinnen, solange Jessica denken kann. Der Verlust hat eine Lücke in Jessica hinterlassen, eine offene Wunde. Sie ist ziemlich erstaunt, als sie überlegt, dass es erst zwei Tage her ist, dass sie sich mit Louise gestritten hat. Es kommt ihr viel länger vor. Als würden sie schon seit Wochen nicht mehr miteinander sprechen.

Jessica steht ganz vorne vor der Tür, und als Eric Einarsson mit dem typisch schlaksigen Gang durch den Flur geschlendert kommt und aufschließt, ist sie die Erste, die in die Klasse schlüpft. Sie setzt sich auf ihren gewohnten Platz in der linken Tischreihe. Aus dem Augenwinkel sieht sie Louise kurz zögern. Jessica ist sicher, dass sie sich woanders hinsetzen wird. Aber das tut sie nicht. Louise setzt sich neben Jessica wie gewohnt. Jessica sieht schüchtern in ihre Richtung, aber Louise blättert in ihrem Schreibblock und reagiert nicht.

Aber am Ende der Stunde bleibt Louise auf ihrem Platz sitzen und wartet auf Jessica, der vor Nervosität fast die Bücher runterfallen. Sie gehen nebeneinander die Treppe runter zu den Spinden, während ihr Schweigen wie ein Orkan zwischen ihnen tobt.

Es ist Louise, die schließlich das Schweigen bricht. Ihr Kopf steckt im Spind und sie tauscht die Gemeinschaftskundebücher gegen die Deutschbücher aus.

»Ich habe keine Vokabeln geübt«, sagt sie. »Glaubst du, dass wir einen Test schreiben?«

Das ist eine ganz alltägliche Frage, aber sie ist nur ein Vorwand.

Dahinter steht eine viel wichtigere Frage. Die Frage, ob jemals zu reparieren ist, was sie zerschlagen haben. Die Geschichte vom Vermissen, von der schmerzlichen Lücke.

Jessica wirft ihr einen kurzen Blick zu. »Ich hab auch nichts gelernt.«

Louise lächelt unsicher. »Du hast ja auch anderes im Kopf.«

»Gut möglich.«

Sie gehen Seite an Seite in Saal 303, ohne noch viel mehr zu sagen. Die Luft ist zum Bersten voll mit all den Dingen, die so bald wie möglich besprochen und geklärt werden müssen, aber für diesen Moment reicht es völlig, nebeneinanderher zu gehen und zu wissen, dass eine Freundin auch dann eine Freundin ist, wenn einem der Sturm richtig hart ins Gesicht peitscht.

✂ **Siv hat am selben Nachmittag um vier Uhr einen Termin** bei einer anderen Hebamme bekommen. Jessica schafft es gerade noch nach Hause, um ein paar Löffel vegetarisches Chili in sich hineinzuschaufeln, ehe sie wieder losmüssen. Eigentlich ist sie viel zu müde. Eigentlich würde sie viel lieber schlafen. Aber sie hat es versprochen, also geht sie mit.

Die Hebamme heißt Pia und ist groß, schlank und dunkelhaarig. Sie wirkt jünger als Lena und bewegt beim Reden ständig die Hände, öffnet und schließt sie, als würde sie so die Worte herauspumpen. Schon nach wenigen Minuten gerät sie fast mit Siv aneinander.

»Ich verstehe durchaus, dass Sie sich Sorgen um Jessica machen und dass Sie sie für zu jung halten, um ein Kind zu bekommen, aber es ist nicht meine Aufgabe, ihr zu sagen, was sie tun soll. Jessica zu einer Abtreibung zu *zwingen* kann ihr lebenslange psychische Schäden zufügen!«

»Ich will überhaupt niemanden zwingen«, sagt Siv empört. »Ich möchte nur, dass Sie als Fachfrau ihr klarmachen, welche Entscheidung die richtige ist!«

»Ich bitte Sie«, sagt Pia. »Ich weiß doch nicht, welche Entscheidung für sie die richtige ist. Natürlich weiß ich, welche Lösung die naheliegende und für die meisten Mädchen in ihrem Alter auch bestimmt die richtige wäre. Aber deswegen muss es noch lange nicht das Richtige für Jessica sein!«

Jessica versucht, ein Gähnen zu unterdrücken.

Nicht, dass sie das nicht interessieren würde, aber sie wird in letzter Zeit so schnell müde. Bereits nachmittags sehnt sie sich nur noch danach, sich endlich hinlegen und schlafen zu können. Und die ewigen Diskussionen, die ständig wiedergekäuten Worte machen sie noch müder. Genau das sagt sie auch zu Pia. Dass sie ständig müde ist.

»Das ist ganz normal«, beruhigt Pia sie. »Viele sind gerade in der ersten Zeit schrecklich müde. Im späteren Verlauf der Schwangerschaft, ungefähr nach der zwölften Woche, lässt das bei den meisten nach, genau wie die Übelkeit. Solltest du beschließen, die Schwangerschaft auszutragen, bekommst du einen Termin für eine Untersuchung deiner Blutwerte und so weiter. Aber geh erst einmal davon aus, dass es sich um eine ganz normale Müdigkeit handelt. Und vergiss nicht, dass du im Moment einer Menge psychischem Stress ausgesetzt bist.«

Den letzten Satz sagt sie mit einem Seitenblick auf Siv, die gereizt von ihrem Stuhl aufspringt.

»Sie soll die Schwangerschaft nicht zu Ende austragen! Begreifen Sie denn nicht, das Mädchen ist fünfzehn Jahre alt! Was arbeiten hier eigentlich für Menschen?«

»Wir versuchen, unsere Arbeit so gewissenhaft wie möglich zu machen«, sagt Pia und wendet sich wieder an Jessica.

»Möchtest du noch einen Termin bei mir haben?«

»Ich habe Montag schon einen Termin bei Lena.«

»Gut. Das Einzige, was ich dir sagen kann, aber das weißt du sicher längst, ist, dass du dich bald entscheiden musst. Je eher, desto besser. Nach der dreizehnten Woche wird der Eingriff komplizierter. Dann musst du vorweg möglicherweise Tabletten schlucken, die eine Fehlgeburt einleiten, und danach kommt das Ausschaben.«

Jessicas Körper zieht sich vor Unbehagen zusammen, als würde der Fötus in ihr drin zum Schutz die Plazenta dichter um sich hüllen.

»Ich habe mich schon entschieden«, sagt sie. »Das will nur niemand begreifen.«

Siv seufzt. »Sie will das Kind kriegen und es zur Adoption freigeben!«

»Oder es behalten«, sagt Jessica.

Pia nickt. »Wenn das die beiden infrage kommenden Alternativen sind, ist deine Entscheidung natürlich nicht mehr so dringlich.«

»Wir gehen«, sagt Siv. »Das hat hier doch keinen Sinn!«

Zurück in der Wohnung zündet Siv im Wohnzimmer Räucherstäbchen an, macht die Tür zu und setzt sich im Lotossitz neben den Webstuhl, um zu meditieren und ihren inneren Guru um Rat zu fragen. Jessica kann sie durch die Milchglasscheibe in der oberen Türhälfte sehen und mit einem Mal tut sie ihr fast leid. Sie legt die Handflächen neben der Scheibe auf das weiße Holz, als wolle sie ihr so etwas Wärme und Kraft schicken.

Vergiss deinen Guru, denkt Jessica. Du bist auf dich selbst gestellt, Mama. Aber vielleicht kannst du ja deine verwirrten Gedanken zu einer inneren Stimme sammeln, die dir hilft, vielleicht ist deine innere Stimme ja dein Guru.

Jessica geht in ihr Zimmer und stellt sich vor die Platte mit dem Puzzle. Das Bild von Capri ist noch nicht einmal halb fertig. So lange hat sie noch nie für ein Puzzle gebraucht. Aber ihr Leben war in letzter Zeit so auf den Kopf gestellt, dass ihr nicht einmal die Farben und Formen der Puzzleteilchen Ruhe vermittelt haben. Sie gähnt herzhaft, worauf die Himmelsteilchen in den verschiedenen Blautönen vor ihrem Blick verschwimmen. Es hat keinen Sinn, sie muss unbedingt schlafen. Oder wenigstens ausruhen.

Jessica liegt kaum auf dem Bett, da merkt sie schon, wie der Schlaf sie einholt und davonträgt, sie in Dunkelheit hüllt.

Im Traum zieht sie ein Kind an, das in ihre Handfläche passt. Die Arme und Beine des kleinen Wesens hängen schlaff und kalt zwischen ihren Fingern, aber sie zieht es trotzdem an. Sie versucht, es an ihrem Körper zu wärmen. Plötzlich ist die neue Hebamme da, Pia, und nimmt ihr das Kind weg. Sie hält es an einem Arm zwischen Daumen und Zeigefinger wie eine Schlenkerpuppe.

»Siehst du nicht, dass es tot ist?«, fragt sie und schleudert das Kind beiseite.

Jessica fährt jäh aus dem Schlaf. Sie ist nass geschwitzt, die Kleider kleben an ihrem Körper und ihr Herz schlägt schwer und aufgescheucht in ihrer Brust.

Plötzlich, ohne Vorwarnung, muss sie an die Fete in der weißen Villa denken. Wie viel Alkohol hat sie da eigentlich getrunken? Man soll doch während einer Schwangerschaft keinen Alkohol trinken! Nicht einmal in kleinen Mengen. Und sie hat Unmengen in sich reingeschüttet! Was, wenn das Kind einen Schaden hat? Behindert ist? Vielleicht lebt es ja gar nicht mehr? Ein toter Klumpen in ihrer Gebärmutter?

Die Übelkeit überkommt sie so plötzlich, dass sie es kaum noch bis zur Toilette schafft, ehe sie ihren Mageninhalt erbricht.

Ihr bleibt nur die Abtreibung. Das Kind kann unmöglich gesund sein! Bestimmt ist es behindert! Sie haben also doch recht, dass sie nicht als Mutter taugt. Bestimmt hat sie dem Kind Schaden zugefügt!

Jessica erhebt sich auf weichen Beinen, spült den Mund aus und wäscht sich das Gesicht. Danach geht sie in die Küche und wählt Carins Nummer. Ihre Finger zittern so heftig, dass sie kaum die Tasten trifft.

Louise antwortet.

»Lollo …«, sagt Jessica mit erstickter Stimme. »Ich muss unbedingt mit deiner Mutter sprechen. Ist sie zu Hause?«

Louise stellt keine Fragen.

»Klar«, sagt sie und legt den Hörer weg.

Kurz darauf hört Jessica Carins warme Stimme im Hörer und erzählt schluchzend und unter Tränen von ihrem Traum und der

Fete. Es kommt so wirr aus ihr heraus, dass Carin eine Reihe Fragen stellen muss, ehe sie versteht, was von dem, das Jessica sagt, Traum und was Wirklichkeit ist.

»Jessica, beruhig dich«, sagt sie. »Man liest überall, dass maßvolles Trinken oder ein einzelner Rausch, bevor man weiß, dass man schwanger ist, keinen Weltuntergang bedeuten.«

»Ja, a-aber ich wusste es d-doch«, schluchzt Jessica. »Ich wusste, dass ich schwanger bin, und hab es trotzdem gemacht, weil ich so geschockt war. Ich konnte nicht klar denken ...«

»Du bist unter Garantie nicht die Einzige, der das passiert ist!«, sagt Carin. »Ich bin sicher, dass es nicht schlimm ist. Es war ja nur einmal. Dem Baby geht es bestimmt gut, wage ich zu behaupten. Rede mit deiner Hebamme darüber. Die kennt sich mit so was aus.«

Jessica versucht ruhig zu atmen. Carins Worte helfen ihr über die schlimmste Verzweiflung hinweg, aber die Unruhe bleibt und nagt in ihr.

»Ich habe Montag meinen nächsten Termin«, sagt sie. »Magst du nicht mitkommen, Carin? Bitte!«

»Um wie viel Uhr?«

»Nach der Schule. Halb vier.«

»Ich versuche es, aber es hängt davon ab, ob ich eher Schluss machen kann. Kann ich dich in der Mittagspause auf dem Handy erreichen?«

»Ja, klar. Wenn ich nicht antworte, sprich was auf die Mailbox. Das wäre super ... Wenn Mama mitkommt ... Ich weiß nicht, dann trau ich mich nicht, den Mund aufzumachen. Unser Verhältnis ist momentan ziemlich angespannt.«

»Bei welcher Hebamme bist du?«

»Lena Moberg.«

Carin lacht. »Bei der bin ich auch! Sie ist gut, finde ich. Dann hast du dich also entschieden, das Kind zu behalten?«

Jessica zögert. »Ich weiß es nicht ... wahrscheinlich. Wenn es nicht krank oder behindert ist ...«

Sie sieht sich in der Küche um. Auf der Ablage liegen Zeitschriften und ein Räucherstäbchenhalter, am Kühlschrank kleben Zettel mit Zitaten und Weisheiten, ein Poster von Ganeshas halb geschlossenen Augen an der Wand, der Traumfänger im Türrahmen. Das ist ihr Leben, ihre Kindheit. All das ist für sie ganz natürlich, aber für andere vielleicht befremdlich.

»Glaubst du, dass ich ... eine gute Mutter werden könnte?«

»Ja, stell dir mal vor, das glaube ich tatsächlich«, sagt Carin. »Ich habe ziemlich viel nachgedacht seit gestern ... Für dein Alter bist du ausgeglichen, vernünftig und reif. Ich bin überzeugt, dass du es schaffen kannst. Aber es wäre nicht das Verkehrteste, Sivs Unterstützung zu haben.«

»Damit ist nicht zu rechnen!«

»Du darfst die Hoffnung nicht aufgeben. Ich kann ja mal mit ihr reden. Wir beide haben damals zusammen auf der Entbindungsstation gelegen, wusstest du das?«

»Ja, das weiß ich. Lena hat auch schon angeboten, mit ihr zu reden, aber ich glaube nicht, dass das was bringt. Sie hat sich entschieden und daran lässt sich nicht rütteln.«

»Wir werden ja sehen. Und du, das mit den Albträumen und der Unruhe ... das ist ganz normal. Ich träume zwischendurch die fürchterlichsten Dinge. Ich sage mir einfach, dass die Träume einen auf gewisse Weise vorbereiten und abhärten für die Sorge, die man sich später als Mutter um sein Kind macht. Als ich Louise erwartet habe, habe ich auch jede Menge seltsame und unangenehme Sachen geträumt. Besonders am Anfang. Ab dem fünften Monat wurde es dann besser, da ging es mir richtig gut! Voller Tatendrang und die Schönste auf der Welt war ich! Auf alle Fälle kam es mir so vor.«

Jessica lacht. »Ich glaube nicht, dass ich mich jemals wie die Schönste der Welt fühlen werde.«

»Wart's ab.«

Als Jessica den Hörer auflegt, ist ihre innere Ruhe fast wiederhergestellt. Carin ist ein Rettungsring, an dem Jessica sich festhalten kann, wenn es auf dem Meer stürmt. Nein, das trifft es nicht ganz. Sie ist kein Gegenstand, der auf dem Wasser dümpelt. Nein, Carin ist eher ein Delfin. Ein fröhlicher, verspielter und kluger Delfin, der in die Luft springt und Saltos macht, um im nächsten Augenblick in die blaue Tiefe abzutauchen oder einen verirrten Menschen ans sichere Ufer zu bringen.

»Mit wem hast du gesprochen?«

Jessica ist so in Gedanken versunken, dass sie erschrocken zusammenfährt, als Siv plötzlich hinter ihr steht.

»Hast du mich erschreckt! Ich hab mit Carin telefoniert«, sagt sie.

»Ach ja? Und was hatte sie diesmal zu sagen?«

Jessica zögert einen Augenblick. Wieso macht Siv jetzt auch deswegen Stress?

»Sie … geht am Montag mit mir zur Beratung. Vielleicht ist das ja gut, weil sie das auch schon mal durchgemacht hat …«

Das, was sie sagt, kann so oder so verstanden werden. Siv springt sofort darauf an. »Meinst du die Schwangerschaft oder den Abbruch?«

»Sowohl als auch.«

Siv seufzt und nickt. »Ja … Da ich ja nun mal nicht zu dir durchdringe … vielleicht ist es tatsächlich gut. Carin wird ja wohl hoffentlich vernünftig sein. Zumindest ist sie bodenständig und keine *Visionärin*, aber so jemanden kannst du ja auch gar nicht gebrauchen.«

Siv stellt sich ans Fenster und schaut auf die Straße runter. Als sie sich wieder umdreht, sind ihre Augen feucht. Sie streichelt Jessica zärtlich über den Arm.

»Meine Kleine«, sagt sie leise. Dann geht sie an Jessica vorbei in ihr Schlafzimmer.

In der Grundschule haben Jessica und Louise den Jungs, in die sie verknallt waren, hinterherspioniert. Entweder in der Stadt oder dort, wo sie wohnten. Da war es praktisch, wenn sie beide in den gleichen Jungen verliebt waren. Also einigten sich Jessica und Louise meistens auf einen, der für beide infrage kam. Dann schrieben sie gemeinsam Liebesbriefe, die in den seltensten Fällen den Adressaten erreichten.

In der Mittelstufe war Jessica in einen Jungen aus ihrer Klasse verliebt. Er hieß Roger. Louise weigerte sich strikt, sich in ihn zu verlieben. Was nicht weiter verwunderlich war, denn Roger war ein echter Pechvogel. Eigentlich wollte er gar nichts anstellen, aber irgendwie baute er ständig irgendwelchen Mist. Das Härteste war, als er das Auto vom Rektor auf dem Parkplatz abfackelte. Das war als Experiment gedacht. Es sollte natürlich nicht wirklich brennen, nur ein bisschen prasseln und so aussehen, als würde es brennen.

Jessica musste Roger alleine hinterherspionieren. Louise kam nur in wenigen Ausnahmefällen mit und da machte es Jessica auch nur halb so viel Spaß.

Jetzt ist Jessica wieder allein. Und viel zu groß, um Jungs hinterherzuspionieren.

Trotzdem steht sie vor dem Haus, in dem Arvid wohnt. Sie steht auf der Schattenseite des Hauseingangs auf der anderen Straßenseite. Es ist später Sonntagabend. Ihre Fußspitzen ragen aus dem Schatten, aber der Rest ist gut verborgen.

In Arvids Zimmer im zweiten Stock brennt Licht. Jessica kann seinen Kopf sehen. Er sitzt an seinem Computer. Ein Stück vom Aquarium ist auch zu erkennen. Das spezielle Licht erinnert sie an Naturdokumentationen über Korallenriffe, exotische Hitze und Farbpracht. Arvid steht auf und greift nach etwas. Gleich darauf setzt er sich wieder hin.

Ihr tut alles weh vor Sehnsucht nach ihm. Alles andere wäre gelogen. Es nützt gar nichts, sich einzureden, dass er ein unreifer Scheißkerl ist, deswegen liebt sie ihn noch genauso wie vorher.

Jessica schiebt die Hand unter die Jacke und den Pullover und legt sie auf die nackte Haut über dem Bauchnabel. Die Hand ist kalt und sie schüttelt sich ein bisschen.

Vielleicht, denkt sie zu dem Kind, ändert er ja irgendwann seine Meinung. Vielleicht wird er ja wirklich Meeresbiologe und macht Forschungsreisen rund um die Welt. Und dann kommt er nach Hause und trifft uns beide in der Stadt. Er guckt dich an und sieht, dass du haargenau seine Augen hast, und da wird ihm ganz warm ums Herz, und er ist traurig über die Zeit, die er verpasst hat, und er sagt »Hallo«.

Man kann Meeresbiologe und Vater sein. Das geht. Vielleicht kommt irgendwann ja der Tag, an dem er sich für uns entscheidet.

Aber dann ist es vielleicht wie bei John. Ein Vater auf der anderen Seite des Erdballs. Immerhin war John die ersten Jahre für sie da. Er hat ihr das Bild eines Vaters vermittelt, der nach Hause kam, bevor sie ins Bett musste, und der am Wochenende schöne Sachen mit ihr unternommen hat. Später wurde er zu einem Vater, der ein paar Straßen entfernt wohnte, und noch später zu einem Stapel Postkarten mit Bildern von Menschen und Farben in einem Licht, das nicht von hier ist.

Doch Arvid will gar nicht als Vater existieren. An den Tagen, an denen sie John besonders schlimm vermisste, hat sie gedacht, dass es vielleicht einfacher wäre, wenn es ihn gar nicht gäbe. Jemand, den es nicht gibt, kann keine Lücke hinterlassen. Obwohl das so auch nicht stimmt, muss sie sich im Schatten des Hauseinganges eingestehen. Die Lücke, die ihr abwesender Vater hinterlassen hat, wäre wahrscheinlich noch größer, wenn es gar keinen Vater gegeben hätte, den man vermissen konnte. Genauso unlogisch scheint das Leben zu sein.

Ihre Hand wird allmählich warm. Sie schiebt die andere daneben und hält sich in der Wärme unter den Kleiderschichten fest.

Da steht sie. Eine schwangere Schülerin, die ihrem Freund hinterherspioniert. Kind und Erwachsene. Glücklich und traurig zugleich.

Glücklich?

Doch, ja, ein bisschen. Weil es Menschen wie Lena und Carin gibt, die sie mit Respekt behandeln, obwohl sie viel jünger ist als sie. Die versuchen, sie zu verstehen. Und obwohl sie es selbst nicht richtig versteht, freut sie sich über ihren kleinen Bauch. Weil sie leben wird.

Sie?

Jessica denkt an das Kind immer als Mädchen. Dabei könnte es ebenso gut ein Junge sein! Aber die Vorstellung fällt ihr viel schwerer. Sich einen Jungen vorzustellen ist in jedem Fall beunruhigender. Ein *Kind* ist schon befremdlich genug!

Weiß ich wirklich, was ich tue?, denkt sie.

Die Antwort ist ganz einfach: Nein. Ich habe keine Ahnung.

Aber ich weiß, was ich nicht will.

Siv hat etwas von Solidarität gesagt an dem Abend und in der Nacht, in der sie so lange geredet haben. Solidarität mit den Frauen, Solidarität mit dem Recht auf Abtreibung. Als würde Jessica die Gesamtheit aller Frauen verraten, weil sie sich weigert, ihr Kind abzutreiben. Als wäre es Jessicas Pflicht und Schuldigkeit, als gutes Beispiel voranzugehen. Jessica hat versucht, es Siv zu erklären. Sie ist für das freie Recht auf Abtreibung. Es würde ihr gar nicht einfallen, einer Frau, die ungewollt schwanger geworden ist, zu sagen, dass sie das Kind kriegen muss. Freies Recht auf Abtreibung sollte doch bedeuten, dass man sich frei entscheiden kann, ob man eine Abtreibung machen will oder nicht.

Jessica sieht zu Arvids Fenster im oberen Stockwerk hoch.

Kannst du das nicht verstehen?, denkt sie. Ich verlang ja gar nicht mehr von dir, als dass du es verstehst. Oder wenigstens respektierst.

Sein Duft ist in ihr gespeichert.

Wieso gibt es Sehnsucht? Wieso reißt die Sehnsucht solche Wunden, obwohl sie sich entschieden hat, nichts mehr mit ihm zu tun haben zu wollen, weil er so ein Scheißkerl und verdammter Feigling ist? Warum kann sie nicht einfach aufhören, ihn zu lieben, so wie damals, als Louise und sie den Jungs hinterherspionierten?

Ein Auto fährt mit hoher Geschwindigkeit an ihr vorbei. Es dürfte schon ziemlich spät sein. Am besten geht sie jetzt nach Hause, ehe Siv Jessica noch ein weiteres Beispiel für ihre »Unreife« vorhält.

Morgen, du kleiner Keim, denkt sie, als sie mit steifen Beinen über den Bürgersteig läuft, morgen treffen wir Carin und Lena. Vielleicht fühlen wir uns danach ja nicht mehr so verfröstelt und einsam. Hauptsache, du bist gesund. Das ist das Wichtigste, dass mit dir alles in Ordnung ist.

Carin steigt gerade aus dem Auto, als Jessica atemlos angerannt kommt. Die Beratungsstelle ist ziemlich weit von der Schule entfernt und Ahlgren hat fünf Minuten überzogen.

Es ist windig und zarte, kleine Schneeflocken wirbeln durch die Luft. Carin hat sich einen Schal um den Kopf geschlungen, aber eine blonde Haarsträhne hat sich darunter hervorgemogelt und liegt einsam über der einen Wange. Jessica winkt und legt noch einen Schritt zu. Carin lacht und winkt zurück.

»Wärst *du* doch meine Mutter!«, sagt Jessica außer Puste, als sie bei Carin ankommt.

Sie gehen auf die Rückseite des Gebäudes, wo die Jugendberatungsstelle und die Mütterberatungsstelle im Souterrain untergebracht sind. Carin legt Jessica einen Arm um die Schultern.

»Na ja«, sagt sie. »Vielleicht hätte ich dann genauso wie Siv reagiert, hast du daran schon gedacht? Für sie ist es sicher schwerer, weil ihre Verantwortung für dich eine ganz andere ist als meine. Du und ich, wir sind eher Freunde.«

Sie haben gerade ihre Jacken aufgehängt und ziehen sich die blauen Einweg-Schuhhüllen über die nassen Schuhe, als Lena ins Wartezimmer kommt.

Sie sieht Carin verdutzt an. »Hallo, Carin, was für eine Überraschung! Haben wir heute einen Termin?«

Carin schüttelt den Kopf. »Ich begleite Jessica. Sie hat mich darum gebeten, ich hoffe, das ist in Ordnung.«

»Sicher, selbstverständlich.« Lena nickt. »Ich wusste gar nicht, dass ihr euch kennt. Immer herein!«

Zum zweiten Mal nimmt Jessica Platz auf dem Stuhl in Lenas Sprechzimmer, aber mit Carin dort zu sitzen ist ein ganz anderes Gefühl. Sie reden lange, und Jessica kann alles fragen, was ihr auf dem Herzen liegt, ohne dass ihr wer dazwischenfunkt. Lena antwortet, so gut sie kann, und wenn sie keine Antwort weiß, sagt sie das offen. Zum Beispiel, als Jessica fragt, ob es für das Kind besser wäre, nicht auf die Welt zu kommen, als von einer sechzehnjährigen Mutter geboren zu werden, in eine Familie, in der Oma, Vater und dessen Eltern der Meinung sind, dass es ihr Leben zerstört.

Lena seufzt. »Das kann ich dir nicht beantworten, Jessica. Die Rahmenbedingungen scheinen nicht die allergünstigsten zu sein. Doch das kann sich ändern. Aber wie stellst du dir die Zukunft vor? Willst du zu Hause wohnen bleiben?«

Darüber hat Jessica überhaupt noch nicht nachgedacht.

»Wo soll ich denn sonst hin?«, fragt sie.

»Na ja, mit einem kleinen Kind hast du Anspruch auf Sozialhilfe und könntest zu Hause ausziehen ... Was aber nicht unbedingt die beste Lösung wäre. Ich befürchte, dass du dich in einer eigenen Wohnung mit einem Baby als einziger Gesellschaft ziemlich verunsichert und einsam fühlen würdest.«

»Nein, Jessica, das klingt nach keiner guten Lösung!«, sagt Carin.

Lena will mehr über Jessicas Verhältnis zu Siv wissen. Wie es vor Jessicas Schwangerschaft war. Die Frage versetzt Jessica einen schmerzhaften Stich.

»Ich dachte immer, unser Verhältnis wäre gut«, sagt sie.

»Es ist gut«, sagt Carin überzeugt, »Siv befindet sich momentan in einem Schockzustand. Sie glaubt, dich zu deinem eigenen Besten zu der Abtreibung überreden zu müssen, auch wenn du dich wehrst. Ungefähr so, wie man seine Kinder davon zu überzeugen versucht, die Finger von der Schale mit Süßigkeiten zu lassen, damit sie einem später keine Vorwürfe wegen ihrer schlechten Zähne machen! Aber sie wird schon noch nachgeben, wenn sie einsieht, dass es das ist, was du wirklich willst, Jessica.«

Jessica schüttelt energisch den Kopf. »Das glaube ich nicht. Sie will zu Hause keinen Schreihals haben, hat sie gesagt.«

Lena sieht Jessica mit ernstem Blick an. »Und du bist wirklich sicher, dass du es willst?«

»Nein«, antwortet Jessica ehrlich. »Nicht ganz. Aber wenn die zwei Alternativen, die es gibt, in meinen Augen beide falsch sind, muss ich mich doch für die entscheiden, die mir weniger falsch vorkommt, oder?«

Lena nickt. Während sie nachdenkt, rollt sie einen Stift zwischen den Fingern hin und her, als würde der Stift ihre Gedanken in Gang halten.

»Du wirkst sehr reif für dein Alter«, sagt sie. »Ich möchte bloß sichergehen, dass dies kein Ausdruck für … ähm, wie soll ich es formulieren, damit wir uns nicht missverstehen? Also, wie du sicher weißt, ist es ganz normal, dass man mit fünfzehn Jahren bestimmte Dinge nur tut, um den Eltern eins auszuwischen, aber …« Sie unterbricht sich und lächelt. »Es hat wohl wenig Sinn, dich das zu fragen«, sagt sie schließlich. »Weil du in jedem Fall mit Nein antworten würdest, oder?«

Jessica zuckt mit den Schultern.

»Das wäre irgendwie nicht die richtige Art, zu rebellieren«, sagt sie und ist Siv fast ein bisschen dankbar, weil sie sie indirekt auf diese Frage vorbereitet hat.

Carin lacht. »Ich kenne Jessica schon ziemlich lange und ziemlich gut und kann mir nur schwer vorstellen, dass das der Grund ist.«

Lena rollt den Stift ein paar Sekunden schweigend hin und her.

»Nun gut … Dann werde ich also eine Überweisung für eine stationäre Untersuchung für dich fertig machen, Jessica Sol … Wie war noch der dritte Name?«

»Jakaranda.« Jessica seufzt. »Mein Kind kriegt auf alle Fälle einen ganz normalen Namen!«

»Zum Beispiel?«, fragt Carin neugierig. »Ich finde Elvira und Andreas schön. Oder Oliver ...«

Jessica legt eine Hand auf den Bauch und spürt den Flügelschlag der Wirklichkeit in ihrer Brust. Ein Name. Ein richtiges Kind mit einem richtigen Namen, den sie ganz alleine aussucht. Eine Sekunde später wird ihr mulmig. Ist das nicht kindisch, an solche Sachen zu denken? Das ist keine Puppe, die sie zu ihrem fünften Geburtstag bekommt! Und wenn die anderen nun doch recht haben, dass ihr überhaupt nicht klar ist, was da auf sie zukommt?

»Über die Möglichkeit, das Kind zur Adoption freizugeben, hast du nicht weiter nachgedacht?«, fragt Lena.

Jessica sieht sie an. Kann Lena Gedanken lesen? Riecht sie die Angst?

»Wenn ich mich dafür entscheide, das Kind zur Adoption freizugeben ... sehe ich es dann vorher?«

»Aber sicher«, sagt Lena. »Dein Kind muss mindestens sechs Monate alt sein, bevor es zu den Adoptiveltern kommt.«

»Was?«, platzt Carin heraus. »Nach sechs Monaten kann man sich doch nicht mehr von seinem Kind trennen! Was soll denn diese idiotische Regelung?«

»Damit die Frau die Chance bekommt, eine Beziehung zu ihrem Kind aufzubauen und es sich eventuell anders zu überlegen«, sagt Lena. »Oder um ganz sicher zu sein, dass die Entscheidung, anderen Menschen die Erziehung zu überlassen, richtig ist.«

»In dem Fall kommt eine Adoption wohl nicht infrage. Obwohl es beruhigend ist, zu wissen, dass die Möglichkeit besteht ... dass man sozusagen Bedenkzeit hat.« Carin lacht ihr spezielles Carin-Lachen und Lenas Mundwinkel bewegen sich nach oben.

»So könnte man es sagen«, sagt sie.

»Wenn ich Mama das erzähle, beruhigt sie sich vielleicht ein bisschen«, merkt Jessica an.

»Hör mal«, sagt Carin, »das möchte ich sehen, dass Siv ihr sechs Monate altes Enkelkind zu Adoptiveltern gibt!«

»Ich nicht«, sagt Jessica.

»Das tut sie im Leben nicht«, sagt Carin.

Jessica ist sich da nicht so sicher, aber es hat wenig Sinn, jetzt darüber zu spekulieren.

»Ich mache einen Termin für dich bei Britt«, sagt Lena. »Das ist unsere Sozialbetreuerin.«

»Und was hat die für eine Aufgabe?«, fragt Jessica unruhig. »Mich zu überreden, doch noch meine Meinung zu ändern?«

Lena schüttelt den Kopf. »Absolut nicht. Sie wird alles mit dir durchgehen, dich vorbereiten und dir helfen, sämtliche Details zu bedenken. Die Beziehung zu deinem Freund …«

»Ex-Freund«, korrigiert Jessica sie.

»Okay, dann eben der Vater deines Kindes. Durch das Kind werdet ihr eine lebenslange Beziehung haben, ob ihr das wollt oder nicht. Das Idealste wäre natürlich, wenn ihr euch einigen könntet und den Kontakt haltet. Darüber hinaus wird Britt alle möglichen praktischen Dinge mit dir bereden, zum Beispiel die Wohnfrage oder wie man Gelder beantragen kann, die Finanzierung allgemein und das Verhältnis zu deinen Eltern, Freunden, übrigen Verwandten … Lauter alltägliche Dinge eben. Ich bin sozusagen nur für deinen Bauch zuständig, und Britt für *dich*. Verstehst du?«

Jessica nickt.

Carin streichelt ihr sanft über den Arm. »Und ich bin auch noch da.«

»Mhm«, sagt Jessica. »Wir können uns immer gegenseitig informieren, welche Farbe der Stuhlgang hat. Hab gelesen, dass frischgebackene Mütter das tun.«

Carin lacht wieder.

Lena wirft einen diskreten Blick auf die Uhr, aber Jessica sieht es trotzdem. Bestimmt waren sie schon viel länger hier als geplant.

»Und was ist jetzt mit der *Überweisung*?«, fragt Jessica.

»Wir treffen uns in ein paar Tagen wieder. Das Gespräch für die stationäre Untersuchung dauert etwa anderthalb Stunden. Du musst eine Reihe Fragen beantworten, und es werden Proben genommen, dein Blutdruck wird gemessen und so was. Du bekommst einen Stapel Broschüren mit, in denen steht, was du essen darfst und was du vermeiden solltest. Ab jetzt gilt es, gut für dich zu sorgen, weißt du!«

Jessica muss wieder an die Fete in der weißen Villa denken. Das hat sie komplett verdrängt. Jetzt erzählt sie Lena besorgt, was sie getan hat.

»Hab ich … glauben Sie, dass das Kind trotzdem gesund ist?«, fragt sie am Ende.

»Gut ist so was natürlich nicht«, sagt Lena. »Aber wir können davon ausgehen, dass es dem Baby nicht geschadet hat. Es war ja nur einmal und passiert ist passiert. Deine Sorge um das Kind kann ihm mehr schaden als der einmalige Ausrutscher. Das Beste wird sein, nicht weiter darüber nachzugrübeln. Aber von jetzt an kein Tropfen Alkohol mehr! Rauchst du?«

Jessica schüttelt den Kopf.

»Gut«, sagt Lena. »Und lass dir gesagt sein, auch wenn alle dein Alter als etwas Negatives in diesem Zusammenhang empfinden, rein physisch bist du perfekt in Form, ein Kind auszutragen und zu gebären. Junge Frauen haben die gesünderen Kinder und häufig eine leichtere Entbindung.«

Sie beugt sich vor und streicht Carin übers Knie. »Das hört sich in deinen Ohren jetzt sicher nicht sehr erfreulich an, aber ich denke, das ist keine Neuigkeit, oder?«

Carin lacht.

»Deswegen mache ich mir keine Sorgen«, sagt sie. »Ich freue mich einfach. Ich wünsche mir nur, dass Erik sich irgendwann genauso freut wie ich.«

»Das kommt hoffentlich noch«, sagt Lena. »Männer brauchen oft länger, um sich an den Gedanken zu gewöhnen, dass sie Vater werden. Das ist schließlich etwas, das außerhalb ihres Körpers stattfindet, aber zugleich ein Teil von ihnen ist, etwas, das sie nicht kontrollieren können. Das ist nicht einfach. Einige fühlen sich ausgeschlossen, andere unfreiwillig hineingezogen.«

»Hast du es Lollo noch immer nicht erzählt?«, fragt Jessica.

Carin schüttelt den Kopf.

»Aber ich habe es mir für heute vorgenommen. Es ist nicht fair dir gegenüber, dass du mein Geheimnis vor deiner besten Freundin geheim halten sollst. Ganz unabhängig davon ist es allmählich nicht mehr zu übersehen, irgendwann würde sie es sowieso merken.«

Carin ist von Natur aus etwas mollig. Jessica wäre nie darauf gekommen, dass sie schwanger ist. Doch wahrscheinlich nimmt Carin die Veränderungen genauso wahr wie Jessica an ihrem eigenen Körper.

Als sie draußen sind, umarmt Jessica sie. »Danke, dass du mitgekommen bist! Du kannst dir gar nicht vorstellen, was das für mich bedeutet!«

Carin nimmt Jessicas Gesicht in ihre Hände und Jessica spürt ihren warmen Atem.

»Und ich danke dir, dass du mich darum gebeten hast«, sagt sie. »Ich hoffe so, dass du die richtige Entscheidung getroffen hast und dass alles gut für dich wird. Ich habe auch ein bisschen Angst, verstehst du? Dass ich dich womöglich zu einem Entschluss ermuntert habe, den du für den Rest deines Lebens bereust. Ich hoffe, dass ich mich nicht von der Freude darüber mitreißen lasse, dass wir zwei sind, dass wir das, was vor uns liegt, miteinander teilen können ...«

»Ich werde mich nur daran erinnern, dass du an mich geglaubt hast«, sagt Jessica. »Und wie wichtig das für mich war.«

Siv sitzt am Webstuhl, als Jessica nach Hause kommt. Am liebsten würde Jessica sich direkt in ihr Zimmer verdrücken, um jede weitere quälende Diskussion mit Siv zu vermeiden. Aber sie weiß, dass es nur noch schlimmer wird, wenn sie es hinausschiebt. Also zwingt sie ihre Beine, ins Wohnzimmer zu gehen und sich die Webarbeit anzugucken. Sie hat einen ganz neuen Charakter bekommen, da ist nichts mehr von den weichen, stillen Farben und Formen, die Siv sonst kombiniert.

»Wie schön!«, sagt Jessica.

»Das hat aber lange gedauert«, antwortet Siv, ohne aufzuschauen.

»Wir hatten viel zu bereden.«

»Carin auch?«

»Ja.«

»Und?«

»Ich werde das Kind kriegen. Wie ich es dir bereits gesagt habe.«

Sivs Hände halten einen Moment inne. Dann schiebt sie einen grünen Stofffetzen zwischen die Kettfäden. *Klack, klack.* Sie nimmt den Blick nicht von ihrer Webarbeit, aber Jessica sieht ihrem Nacken und den Schultern an, wie aufgewühlt sie ist.

»Du hast gehofft, dass ich meine Meinung ändere, stimmt's?«, sagt Jessica.

»Wer hätte das nicht?«, kontert Siv.

»Carin«, sagt Jessica. »Sie versteht, wie ich mich fühle, und sie steht hinter mir. Und außerdem hört sie mir zu!«

Das ist gemein. Ein bitterer Geschmack breitet sich in Jessicas Mund aus, als sie das sagt. Und es tut ihr auf der Stelle leid. Nicht wegen Siv, sondern wegen Carin.

Siv erhebt sich wortlos, geht zum Telefon und wählt eine Nummer.

»*Was zum Teufel ist eigentlich in dich gefahren?*«, schreit sie in den Hörer. Jessica ist gleich klar, dass sie Carin angerufen hat. Sie rennt in ihr Zimmer und knallt die Tür hinter sich zu.

Wie konnte sie nur so bekloppt sein?! Warum hat sie Carin so kläglich verraten und ausgeliefert? Ihre einzige Freundin in dem ganzen Chaos!

Lange ist Sivs erregte Stimme aus der Küche zu hören, da hilft es auch nichts, dass Jessica sich aufs Bett wirft und das Kissen auf die Ohren drückt. Jetzt ist Carin bestimmt enttäuscht von ihr, und grade war Jessica noch so glücklich, fast aufgedreht, dass sie jemanden hat, mit dem sie das gemeinsam durchstehen kann. Ihre Freude war richtig ansteckend.

Entschuldige, denkt Jessica, entschuldige, entschuldige, entschuldige.

Als Siv den Hörer auflegt, ist es einige Sekunden extrem still in der Wohnung. Danach sind ihre Schritte auf dem Flur zu hören und gleich darauf wird die Tür zu Jessicas Zimmer aufgerissen.

»Du hast noch sechs Wochen Zeit, es dir anders zu überlegen!«, sagt sie. »Aber dann ist das Kind, dass du abtreibst, halb fertig, vergiss das nicht! Das ist dann eine Fehlgeburt, mit all den Schmerzen, die damit verbunden sind, ein sterbendes Kind herauszupressen, kapierst du? Ich hätte mir nie träumen lassen, dass ich dir einmal drohen muss, Jessica, aber eins muss dir klar sein: Wenn du dein Leben kaputt machen willst, dann ohne mich. Hörst du? Ich habe alles für dich getan, aber das hier weigere ich mich mitzumachen!«

Jessica hört, was Siv sagt, ist aber unfähig, es zu verstehen. Wie kann Siv, ihre Siv, ihre eigene Mutter, ihr das antun? Das kann und will sie nicht verstehen. Sie hat Siv noch nie so erlebt. Sie konnten immer über alles reden und diskutieren und haben immer eine Lösung oder einen Kompromiss gefunden. Wie kann ein ungeborenes, kleines Kind, ein völlig wehrloses Wesen in wenigen Tagen all das zerstören, was sie zusammen aufgebaut haben?

Jetzt hat sie niemanden mehr.

Carin wird nach dem Ausbruch von Siv wohl kaum noch was mit Jessica zu tun haben wollen. Wie konnte Jessica nur so infernalisch dumm sein!

Sie muss sich entschuldigen. Jetzt gleich.

Sobald Siv aus dem Zimmer ist und die Tür hinter sich zugeknallt hat, legt Jessica das Kissen beiseite und sucht das Handy in ihrer Tasche. Ihre Finger sind so zittrig, dass sie sich mehrmals vertippt, dabei hat sie Louises Nummer an erster Stelle gespeichert. Sie wählt noch mal, während die Sekunden davonticken. Endlich kommt das Freizeichen. Womöglich ist Carin so enttäuscht, dass sie nicht mehr ans Telefon geht.

Wenigstens Louise ist zu Hause und nimmt den Hörer ab.

»Ich muss unbedingt mit Carin sprechen«, rappelt Jessica los, ohne Louise zu begrüßen. »Mama hat einen Mordswutausbruch gehabt und das ist alles meine Schuld!«

»Was denn für einen Mordswutausbruch?«

»Sie hat Carin zur Schnecke gemacht. Ich hab gesagt, dass Carin glaubt, dass alles gut wird, dass ich bestimmt eine gute Mutter wäre … Mama ist völlig ausgetickt … Ich muss mit ihr reden! Ist sie zu Hause?«

Ein paar Sekunden ist es ganz still in der Leitung.

»Also …«, setzt Louise an. »Weißt du eigentlich, wie seltsam das ist, dass du ständig hier anrufst, um mit meiner Mutter zu reden? Nimm es mir nicht übel, aber ich finde das extrem merkwürdig. Seid ihr neuerdings beste Freundinnen, oder was?«

»An dieser Stelle könnte ich einwenden, dass du ganz offensichtlich die Freundin meiner Mutter bist«, sagt Jessica. »Aber das tue ich nicht, weil ich mich nicht mit dir streiten will … Bitte, Lollo, ich erklär es dir später, du wirst es bestimmt verstehen … Aber jetzt muss ich wirklich dringend mit Carin sprechen!«

»Du bist nicht mehr die Alte«, sagt Louise. »Du hast dich total verändert. Die Jessi, mit der ich befreundet war, hätte keine Sekunde gezögert, eine Abtreibung zu machen, verstehst du? Sie hätte niemals darüber nachgedacht, ob sie eine gute Mutter ist oder nicht! Das ist doch krank!«

Jessica seufzt.

»Dann warst du vielleicht mit jemand anderem befreundet«, sagt sie. »Ich bin so, wie ich bin. Am Anfang war ich total panisch, völlig unter Schock … Aber als ich es endlich begriffen habe … als in meinem Schädel angekommen ist, dass das ein richtiger Mensch ist, ein kleines Baby, mein Kind … da konnte ich es auf keinen Fall mehr töten! Ist das so verdammt merkwürdig?«

Erneutes Schweigen. Jessica bohrt die Fingernägel in die Handfläche und ermahnt sich selbst zu Geduld. Das ist auch wichtig. Gleich kann sie mit Carin reden, aber Louise ist ihre beste Freundin, sie muss es ihr irgendwie verständlich machen.

»Okay«, sagt Louise am anderen Ende. »Okay, vielleicht ist es nicht so merkwürdig … Wahrscheinlich kapiert man so etwas erst, wenn man es selber erlebt. Würdest du es verstehen, wenn ich an deiner Stelle wäre?«

»Ich weiß es nicht«, antwortet Jessica ehrlich. »Ich hab auch schon darüber nachgedacht und kann es dir nicht sagen. Aber ich hoffe, dass ich wenigstens *versuchen* würde, es zu verstehen.«

»Ist Schluss zwischen dir und Arvid?«

»Ja.«

»Und … ist es das wert?«

»Das weiß ich auch nicht. Aber ich habe irgendwie keine andere Wahl. *Er* schon. Und er hat sich entschieden. So ist das.«

»Okay … aber … Dann spazierst du also demnächst mit einem

Kinderwagen durch die Gegend und suchst einen Kindergarten-platz und ... Scheiße, wir wollten doch zusammen aufs Gymnasi-um! Wir haben doch die gleichen Leistungsfächer gewählt!«

Jessica sieht sich in ihrem Zimmer um. Ihre ganze Kindheit und Jugend sitzt in den Wänden. Vor der Tür wartet eine neue Zeit. Über die sie nichts weiß. Und Siv hat ihr gedroht, sie raus-zuschmeißen. Anders ist das, was sie gesagt hat, ja wohl nicht zu verstehen.

»Das war alles nicht so geplant«, sagt Jessica. »Glaubst du etwa, als ich auf Paulas Fete mit Arvid geschlafen habe, dass ich dabei gedacht habe: *Oje, jetzt werde ich womöglich schwanger und dann können Lollo und ich nicht zusammen aufs Gymnasium gehen?* Glaubst du das?«

»Nein, natürlich nicht, aber ...«

»Aber was? Es ist passiert. So ist es. Soll ich mein Kind opfern, damit ich zusammen mit dir aufs Gymnasium gehen kann? Willst du das damit sagen?«

»Hör dich doch mal selber an!«, platzt Louise heraus. »Du bist auf einmal so verdammt erwachsen! Egal was man sagt, du hast auf alles eine Gegenantwort!«

Jessica seufzt.

»Ich wünschte, es wäre so«, sagt sie leise. »Ich wünschte wirk-lich, dass ich auf alles eine Antwort hätte. Eigentlich weiß ich gar nichts. Und eigentlich habe ich eine Scheißangst, Lollo, kapierst du das nicht? Und du könntest bei mir sein ... an meiner Seite und mich stützen, aber du hast nur ...«

Sie bricht mitten im Satz ab. Ihr brennen schon wieder die Tränen hinter den Augenlidern, und sie muss kräftig schlucken, um das Weinen zu unterdrücken.

»Entschuldige«, sagt Louise. »Das ist einfach so schwer zu be-greifen ... Natürlich bin ich für dich da ... Wenn du wirklich überzeugt von dem bist, was du tust. Wenn du das wirklich durchziehen willst. Wenn es so wichtig für dich ist.«

»Ich finde es wichtig, hinter dem stehen zu können, was ich tue.«

Louise ist stumm.

»Ja«, sagt sie dann. »Das ist es.«

Jessica schaut Rufus an, der über ihrem Bett sitzt. Das eine Ohr ist lose und hängt traurig herunter, aber sein Gesichtsausdruck ist wie immer. Ein wenig unergründlich. Ein Gesicht, in dem man sich spiegeln kann.

»Kann ich jetzt mit Carin sprechen?«, fragt sie.

»Ja, klar …«

Louise legt den Hörer weg und Jessica wartet. Es dauert eine Weile, bis Carin an den Apparat kommt.

»Es tut mir so leid«, sagt Jessica. »Ich wollte nicht … Ich hab nicht damit gerechnet, dass Mama so ausrastet und dich anruft. Ich wollte ihr nur zeigen, dass es jemanden gibt, der an mich glaubt.«

»Jessi, du liebe Güte!«, sagt Carin. »Ich bin nicht davon ausgegangen, dass du ihr was verschweigst. Und ich war absolut darauf eingestellt, dass sie nicht begeistert reagieren wird.«

»Sie hat dich verletzt.«

Carin zögert.

»Ja«, sagt sie. »Ein bisschen. Aber es gibt Schlimmeres.«

»Danke«, sagt Jessica leise, fast flüsternd. »Dass du da bist.«

»Ich bin auch froh, dass es dich gibt, Jessica.«

»Hast du es Lollo schon erzählt?«

»Nein, aber ich werde es gleich tun. Ist zwischen euch wieder alles eingerenkt?«

»Ich weiß nicht. Aber hoffentlich bald.«

»Das ist gut. Sie war so schrecklich traurig … Bis morgen, Jessi.«

180

»Ja. Tschüss.«

Es gäbe noch jede Menge zu sagen. Aber Jessica ist so schrecklich müde. Völlig ausgelaugt nach dem aufwühlenden Gefühlskarussell und den aufregenden Ereignissen. Im Augenblick erlebt sie an jedem einzelnen Tag mehr als in ihrem ganzen Leben bisher.

Sie geht früh schlafen, ohne noch mal mit Siv zu reden. Die Luft in der Wohnung vibriert von allen gesagten und ungesagten Dingen. Fragezeichen prallen aneinander, verhaken sich und reißen sich voneinander los.

In dieser Nacht träumt Jessica von Babys. Es sind so viele, dass sie sie nicht zählen kann. Ihr Geschrei ist unerträglich grell, ihre Münder sind groß wie Suppenteller, und sie stopft so viel Brei in sie hinein, dass die Babys zu grotesk großen Ballons anschwellen. Und dann fangen sie an zu scheißen. Überall ist Scheiße, sie watet bis zu den Knöcheln darin herum, während sie versucht, die Säuglinge aus den Kinderstühlen zu heben, in denen sie sitzen, aber ihre Körper sind so aufgedunsen, dass sie hoffnungslos festklemmen.

Als sie aufwacht, ist ihr Kissen nass.

Am ganzen Körper zitternd geht sie ins Bad und wäscht sich das Gesicht. Danach sitzt sie lange auf dem Klodeckel, die Arme um den Oberkörper geschlungen, und versucht, mit dem Zittern aufzuhören, zu ihren Gefühlen zurückzufinden, zu der Nähe zu dem Kind, das in ihr wohnt.

Man träumt teilweise schreckliche Dinge, hat Carin gesagt. Das ist ganz normal.

In vielen Ländern ist es weder ungewöhnlich noch merkwürdig, dass eine Sechzehnjährige ein Kind bekommt. Warum soll sie das nicht auch auf die Reihe kriegen?

Der Sportunterricht wird bald zu einem Problem. Oder weniger der Unterricht selbst als das Davor und Danach im Umkleideraum. Jessica wartet, bis die anderen geduscht haben, um sich selber schnell frisch zu machen, während Louise ungeduldig auf der Stelle tritt, weil sie essen gehen will. Am Ende sind nur noch sie zwei übrig.

»Du kannst deinen Bauch doch nicht ewig verstecken«, sagt Louise. »Wäre es nicht besser, es den anderen so bald wie möglich zu erzählen? Ihnen zuvorzukommen, ehe es an anderer Stelle durchsickert?«

Jessica sagt dazu nichts. Sie zwängt sich in ihre Klamotten, die besonders widerborstig sind, weil sie sich nach dem Duschen nicht ordentlich abgetrocknet hat. Natürlich lässt sich das nicht mehr ewig geheim halten. Und natürlich wäre es das Beste, wenn sie es selber erzählen würde, das sieht sie ja ein. Aber die letzte Zeit war so anstrengend. Das ganze Hickhack, während sie nach einem kleinen, festen Stück Boden für ihre Füße gesucht hat. Sie braucht erst einmal ordentlich Bodenkontakt, bevor der nächste Sturm losbricht.

»Kannst du dir vorstellen, was das für ein Getratsche gibt!«, sagt Louise mit einem Nachdruck, der fast an Begeisterung grenzt. »Aber das wird sich schnell wieder legen, wie immer. Es ist auf alle Fälle besser, wenn sie es von dir erfahren, als dass irgendwer Verdacht schöpft und hinter deinem Rücken tuschelt und quatscht.«

Seit dem Telefongespräch ist alles anders zwischen ihnen. Zwischendurch wirkt Louise fast, als würde sie sich diebisch auf die Bombe freuen, die demnächst platzen wird. Jetzt beobachtet sie neugierig, wie Jessicas Strumpfhosen über dem Bauch spannen.

»Es ist wirklich zu sehen«, stellt sie fest.

»Ich weiß. Sogar richtig gut.«

»Wie fühlt es sich an?«

Jessica schaut sie erstaunt an. »Was?«

Louise sieht fast ein bisschen verlegen aus.

»Na ja, merkst du, dass sich da drinnen was bewegt?«

Jessica schüttelt den Kopf. »Es fühlt sich nur irgendwie … aufgedunsen an. Das dauert wahrscheinlich noch ein paar Wochen, ehe man was anderes spürt. Carin hat gesagt, sie hätte dich in der zwanzigsten Woche in ihrem Bauch rumschwappen fühlen.«

»Rumschwappen?«

»Das hat sie gesagt.«

Louise lacht. »Das ist echt krank … meine Mutter und meine beste Freundin gleichzeitig schwanger! Wenn die Kinder auf der Welt sind, können wir mit zwei Kinderwagen durch die Stadt fahren! Na, die Leute werden schön glotzen!«

»Bestimmt denken sie, wir fahren unsere Geschwister spazieren.«

Louise sieht enttäuscht aus. »Ja, wahrscheinlich.«

Jessica mustert Louise amüsiert. »Was ist denn mit dir los? Kriegst du Muttergefühle?«

»Wie kommst du denn darauf?«

»Willst du auch ein Kind? Frag Arvid, der ist ein sehr erfolgreicher Samenspender.«

Louise schüttelt den Kopf. »Ich will kein Kind an der Backe haben! Mich interessiert nur … du weißt schon … die Sensation. Was ist an mir schon interessant? Du bist mit einem Mal so aufregend und spannend, da kommt man sich im Vergleich wie die letzte Schnarchtasse vor.«

»Vor noch nicht allzu langer Zeit hast du mich für total verrückt erklärt.«

»Das bist du ja auch!«

Jessica seufzt. »Willst du wissen, wie witzig es ist, schwanger zu sein? Die Klamotten passen nicht mehr, man könnte bei allem, was ein bisschen intensiver riecht, kotzen, rund um die Uhr schlafen, wenn man nicht zweimal in der Stunde aufs Klo rennen müsste. Und dann die Albträume und das Geflenne wegen jeder Kleinigkeit. Und egal worüber man klagt, sagt einem die Hebamme, dass das *gaaanz* normal ist.«

Louise zuckt mit den Schultern. »Und ... warum nimmst du es dann auf dich?«

Jessica hält mit einem Stiefel in der Hand inne. »Habe ich dir das nicht erklärt?«

»Okay, ja, das hast du. Ungefähr hundert Mal. Und jetzt mach hin. Ich verhungere.«

Jessica zieht die Stiefel an und nimmt ihre Jacke vom Haken.

»Aber irgendwie ist es auch toll«, fügt sie hinzu, als sie mit Louise über den asphaltierten Schulhof zur Kantine geht. »Im Internet zu verfolgen, was sich von Woche zu Woche verändert ... wie sich in einem drin ein Mensch entwickelt ... ein anderer Mensch in deinem eigenen Körper! Kannst du dir das vorstellen?«

Louise schüttelt sich. »Ich finde, das klingt unheimlich. Nach *Alien*, irgendwie. Du weißt schon, der erste Teil, wo es im Körper des Typen rumort und wühlt, der von dem Monster angefallen wurde ...«

Jessica fröstelt. »Hör auf! Da muss ich auch manchmal dran denken. Nachts, wenn ich aus einem Albtraum hochschrecke. Und weißt du, woran ich noch denken muss? Das darfst du aber niemandem erzählen!«

Louise schüttelt den Kopf und sieht sie mit großen Augen an.

»Ich war mal mit Papa im Naturhistorischen Museum, da muss ich ungefähr fünf Jahre alt gewesen sein. In einem Schaukasten zwischen allen möglichen Missgeburten – unter anderem ein verstaubtes Kalb mit zwei Köpfen und andere ekelige

Sachen – stand ein Behälter mit siamesischen Zwillingen, die waren gelblich bleich und schwammen in so einer gelben Flüssigkeit. Das vergesse ich nie! Die waren bestimmt über hundert Jahre alt, aber wenn ich mir vorstelle, dass irgendwas schiefgeht …«

»Jetzt hör schon auf!«, sagt Louise. »Deinem Kind geht es super, ist doch klar! Und so ein gut aussehender Vater wie Arvid … Denk doch nicht an so was!«

Jessica lächelt. »Man hat alle möglichen komischen Gedanken, du ahnst ja nicht … Aber am liebsten gucke ich mir irgendwelche süßen Babybilder an.«

In der Kantine ist es laut und voll. Dienstags haben fast alle Klassen zur gleichen Zeit Mittagspause.

Arvid, Fabian und Tobias sitzen an dem Tisch, wo sie immer mit Louise und Jessica gesessen haben. Louise zeigt mit einem kurzen Nicken dorthin, als sie ihr Glas mit Wasser füllt.

»Wir haben genau das gleiche Recht, uns an den Tisch zu setzen, wie sie«, sagt sie.

»Ich will aber nicht«, sagt Jessica.

»Meinte Lena nicht, dass du an deiner Beziehung zu ihm arbeiten solltest?«

»Schon …«

»Also, komm!«

Louise geht vor Jessica zu dem Tisch und stellt ihr Tablett am freien Tischende ab. Jessica folgt ihr widerstrebend und setzt sich auf den andern freien Platz. Fabian und Tobias sehen sie verdutzt an. Jessica hat keine Ahnung, wie viel sie wissen. Vielleicht hat Arvid ihnen nichts erzählt. Aber es muss ihnen doch zumindest komisch vorkommen, dass sie und Arvid sich nicht mehr in den Pausen treffen. Oder ist ihnen das noch gar nicht aufgefallen? Bei Jungs weiß man nie.

Die Hackfleischsoße riecht penetrant. Jessica ärgert sich, dass sie nicht nur Reis und Salat genommen hat.

Arvid steht eilig auf, obwohl sein Teller verrät, dass er höchstens ein paar Bissen gegessen haben kann.

»Ich muss noch was erledigen vor der nächsten Stunde«, sagt er, ohne Jessica oder Louise auch nur einmal anzusehen.

Tobias sieht ihn mit vollem Mund dämlich an.

»Ich bin noch nicht fertig …«, sagt er mit von Reis und Hackfleischkrümeln beeinträchtigter Sprache.

»Bis später«, sagt Arvid und verschwindet.

Was für ein demonstrativer Auftritt! Jessica starrt mit glühenden Wangen auf ihren Teller. Jetzt bloß nicht heulen! Zähne zusammenbeißen. Warum nur ist sie mit Louise hierhergegangen? Was für eine hirnrissige Idee. Als ob es nicht so schon schwierig genug wäre, das Essen runterzukriegen. Louises mitfühlender Blick macht die Sache auch nicht besser.

»Was ist eigentlich passiert?«, fragt Fabian. »Habt ihr Stress, oder was?«

»Das musst du Arvid fragen«, sagt Louise schnell. »Er ist das Schwein, nicht Jessi.«

Jessica funkelt sie wütend an. »Hör auf!«

Louise macht den Mund auf, klappt ihn aber gleich wieder zu.

Tobias kaut wie ein Bekloppter und nach ein paar ewigkeitslangen Sekunden stehen er und Fabian auf und gehen auch. Jessica schiebt den Teller weit von sich, um den Geruch nicht länger einatmen zu müssen. Sie hat ein paar Salatblätter und eine Scheibe Gurke gegessen, mehr nicht.

Louise schaut auf den Teller und dann zu Jessica. »Solltest du nicht etwas mehr essen? Ihr seid immerhin zu …«

Jessica zischt ihr zu, dass sie still sein soll.

»Aber sie erfahren es doch sowieso irgendwann«, flüstert Louise.

»Aber nicht jetzt!«, faucht Jessica.

»Jetzt weiß ich wenigstens, wieso Mama eine Weile wegen jeder Kleinigkeit aus der Haut gefahren ist. Allmählich lässt es nach, bei dir hoffentlich auch bald. Ich weiß nicht, wie lange Papa das noch mitgemacht hätte.«

Jessica antwortet nicht. Sie weiß, dass er das Kind eigentlich nicht haben wollte. Das würde er wahrscheinlich niemals offen zugeben, aber Jessica weiß es und wird es niemals vergessen.

Vor ihr hat sich eine neue Welt aufgetan. Eine Erwachsenenwelt, an die sie vorher noch nie einen Gedanken verschwendet hat. Dass Siv eines Tages zu John gegangen ist, um ihm zu erzählen, dass sie schwanger ist. Jessica hat sie noch nie gefragt, ob er sich freute, als er es erfahren hat. Oder hat er versucht, Siv zu überreden, sich das Kind wegmachen zu lassen? Ob ihre Scheidung, die Tatsache, dass die Beziehung in die Brüche ging, an Jessica lag?

Das kann sie nicht fragen. Siv ist nach wie vor sauer. Siv wartet noch immer darauf, dass Jessica »Vernunft annimmt«, obwohl eine Abtreibung ab jetzt viel anstrengender und qualvoller wäre. Jedes Mal wenn sie Jessica ansieht, scheint ihr Blick zu sagen: Denk dran, was ich dir gesagt habe.

Es ist ätzend, nachmittags nach Hause zu kommen und mit diesem Blick empfangen zu werden. Die verkrampften Schultern und den steifen Nacken zu sehen. Die harten Schläge des Webstuhls zu hören und zu sehen, dass die wachsenden Textilien zunehmend Disharmonie und Frustration ausstrahlen. Dummerweise ist Jessica viel zu erschlagen, um bis in die Puppen mit Louise in der Stadt rumzuhängen, und Louise ist es momentan nicht so recht, dass sie bei ihr zu Hause sind. Sie scheint eifersüchtig zu sein. Weil Carin und Jessica etwas gemeinsam haben, was Louise nicht richtig verstehen und teilen kann. Es reicht schon wenn die beiden sich ansehen, dass Louise sich als fünftes Rad am Wagen fühlt.

Bei dem Gespräch für die stationäre Untersuchung hat Jessica eine Broschüre bekommen, in der steht, was sie essen kann und was sie vermeiden sollte. Etliches davon erstaunt sie ziemlich. Wie zum Beispiel das mit dem Fisch. Im Prinzip darf sie so viel Fisch essen, wie sie will, solange er nicht aus der Ostsee kommt. Fisch aus der Ostsee ist nur ab und zu erlaubt. Und der Fisch, den sie sich immer als den gesündesten und umweltfreundlichsten vorgestellt hat, nämlich der Fisch, den man in einem See in der Nähe fängt, ist strikt verboten. Weil er mit Schwermetallen und anderen Giften verseucht ist. Sie würde so gern mit Siv darüber reden, dann könnten sie sich gemeinsam darüber aufregen, aber beim Anblick von Sivs angespannten Schultern und dem verbissenen Gesichtsausdruck bleiben ihr die Worte im Halse stecken.

Sie muss an den Sommer denken, als sie fünf Jahre alt war und die ganze Familie auf einer Insel gezeltet hat. Das war das erste und einzige Mal, dass sie im Zelt geschlafen haben. Sie hatten ein kleines Boot mit Außenbordmotor gemietet und John kaufte eine kleine Angel für Jessica. Dann stritten John und Siv sich darüber, ob lebende Würmer auf den Haken gehörten oder nicht. Jessica erinnert sich noch lebhaft an Sivs schauerliche Schilderungen des leidenden Wurms am Haken. Am Ende haben sie mit Brotteig geangelt. Zwei Stunden und einen halben Brotlaib später biss der erste Barsch an. Nachdem der Fisch sowieso tot war, haben sie ein Fischauge als Köder genommen, und da konnten sie sich vor lauter Fischen kaum noch retten. Ein Barsch nach dem anderen fand den Tod und bekam die Augen herausgepult. Siv übergab sich zwischen ein paar Birken, aber Jessica wischte sich einfach die Hände an der Hose ab, die für den Rest ihrer Tage nach Fisch stank, und pulte die nächsten Barschaugen heraus, um sie als Köder zu benutzen.

Das Gefühl, wenn ein Fisch anbiss, war fantastisch und berauschend, wie er sich wehrte und kämpfte und am Ende doch besiegt ins Boot gezogen wurde. John sagte lachend, dass Jessica seinen Jagdinstinkt geerbt habe. Er hatte früher Rehwild und Elche gejagt, aber sein Gewehr in den Schrank gehängt, als er Siv kennenlernte. Nach der Scheidung hatte er ein paar Anläufe gemacht, die Jagd wieder aufzunehmen, aber es war nicht mehr dasselbe wie früher, meinte er. Vielleicht hatten Sivs Predigten über die »Mitreisenden« ihn doch mehr beeinflusst, als er es eingestehen wollte.

Nach den Angelausflügen brieten sie die Fische mit etwas Butter und Salz über einem Lagerfeuer am Wasser. Besseren Fisch hatte Jessica nie wieder gegessen. Und da sollten so viele Schwermetalle und Gifte drinstecken? Oder war es in den letzten zehn Jahren so viel schlimmer geworden? Wahrscheinlich wird alles verseucht sein, wenn ihr Kind fünfzehn ist.

Die Verbotsliste war lang. Nicht nur wegen der Umweltgifte, sondern auch wegen aller möglichen Bakterien. Rohmilchkäse zum Beispiel und Leber durfte sie nicht essen.

Sie geht jetzt alle zwei Wochen zu Lena. In den Wochen dazwischen ist sie bei Britt. Beide haben jede Menge Broschüren über alles Mögliche für sie. Sozialhilfe, Erziehungsgeld, Schwangerschaftsverlauf, Entbindung ... offensichtlich ist zu allem was geschrieben worden. Britt ist groß und schlank. Am Anfang war sie Jessica nicht sehr sympathisch, aber das Unbehagen ist allmählich in widerstrebenden Respekt übergegangen. Britt weiß, wovon sie spricht, sie packt Jessica nicht in Watte, bevormundet sie aber auch nicht. Sie behandelt Jessica mit Offenheit und Respekt und erwartet das Gleiche von ihrer Seite.

Und das funktioniert gut. Jessica muss nachdenken, wenn sie bei Britt ist, nach vorne blicken und unterschiedliche Lösungen abwägen. Zum Beispiel darüber, was sie machen will, wenn Siv sie nicht länger bei sich zu Hause haben will oder sie selbst nicht länger dort wohnen will, weil Siv allem, was mit dem kleinen Kind zu tun hat, ablehnend gegenübersteht.

Wie bekommt man eine Wohnung? Welche Hilfe steht einem zu und was wird einem dafür abverlangt? Wenn Arvid sich weiter von Jessica distanziert, das Kind aber trotzdem irgendwann wissen will, wer sein Vater ist, welche Möglichkeiten und Rechte hat da das Kind? Und welche Rechte hat Jessica, welche Forderungen könnte sie an Arvid stellen, wenn sie es will?

Über solche Dinge und mehr spricht sie mit Britt. Erwachsenenangelegenheiten. Zukunftsfragen, die plötzlich aktuell für sie geworden sind. Nach den ersten Treffen schwirrt ihr der Kopf. Begriffe wie Kindergeld, Erziehungsgeld, Unterhaltsbeitrag … Sie kann sich das alles gar nicht merken. Sie hat schon genug damit zu tun, dass in ihr ein Kind heranwächst.

Carin geht nur einmal im Monat zur Kontrolluntersuchung bei Lena vorbei. Sie nimmt das »Basisprogramm« der Schwangerschaftsvorsorgeuntersuchung wahr, wie es heißt. Aber Lena war der Meinung, dass Jessica öfter kommen sollte, besonders am Anfang. Manchmal begleitet Carin sie zu den Untersuchungen. Als Jessica zum Beispiel das erste Mal die Herzlaute hören kann, ist sie dabei. Jessica liegt auf der Liege und Lena reibt ihren Bauch mit einem kühlen Gel ein. Danach fährt sie mit einer Art Mikrofon über den Bauch, das alle Geräusche aus dem Körper verstärkt und in Lenas Apparat überträgt. Jessica stört die Untersuchung mehrmals mit ihrem Kichern, weil sie so über das Gurgeln und Blubbern in ihrem Bauch lachen muss.

Bis Carin plötzlich eine Hand auf ihren Arm legt.

»Leise, Jessi«, sagt sie aufgeregt. »Hör mal!«

»Ja«, sagt Lena. »Da haben wir es.«

Jessica lauscht. Das klingt überhaupt nicht wie ein Herz, eher wie ein schnelles Rauschen oder hektische Flügelschläge.

»Hörst du das?«, fragt Carin. »Das ist der Herzschlag deines Babys!«

In dem Augenblick bewegt sich das Kleine, ein saugendes Geräusch, und der Herzschlag ist weg. Aber Lena findet ihn wieder, diesmal weiter unten. Wusch-wusch-wusch ... Die Luft verdichtet sich so sehr, dass Jessica fast das Atmen vergisst. Selbst Lena, die das schon tausendmal gemacht haben muss, sieht ganz andächtig aus.

»Ist das normal, dass es so schnell schlägt?«, flüstert Jessica.

Lena nickt. »Es hört sich genauso an, wie es klingen soll«, sagt sie und liest den Puls des Kindes auf dem Display ab, bevor sie den Wert in Jessicas Schwangerschaftsjournal einträgt.

Danach reibt sie Jessicas Bauch mit einem Papierhandtuch trocken und redet über etwas ganz anderes, wovon Jessica kaum was mitbekommt. Sie hat gerade ihr Kind gehört, eine ganz deutliche Botschaft aus ihrem Körper. Jetzt ist er wirklich da, der kleine Mensch in ihrem Bauch.

Jessica unterbricht Lena mitten im Satz. »Kann ich es noch mal hören? Bitte?«

Lena wirft einen Blick auf die Uhr.

»Also gut«, sagt sie lachend und drückt einen neuen Klecks Gel auf den Bauch.

Hinterher, als Jessica und Carin, die sich für den Rest des Tages frei genommen hat, ins Zentrum gehen, fängt Jessica plötzlich ohne Vorwarnung an zu weinen. Eine verwirrende Mischung aus Freude, Angst, Schauder und Ungeduld verwirbelt ihr Inneres, und sie kann es nicht verhindern, dass die Tränen laufen.

Carin legt ihr den Arm um die Schultern.

»Meine Kleine«, sagt sie. »Ist es so schlimm? Hast du es dir anders überlegt? Noch ist es nicht zu spät ...«

Jessica schüttelt den Kopf.

»Nein«, schluchzt sie. »Nein, es ist nur ... Entschuldigung, ich weiß nicht, was ...«

Carin lacht sanft und macht Lena nach: »Mach dir keine Sorgen. Das ist bestimmt gaaaaanz normal!«

Einige Tage nachdem sie zum ersten Mal die Herztöne gehört hat, sieht sie ein, dass sie unmöglich länger verbergen kann, was mit ihr los ist. Sie geht immer stärker vornübergebeugt und in immer weiteren Pullovern, aber was sich dadurch verbergen lässt, ist nicht unbegrenzt. Ihr Bauch ist inzwischen genauso groß wie Carins, obgleich die ein paar Wochen weiter ist als sie. Zumindest kommt es Jessica so vor, als wäre er genauso groß. Carin war ja schon vorher etwas fülliger, darum sieht man ihr die Schwangerschaft nicht so an, obwohl sie ihren Bauch stolz mit ihren neuen Schwangerschaftskleidern hervorhebt.

Jessica hat sich unter Schwangerschaftskleidern große, zeltähnliche Kleider und monströse Latzhosen vorgestellt, aber Carins Sachen sind cooler und körperbetonter als das, was sie sonst trägt. Sie gehen zusammen in die Stadt und probieren Sachen aus. Jessica findet ein dunkelrotes Oberteil und ein Paar Jeans mit hellen Nähten und niedriger Taille und mit einem dehnbaren Bauchteil, das sich eng anschmiegt. Das Bündchen ist ein breites Gummiband mit einem Knopfloch am einen Ende und zwei Knöpfen am anderen, damit das gute Stück mitwachsen kann. Der Teil der Hose ist nicht unbedingt der hübscheste, aber den sieht man ja normalerweise auch nicht. Und es ist eine unbeschreibliche Erleichterung, nichts mehr anziehen zu müssen, was über dem Bauch drückt. Wenn man das Oberteil über die Spezialkonstruktion zieht, sieht die Hose richtig cool aus. Carin kauft ihr die Kleider, ohne mit der Wimper zu zucken. Jessica nimmt sie fest in den Arm. Das Kindergeld ist noch nicht gekommen und nach dem Auftanken ihres Handys vor ein paar Tagen hat sie keine Öre mehr.

An diesem Abend, auf dem Weg von ihrem Zimmer ins Badezimmer, sieht Jessica Siv am Küchentisch über eine Broschüre gebeugt, die ihr irgendwie bekannt vorkommt. Sie schleicht sich leise an. Doch, das ist ihre Broschüre, in der steht, was man während einer Schwangerschaft essen und nicht essen sollte. Die hat sie wohl liegen lassen.

Einen Augenblick überlegt sie, ob sie etwas sagen soll. Vielleicht kann sie jetzt endlich über das reden, was mit ihr passiert. Aber dann fehlt ihr doch der Mut. Noch eine Predigt erträgt sie nicht. Sie muss Kraft für den morgigen Tag sammeln, wenn sie es in der Schule erzählen will.

Sie warnt Louise vor, als sie sich bei den Spinden treffen.

»Ich bin bereit, die Bombe platzen zu lassen«, sagt sie. »Es ist dir überlassen, was du tun willst.«

Louise sieht sie verständnislos an. »Was ich tun will?«

Jessica zuckt mit den Schultern. »Na ja, falls dir das peinlich ist oder so … Oder falls du dich für mich schämst. Ich versteh das, kein Problem …«

Louise sieht sie entgeistert an. »Schämen? Bist du nicht ganz dicht? Natürlich schäme ich mich nicht! Ich halte dich für völlig verrückt, aber das steht auf einem ganz andern Blatt. Ehrlich gesagt finde ich dich total mutig. Und natürlich will ich dabei sein, wenn es die Klasse aus den Latschen haut!«

Jessica lacht dankbar. »Du bist einfach super«, sagt sie.

»Nein, du. Ich hab solches Muffensausen gekriegt … Als du mir erzählt hast, was du vorhast … Das war der totale Schock. Ich konnte es einfach nicht glauben. Ich dachte, ich müsste dich retten oder so.«

Jessica nickt. »Das ist in Ordnung«, sagt sie. »Ich bin mir selber auch nicht immer ganz sicher.«

Unter dem weiten Strickpullover trägt Jessica die neuen Sachen, die Carin ihr gekauft hat. Wie viele Stunden hat sie in ihren viel zu warmen Pullovern geschwitzt, aber damit ist jetzt Schluss. Von nun an will sie ihren Bauch genauso stolz wie Carin zur Schau tragen. Hoffentlich traut sie sich … Bei dem Gedanken fängt ihr Herz an gegen die Rippen zu schlagen.

»Wie soll ich es machen?«, fragt sie. »Soll ich ihnen kommentarlos meinen Bauch zeigen oder es Mette und Sonja erzählen?«

Mette und Sonja machen jeder Buschtrommel Konkurrenz.

»Ich würde der Krabbe einfach sagen, dass du der Klasse was mitzuteilen hast«, sagt Louise. »Das wäre saucool. Traust du dich? Mach doch … eine kleine Show daraus.«

Jessica sieht Louise unsicher an. So hatte sie sich das nicht vorgestellt. Aber vielleicht hat Louise sogar recht. Auf die Weise kann sie die Klasse vielleicht auf ihre Seite ziehen und erspart sich lästiges Getuschel hinter ihrem Rücken. Sie sollen ihre Version bekommen. Und mehr als diese eine Gelegenheit wird sie wahrscheinlich nicht kriegen.

Wenn sie sich zutraut, die Geburt durchzustehen, wird sie das ja wohl erst recht schaffen! Verglichen damit ist das doch gar nichts, oder?

»Also gut«, sagt sie nervös. »Ich versuch es.«

Louise nickt erwartungsvoll. »Ich bin bei dir.«

Jessica nimmt die Schwedischbücher aus dem Spind und schließt ihn ab. Ihre Hände sind schweißnass. Einatmen. Ausatmen. Sie wird das durchziehen.

»Wetten, dass alle Arvid für den Vater halten«, sagt sie, als sie die Treppe hochgehen.

»Geschieht ihm recht, oder?«, sagt Louise. »Das ist er ja schließlich auch.«

»Schon, aber …«

»Kein Aber! Wenn du dir jetzt irgendwas ausdenkst und später doch herauskommt, dass er der Vater ist, dann wird es erst recht peinlich. Scheiß auf ihn! Jetzt geht es um dich.«

Jessica nickt. »Okay.«

»Gut.«

Die Krabbe heißt eigentlich Wilma Svensson und ist ihre Vertrauenslehrerin und Lehrerin für Schwedisch und Englisch. Sie ist blass und ziemlich dünn, geht leicht gebeugt und hat glatte Fisselhaare. Dabei ist sie definitiv nicht so grau und naiv, wie man aus ihrem Äußeren schließen könnte. Sie lässt sich von niemandem die Butter vom Brot nehmen. Selbst die aufmüpfigsten Jungs zeigen ihr angemessen Respekt.

Die Krabbe sieht ein wenig verwundert aus, als sie die Tür zu Raum 306 aufschließt und Jessica sie fragt, ob sie nach vorne kommen und der Klasse etwas mitteilen kann, bevor der Unterricht beginnt.

»Können wir das nicht auf später verschieben, nach dem Unterricht?«, fragt sie mit auf Krabbenart hochgezogenen, weißblonden Augenbrauen.

»Dann bin ich so nervös, dass ich von der ganzen Stunde nichts mitbekomme«, sagt Jessica.

»Ach so? Dann scheint es ja wichtig zu sein?«

Jessica schaut sie an. »Für mich auf alle Fälle.«

Die Krabbe mustert sie fragend, während die Schüler in die Klasse und zu ihren Plätzen strömen. Dann nickt sie.

»Also gut … Dann machen wir es so.«

Jessicas Herz rast. Sie hatte fast gehofft, dass die Krabbe Nein sagen würde. Soll sie sagen, dass sie es sich anders überlegt hat, jetzt gleich, ehe es zu spät ist? Sie bohrt die Fingernägel in die Handflächen und versucht, ruhig zu atmen und ihre Gedanken zu sammeln. Ein Murmeln hängt in der Luft. Egon schlägt Nils die Mütze vom Kopf, der halbherzig nach ihm tritt, aber sein Ziel verfehlt. Lilja und Mette streiten sich wegen irgendwas. Ali und Arman unterhalten sich mit Eskil in der Bankreihe hinter ihnen.

Sonja gähnt mit weit aufgerissenem Mund und Louise sitzt ruhig da und sieht Jessica aufmunternd an. Aber ihren Augen ist anzusehen, dass sie genauso aufgeregt ist wie Jessica.

Die Krabbe klatscht ein paarmal in die Hände, um die Aufmerksamkeit auf sich zu lenken. Andere Lehrer sagen »Also« oder »Dann wollen wir mal anfangen« oder vielleicht »Jetzt regen wir uns alle ein bisschen ab«, aber die Krabbe klatscht einfach in die Hände und in wenigen Sekunden drehen sich alle um und werden still. Heute ist es noch stiller als sonst, weil Jessica vorne steht. Etwas weicht vom Gewohnten ab und das hat einen unmittelbaren Effekt. Fragende Blicke fliegen zwischen den Tischen hin und her. Was ist da los? Was ist mit Jessica? Arman flüstert Ali was ins Ohr und grinst, aber dann sind auch sie still. Jessica sieht Louise an und Louise lächelt sie aufmunternd an. Jessica beißt sich auf die Lippe. Noch ist es nicht zu spät, einen Rückzieher zu machen. Ein paar Tage mehr oder weniger spielen auch keine Rolle mehr. Dann hätte sie noch ein bisschen Zeit zum Nachdenken und könnte vielleicht mit der Krabbe gemeinsam überlegen, wie man das am besten über die Bühne bringt …

»Jessica möchte uns etwas erzählen«, sagt die Krabbe. »Bitteschön, Jessica!«

Jessica sieht sich hastig in der Klasse um, als hoffe sie auf einen überraschend auftauchenden Fluchtweg. Aber dann nimmt sie sich zusammen. Sie will es hinter sich bringen. Sie kennt sie doch alle, die meisten seit der Grundschule. Und wenn sie mit der Neuigkeit nicht klarkommen, ist das eigentlich ihr Problem. Sie hat Louise, da ist alles andere doch egal. Mette und Sonja werfen Louise fragende Blicke zu, Mette piekst sie sogar mit dem Stift in den Rücken, aber Louise sieht sie nur genervt an, ehe sie sich wieder Jessica zuwendet. Lilja wickelt eine blonde Haarsträhne um ihren Zeigefinger und sieht die anderen neugierig an, als wollte sie rauskriegen, ob sie was verpasst hat, was alle anderen wissen.

Jessica holt tief Luft. Jetzt wird es Zeit. Die Krabbe sieht schon ungeduldig aus. Also, Augen zu und durch. Over and done with. Vielleicht kriegt das Kind in ihrem Bauch ja mit, was passiert. Vielleicht liegt es da und wartet und lauscht.

»Also … es wird bald wahrscheinlich eine Menge Gerede geben«, sagt Jessica. »Darum dachte ich, dass ich es euch lieber selber erzähle. Vorher, sozusagen.«

Nils seufzt übertrieben und lässt sich gegen die Rückenlehne fallen. »Boooooooooring …«

»Gerede worüber?«, fragt Lilja und zwirbelt weiter ihre Haarsträhne, die schon ganz verknotet ist.

»Jetzt haltet doch mal die Klappe«, sagt Louise. »Jessica versucht ja, es euch zu erzählen!«

Schweigen. Louise nickt Jessica zu.

»Vor einer Weile«, sagt Jessica, »habe ich festgestellt, dass … dass etwas nicht ist, wie es sein sollte … Also hab ich einen Test gemacht, und dabei ist herausgekommen … dass ich schwanger bin.«

Das Schweigen in der Klasse ist zum Schneiden. Hastige Blicke wandern hin und her. Will sie uns auf den Arm nehmen, fragen die Blicke, oder ist das ernst gemeint? Lilja kichert, schlägt sich aber gleich darauf die Hand vor den Mund. Jessicas Gesicht glüht. Wahrscheinlich leuchten ihre Wangen wie eine rote Ampel. Obwohl das bestimmt niemandem auffällt. Die Neuigkeit ist zu gewaltig. Siebenundzwanzig Gehirne arbeiten unter Hochdruck, um die Information zu verarbeiten, die Jessica ihnen hingeworfen hat. Und sie hat noch mehr zu sagen.

»Alle haben fest damit gerechnet, dass ich abtreibe«, fährt sie fort. »Das schien die selbstverständlichste Lösung … aber nicht für mich. Ich hatte nicht vor, ein Kind zu kriegen, natürlich nicht, es ist einfach passiert … Aber trotzdem, ich werde es auf alle Fälle kriegen. Es ist mir ganz egal, was die anderen sagen oder denken. Allen, die meinen, ich wäre zu jung, dass ich das niemals schaffe, werde ich beweisen, dass sie unrecht haben. Aber es gibt auch Leute, die hinter mir stehen …«

Sie macht eine Pause. Die Krabbe steht mit halb offenem Mund da und sieht genauso überrumpelt aus wie alle anderen.

»Also«, sagt Jessica und sieht sich um. »Mehr wollte ich eigentlich nicht sagen.«

»Mehr nicht?«, sagt Ina.

»Und wann … wann ist es so weit?«, fragt Jenny.

»Im Mai«, antwortet Jessica.

Ein Raunen geht durch die Klasse.

»Kann man schon was sehen?«, fragt Egon.

»Das geht dich doch überhaupt nichts an«, sagt Mette.

»Zieh deinen Pullover aus, Jessi!«, sagt Louise. »Dein Bauch sieht total schön aus!«

Jessica sieht Louise dankbar an. Dann zieht sie den dicken Pullover über den Kopf und hofft, dass das neue dunkelrote Oberteil keine Schweißflecken unter den Armen hat. Vor lauter Staunen darüber, dass es so hübsche Schwangerschaftskleider gibt, hat sie ganz vergessen, die Wasserprobe zu machen. Das Oberteil ist weit ausgeschnitten und hat einen Saum unter der Brust, der weich, aber nachdrücklich den gewölbten Bauch unterstreicht. Jessica ist mitten in der sechzehnten Woche. Ohne den ausgeleierten Pullover besteht kein Zweifel mehr an ihrem Zustand, auch wenn sie noch keine Riesenkugel hat.

Arman und Ali grinsen breit und irgendwem rutscht ein »Wow« heraus, aber im Übrigen ist es immer noch sehr still.

»Hast du deswegen dreimal hintereinander Sport geschwänzt?«, fragt Sonja.

Jessica nickt.

Nils stöhnt und legt den Kopf auf die Tischplatte. »Oh Mann, das ist ja ekelig«, sagt er.

»Du bist ekelig!«, faucht Louise ihn wütend an. »Es ist total mutig von Jessica, dass sie ihr Kind kriegen will, aber dass deine Mutter nicht Verstand genug hatte, dich abtreiben zu lassen, ist eine Katastrophe!«

Vereinzeltes Lachen in der Klasse.

»Hallo, jetzt reicht es!«, sagt die Krabbe, die endlich ihre Sprache wiedergefunden hat.

»Aber er kann doch nicht einfach so was sagen!«, regt Louise sich auf.

Jessicas Mundwinkel wandern nach oben, als sie an Louises Reaktion vor einigen Wochen denkt. Vielleicht werden sich nach etwas Bedenkzeit ja noch ein paar hinter sie stellen. Vielleicht ist sie am Ende ja doch nicht ganz allein? Sie ist überhaupt ziemlich überrascht. Hatte es sich schlimmer vorgestellt.

»Verdammt, dann wirst du also Mutter!«, sagt Lilja, die noch nie die Schnellste in der Klasse war.

Louise seufzt und will gerade eine spitze Bemerkung machen, als die Krabbe in die Hände klatscht.

»Genug jetzt!«, unterbricht sie das Gespräch. »Ich verstehe ja, dass ihr einen Haufen Fragen an Jessica habt, aber die werdet ihr auf die Pause verschieben müssen!«

Danach wendet sie sich an Jessica. »Und wir beide werden uns später auch noch mal unterhalten, nicht wahr?«

Jessica nickt und merkt, wie sie zittert, als sie an den Bankreihen vorbeigeht und sich auf ihren Platz fallen lässt. Ihr ist richtig schlecht, jetzt, wo die Anspannung auf einmal von ihr abfällt. Sie hat es getan. Die Lawine ist angestoßen, jetzt bleibt ihr nur noch, sich warm anzuziehen.

Das Gerücht macht wie der Blitz die Runde durch die Schule. Am nächsten Tag wird Jessica von allen Seiten angestarrt, als sie über den Schulhof läuft und das Schulgebäude betritt. Lass sie glotzen, denkt sie verkniffen. Lass sie glotzen, bis ihnen die Augen aus den Höhlen fallen! Wir schaffen das.

Arvid ist nicht da. In der Mittagspause kommt Paula zu Jessica und Louise an den Tisch.

»Die sind gestern wie eine Horde Hyänen über ihn hergefallen«, erklärt sie. »Er schwänzt bestimmt. Alle wollten wissen, ob er der Vater ist. Er ist es, oder?«

Jessica zuckt mit den Schultern.

»Das muss er beantworten«, sagt sie.

»Einige glauben, es wäre jemand anders«, sagt Paula neugierig. »Dass ihr deswegen so plötzlich Schluss gemacht habt.«

»Und wenn!«, sagt Louise.

Paula mustert ungeniert Jessicas vorstehenden Bauch. »Carro sagt, dass das Kind im Mai kommt.«

Jessica nickt.

»Wann im Mai?«

»Am zwanzigsten. Na ja, vielleicht auch an einem anderen Tag, aber es ist erst mal auf den zwanzigsten berechnet.«

Paula lacht begeistert. »Dann würde es genau hinkommen mit meiner Fete!«

»Und wenn ich mit mehreren Jungs geschlafen habe?«, sagt Jessica.

»Quatsch! Arvid und du, ihr habt den ganzen Abend aneinandergeklebt! Ist das dort passiert? Bei mir zu Hause? Wahnsinn!«

Louise sieht Paula an. »Leugnet er es? Wenn sie ihn fragen, meine ich?«

Paula schüttelt den Kopf. »Ich glaube, er hat gar nichts gesagt.

Außer, dass sie blöde Arschlöcher sind und ihre Klappe halten sollen oder so was in der Art. Auf alle Fälle war er ganz schön sauer, aber das kann ja alles bedeuten. Die Leute reden über nichts anderes. Ob er der Vater ist oder nicht. Wieso du nicht hast abtreiben lassen …«

»Wie schön für sie«, sagt Jessica. »Dass sie was zu tratschen haben.«

»Und was sagen sie so?«, fragt Louise.

Paula zuckt mit den Schultern. »Alles Mögliche … Die meisten finden natürlich, dass du völlig bescheuert bist. Einige vermuten, dass du es aus religiösen Gründen machst oder dass es deine seltsame Mutter ist, die …«

»Mama hat damit überhaupt nichts zu tun!«, fällt Jessica ihr ins Wort. »Das ist ganz allein meine Entscheidung. Bestell das den Klatschmäulern.«

»Ich finde dich echt cool«, sagt Paula. »Dass du den Mut hast.«

Jessicas Lächeln ist etwas steif. Sie fühlt sich im Moment wahrlich alles andere als mutig. Eingeschüchtert und verletzlich ist sie, aber zugleich fest entschlossen. Sie will gar nicht wissen, was Arvid getan oder gesagt hat, trotzdem saugt sie jedes Wort über ihn auf. Er tut ihr leid und gleichzeitig ist sie fürchterlich wütend auf ihn. Sie hätte nie gedacht, dass er so ein Feigling ist! Andererseits kann sie seinen inneren Aufruhr und seine Panik auch nachvollziehen. Sein Leben liegt in ihren Händen, sie kann ihn auf alle Zeit auf seine Verantwortung festnageln. Sie kann sich gegen das Kind entscheiden, er nicht. Er hat kein Mitspracherecht. Ein paar verirrte Spermien und das Unwiderrufliche ist eingetroffen.

Es ist anstrengend in der Schule, aber nicht unmöglich. Louise steht wie ein sicherer Fels an ihrer Seite. Nach außen hin lässt sie sich nicht anmerken, dass sie jemals gegen Jessicas Entscheidung gewesen ist. Die meisten sagen gar nichts, etliche machen einen Bogen, vermeiden jedes Gespräch, beobachten sie im Geheimen. Ein paar machen sich offen lustig. So wie Arman, Egon und Nils, als sie ihre Pullis mit den Jacken zu Riesenbäuchen ausstopfen und schreien, dass die Wehen einsetzen und sie zur Entbindungsstation müssen.

Louise verdreht die Augen.

»Werdet erwachsen, ihr Idioten!«, ruft sie hinter ihnen her.

Jessica ist das ziemlich egal. Sie findet die schlimmer, die verstummen, sobald sie sich nähert. In der Schlange vor der Essensausgabe zum Beispiel. Damit kann sie viel schlechter umgehen. Der Lärmpegel ist ziemlich hoch, wenn Louise und sie das Schulgebäude betreten, aber sobald die Leute sie bemerken, geht der Geräuschpegel nach unten und wird durch Schweigen ersetzt. Jessica starrt auf ihren Teller und legt sich linkisch mit dem Löffel Kartoffeln auf.

»Scheiß auf sie«, sagt Louise. »Die beruhigen sich bald wieder.«

Nachmittags platzt die Krabbe in Ahlgrens Mathestunde und bittet Jessica, mit ihr nach draußen zu kommen. Jessica wechselt einen fragenden Blick mit Louise und steht auf. Was hat das zu bedeuten?

Die Krabbe lächelt sie freundlich an, als sie auf den Flur kommt. Nur ein kurzes Gespräch, erklärt sie. Die Rektorin erwartet sie.

Bei der Direktorin sitzen bereits der Schulpsychologe und Schwester Vera. Jessica seufzt. Jetzt geht das wieder los. All die Fragen, die sie bereits zu Hause oder bei Lena und Britt beantwortet hat. Hat sie sich das wirklich gut überlegt? Ist ihr klar, was für eine Verantwortung das bedeutet? Begreift sie nicht, dass sie viel zu jung dafür ist und dass sie auch an das Wohl des Kindes denken muss?

Jessica sieht Hilfe suchend zu Schwester Vera. Die meisten gehen lieber zu ihr als zum Schulpsychologen, wenn sie Probleme haben. Vera streicht ihr schulterlanges, dunkles Haar nach hinten und beißt sich nachdenklich auf die Unterlippe, sagt aber nichts.

»Ich habe vor, das Kind zu kriegen«, erklärt Jessica. »Ich bin all diese Dinge mit den Leuten in der Mütterberatungsstelle durchgegangen, mit der Hebamme und der Psychologin. Warum müssen Sie jetzt davon anfangen?«

»Bitte, Jessica«, sagt die Krabbe. »Wir haben es doch jetzt erst erfahren!«

Endlich ergreift Vera das Wort. »Wir sollten versuchen, etwas konstruktiver zu sein«, sagt sie bestimmt. »Wäre es nicht angebrachter, über die Lösung der Probleme nachzudenken, die uns betreffen? Zum Beispiel, wie wir es Jessica ermöglichen können, ihr Abschlusszeugnis zu bekommen. Nach der Geburt des Kindes sind es nur noch ein paar läppische Wochen bis zu den Sommerferien, das muss doch irgendwie zu regeln sein?«

Die Krabbe sieht etwas aus der Fassung gebracht aus. »Also … Jessica könnte die letzten Wochen ja sozusagen Fernunterricht machen … wenn das nötig ist. Ihre Leistungen sind ja sehr gut.«

Die Direktorin nickt. »Das wird sich schon regeln lassen. Aber das ist nur ein Punkt von vielen.«

»Jedes Detail ist wichtig, damit am Ende alles passt«, sagt Schwester Vera.

»Wie bei einem Puzzle«, sagt Jessica und schickt Schwester Vera einen dankbaren Blick zu.

Als die Krabbe Jessica zurück zur Klasse bringt, ist die Mathestunde längst vorbei und die Chemiestunde hat angefangen. Die Krabbe nimmt Monica kurz beiseite und erklärt ihr, warum Jessica zu spät kommt, während Jessica von neugierigen Blicken begleitet an ihren Platz geht. Louise sieht besorgt aus, als sie sich endlich auf den Platz neben ihr setzt.

»Alles in Ordnung?«, flüstert sie.

Jessica nickt. »Ich glaube schon ...«

»Lass dich von denen nicht fertigmachen!«

Jessica sieht Louise erstaunt an, die verlegen lächelt.

»Es ist ein bisschen, als würde ich Tante werden«, sagt sie. Jessica lächelt auch.

»Okay«, sagt sie. »Nichts dagegen. Ich muss nächste Woche Donnerstag zum Ultraschall. Kommst du mit?«

Louise strahlt. »Oh ja! Geil! Da darf höchstens eine Begleitperson dabei sein. Und als Mama beim Ultraschall war, ist Papa mit reingegangen!«

Sie dreht das Haar im Nacken zu einem dicken Knoten zusammen und steckt einen Bleistift durch den Knoten, damit er hält.

»Sehe ich jetzt wie eine Tante aus?«, fragt sie kichernd.

Jessica lacht. »Genauso!«

Monica räuspert sich vorne an der Tafel.

»Ich versuche zu unterrichten!«, sagt sie sauer. »Jessica hat sicher eine Menge interessanter Dinge zu erzählen, aber ich wäre sehr dankbar, wenn ihr das auf einen anderen Zeitpunkt verschieben würdet.«

Als Jessica an diesem Tag nach Hause kommt, ist der Kühlschrank zu ihrem Erstaunen randvoll mit ungewohnten Lebensmitteln. Eier, Butter, Kuhmilch und Käse. Sie sieht Siv fragend an, die nur mit den Schultern zuckt.

»Kalzium und Proteine und so was«, erklärt sie. »Es könnte schwierig werden, den täglichen Bedarf über die vegane Ernährung abzudecken. Und da du nun mal ein Kind kriegst, soll es wenigstens gesund sein!«

Danach setzt sie sich wieder an den Webstuhl und äußert sich nicht weiter zu dem Thema.

Aber Jessica steht noch eine Weile vor dem Kühlschrank und sieht das Milchpaket und die Eier an, als wären es Ufos, die zwischen Sivs Gemüse, Bohnen und Gläsern mit Sojaprodukten gelandet sind. Plötzlich hat sie unbändige Lust auf Käse und schmiert sich eine dicke Scheibe Roggenbrot mit Käse und Gurke. Dazu trinkt sie ein großes Glas Milch. Es schmeckt fantastisch, besser als alles, was sie bisher gegessen hat.

Nach dem Essen geht sie in ihr Zimmer und stellt sich vor die Platte mit dem Puzzle. Nach einer Weile holt sie ihren MP3-Player und hört Alex M. Plötzlich fällt ihr das Puzzeln leicht. Ein Teilchen nach dem anderen findet seinen Platz, die Sonne scheint auf die Dächer am Hang und die Boote spiegeln sich im Wasser. *So free* dröhnt es in ihren Ohrstöpseln. Jessica bewegt sich im Takt mit der Musik, spürt Capris Wind in den Haaren. Es ist lange her, dass sie sich so glücklich gefühlt hat. Sie hätte niemals gedacht, dass es in der Schule so einfach ablaufen würde. Was genau sie befürchtet hat, weiß sie auch nicht, aber anstrengender hat sie es sich auf alle Fälle vorgestellt. Natürlich ist es hilfreich, dass Louise das Spektakel regelrecht genießt. Ihre Begeisterung ist ansteckend.

Die Zeit verrinnt, und plötzlich ist es Abend, als sie das Telefon klingeln hört. Ein Klingelton nach dem anderen ertönt. Sie zieht einen Stöpsel aus dem Ohr, um zu antworten, da hört das Klingeln endlich auf.

Gleich darauf klopft Siv an und steckt den Kopf zur Tür herein.

»Peter Eskilsson ist am Apparat«, sagt sie. »Arvids Vater. Willst du mit ihm sprechen, oder soll ich sagen, dass du schläfst?«

Jessica schaltet den MP3-Player aus.

»Ich werde mir wohl mal anhören, was er zu sagen hat«, sagt Jessica mit einem Seufzer.

Siv hält sie kurz am Arm fest, als sie an ihr vorbeigeht.

»Das ist genauso Arvids Verantwortung, nicht weniger als deine«, sagt sie und sieht Jessica tief in die Augen. »Vergiss das nicht! Lass dir von dem Anwaltsheini bloß nicht die Worte im Mund verdrehen. Lass dich auf nichts ein, wenn du nicht sicher bist, dass du es willst, und frag bei allem nach, was du nicht verstehst. Okay?«

Jessica nickt verdutzt. »Okay.«

Obwohl sie einen ganzen Insektenschwarm im Bauch hat, als sie den Hörer aufnimmt, muss sie innerlich lachen. Siv war schon immer misstrauisch gegen Anwälte. Gegen Arvids Vater kann Jessica mit ihrer vollen Rückendeckung rechnen, egal worum es geht, so viel ist sicher.

»Hallo, Jessica!«, begrüßt Peter Eskilsson sie. »Wie geht es dir?«

»Danke«, antwortet Jessica wachsam. »Gut so weit.«

»Deine Mutter sagt, dass du weiterhin entschlossen bist, die Schwangerschaft bis zum Ende durchzuführen?«

»Ja.«

»Und jetzt ist es wahrscheinlich bald zu spät, einen Abbruch vorzunehmen?«

»Ja.«

»Ich hatte eine lange Unterredung mit Arvid deswegen. Er wollte heute Morgen nicht in die Schule gehen, weil er meint, dass alle über euch reden.«

Es versetzt Jessica einen Stich, als sie seinen Namen hört, und noch mehr, als ihr aufgeht, wie sehr er sich schämt, wie peinlich ihm das Ganze ist. Hätte sie doch bloß niemandem gesagt, dass er der Vater ist. Sie hätte doch irgendwen nennen können. Irgendeinen Idioten. Nils, zum Beispiel.

»Kann sein«, sagt sie. »Aber inzwischen sieht man so viel, dass ich es erzählen musste.«

»Und was hast du über Arvid erzählt?«

»Gar nichts. Aber sie denken sich wahrscheinlich ihren Teil … Wir waren schließlich zusammen, das wussten alle.«

Peter räuspert sich, als wollte er einen längeren Vortrag halten. Jessica lehnt sich an die Spüle. Ihre Beine sind auf einmal so weich, wollen sie kaum noch tragen. Könnte sie doch das Arvid-Fieber aus ihrem Körper verbannen, aufhören, an ihn zu denken, von ihm zu träumen. Die Erinnerung ist so körperlich, eine Geschmacks- und Dufterinnerung, eine Erinnerung an Augenfenster vor einem inneren Sturm und eine warme Hand in ihrem Nacken.

»Arvid leugnet mit keinem Wort, dass er der Vater ist«, fängt Peter an. »Aber richtig sicher kann er natürlich nicht sein, und da die Angelegenheit eine umfassende juristische Verantwortung bedeutet, müssen wir auf einem Vaterschaftstest bestehen, sobald das Kind geboren ist. Ich habe mich kundig gemacht. Du kannst dich nicht im Voraus auf eine Freigabe zur Adoption festlegen, sondern kannst das erst entscheiden, wenn das Kind sechs Monate alt ist, was ich als großes Unsicherheitsmoment betrachte.«

»Ah ja?«, sagt Jessica erschöpft.

»Du musst unser leicht verwirrtes Auftreten entschuldigen, als wir die Neuigkeit erfahren haben«, fährt Peter fort. »Das kam ja sehr überraschend für uns, wie du weißt. Aber ich möchte betonen, dass wir uns in keiner Weise irgendwelchen Verpflichtungen in dem Zusammenhang entziehen wollen. Es wird nicht leicht werden für Arvid, ins Berufsleben einzusteigen und unterhaltspflichtig für ein kleines Kind zu sein, aber wenn es sein muss, kriegen wir das auch irgendwie hin. Obwohl wir, das heißt die ganze Familie, natürlich hoffen, dass du vernünftig genug bist, jemand anderem, der dafür besser geeignet ist, die Erziehung deines Kindes zu überlassen. Das wäre natürlich eine große Erleichterung für dich und Arvid.«

Jessica antwortet nicht. Sie überlegt, ob das, was er sagt, etwas Neues beinhaltet, was sie noch nicht weiß. Das Gerede, wie beschwerlich das alles für Arvid ist und welche Erleichterung es wäre, die Verantwortung loszuwerden, macht sie einfach nur traurig und wütend. Sie versucht doch gar nicht, ihm irgendwelche Verantwortung aufzubürden. Sie verlangt nichts von ihm. Sie kommt auch ohne ihn klar, wenn es sein muss. Aber im Hinterkopf klopft Sivs Warnung, und sie schluckt hinunter, was sie sagen wollte.

»Hallo?«, sagt Peter.

»Ja.«

»Also, ich wollte mich eigentlich nur vergewissern … oder genauer, dich bitten … dass du, bis das Ergebnis des Vaterschaftstests vorliegt, also solange es keinen endgültigen Beweis gibt, dass du bis dahin kein Recht hast, Arvid öffentlich zu verleumden oder ihm irgendetwas anzuhängen. Können wir uns darauf einigen?«

Öffentlich? Was meinte er damit?

»Ich habe mit niemandem darüber gesprochen«, sagt Jessica. »Außer mit Mama und meiner besten Freundin Louise.«

»Und du hast es auch nicht vor?«

»Nein …«

»Ich möchte, dass du mir dein Wort gibst.«

Jessica zögert. Ist es nicht seltsam, darauf sein Wort zu geben? »Warum?«

Peter seufzt, als halte er sie für begriffsstutzig. »Weil ich Arvid sagen möchte, dass er unbesorgt die Behauptung dementieren kann, wenn er es will, dass er sagen kann, nach der Geburt wird ein Test gemacht, und dass es ihm bis zum Vorliegen der Ergebnisse freisteht, in Bezug auf die Schwangerschaft jeden Standpunkt einzunehmen, der ihm passt. Der Test kann erst gemacht werden, wenn das Kind geboren ist, und dann ist das Schuljahr fast zu Ende und er muss nicht mehr vor seinen Klassenkameraden Rede und Antwort stehen. So einfach ist das. Du hast ihm diese Situation aufgezwungen, also trägst du auch eine gewisse Verantwortung für sein Wohlbefinden in der gegenwärtigen Situation.«

»Ins Bett musste ich ihn nicht gerade zwingen«, entgegnet Jessica.

»Nein, nein, was das angeht, wohl nicht, das behaupte ich auch gar nicht. Aber du hast die auf der Hand liegende Alternative einer Abtreibung abgelehnt und damit auch Arvid in eine außergewöhnliche und beschwerliche Situation gebracht.«

»Eine Schwangerschaft ist nichts Außergewöhnliches« sagt Jessica. »Alle Kinder entstehen so.«

»Sei nicht so schnippisch, das bringt uns nicht weiter«, antwortet Peter in zurechtweisendem Ton. »Aber nicht alle Kinder werden von Kindern geboren, das ist der Unterschied! Arvid ist nicht reif dafür, und du wohl auch kaum.«

»Sie kennen mich nicht.«

Peter seufzt wieder. »Nein, das tue ich nicht. Aber ich hoffe, du besitzt wenigstens so viel Anstand, mir zu versprechen, dass du unserem Sohn das Leben nicht unnötig schwer machst.«

»Das verspreche ich.«

»Gut. Das muss genügen.«

Damit ist das Gespräch offensichtlich beendet, weil Peter nach einem hastig in den Hörer gezischten »Wiederhören« auflegt. Jessica starrt ein paar Sekunden verdutzt auf den Hörer in ihrer Hand. Was wollte er eigentlich? Ging es um den Vaterschaftstest? Oder um das Versprechen, Arvid nicht in der Schule an den Pranger zu stellen?

Wie läuft so ein Vaterschaftstest überhaupt ab? Gibt es ein peinliches Verhör, wo sie detailliert berichten müssen, was an dem Abend bei Paula passiert ist? Wird sie über ihren Kleiderstil und ihr Sexleben ausgefragt werden, so wie es nach einer Vergewaltigung üblich ist?

Am nächsten Tag ruft sie Lena an und fragt nach.

Lena lacht.

»Mach dir keine Sorgen!«, sagt sie. »Man nimmt Abstriche aus dem Mund des Kindes und des Mannes und vergleicht die Proben in einem DNA-Test. Das ist alles.«

Kurz vor den Winterferien hat Jessica einen Nachmittags-
termin für eine Ultraschalluntersuchung. Nach kurzer Diskussion
dürfen Louise und sie die letzte Stunde etwas eher verlassen. Es
schneit leicht, als sie in den Bus steigen, der zum Krankenhaus
fährt. Jessica ist vor Erwartung stumm. Ihr schwirren alle möglichen Bilder aus Carins Buch im Kopf herum. Sie weiß, dass sie
nicht so ein schönes Bild wie in dem Buch zu sehen bekommen
wird, sondern nur eine schwarz-weiße, verschwommene Andeutung eines Babys. Aber das ist auch schon spannend genug.

Carin hat ein Bild von ihrem Ultraschall mit nach Hause genommen. Das kostet vierzig Kronen. Jessica hat Geld dabei. Die
eigentliche Untersuchung ist umsonst, aber natürlich möchte sie
gern ein Bild haben, wenn es geht.

Im Wartezimmer stehen blaue Sofas und grüne, kleinblättrige
Pflanzen. Louise blättert in einer Eltern-Zeitschrift und liest vor
und zeigt Jessica alle möglichen Bilder. Jessica nickt und guckt, ist
aber viel zu aufgeregt, um etwas mitzubekommen. Am Ende unterbricht Louise ihren Wortschwall und sieht sie besorgt an. »Alles in
Ordnung mit dir? Du bist kreidebleich.«

Jessica lächelt. »Ich werde es überleben. Das ist nur so aufregend.«

Louise nickt. »Ja, oder? Ich bin genauso aufgeregt wie du.«

Nein, denkt Jessica, das ist nicht möglich. Aber es ist toll, dass
du hier bist. Dass wir zu zweit sind. Dass es dich gibt. Sie würde
es gerne sagen, aber ihr Mund ist so steif. Sie wird es ein andermal
sagen müssen.

In dem Augenblick kommt eine kleine Frau im weißen Kittel zu
ihnen und lächelt sie an.

»Jessica?«, fragt sie und Louise und Jessica springen gleichzeitig
auf.

Im Untersuchungszimmer legt Jessica sich auf eine Liege, die an die bei Lena erinnert. Das Gel und der Schallkopf sind auch ähnlich. Aber an Stelle des Apparates, der die Geräusche verstärkt hat, sind hier zwei Bildschirme, einer für die Hebamme und einer, der zu der Liege gedreht steht. Zuerst sieht man gar nichts, nur grauschwarze, undefinierbare Flecken und ab und zu eine weiße Konturlinie. Die Hebamme fährt mit dem Zeiger über den Bildschirm.

»Hier kannst du das Rückgrat sehen, den Kopf ... warte ...«

Plötzlich sieht Jessica ein gekrümmtes Wesen auf dem Bildschirm. Ein kleiner Mensch! Plötzlich zuckt er zusammen und dreht den ganzen Körper, ein Bein stößt nach vorn und ein Fuß. Jetzt zeigt die Fußsohle genau zum Bildschirm, ein Fuß mit fünf kleinen Zehen! Jessica vergisst das Atmen, ihr laufen die Tränen herunter, aber sie wischt sie nicht weg. Wieso nimmt sie das so mit? Sie wusste es doch. Sie wusste, dass sie heute das Kind zu sehen bekommen würde. Trotzdem ist sie völlig aufgewühlt.

Die Hebamme erklärt mit ruhiger Stimme, was sie sehen. Zeigt die vier Herzkammern, die ganz deutlich zu erkennen sind. Gleich darauf ist der Kopf wieder zu sehen, der Mund geht auf und zu und plötzlich kommt eine Hand angeschossen.

»Ein lebhafter Knopf«, sagt die Hebamme, während sie versucht, den Schädel und den Oberschenkelknochen zu messen.

»Sieht alles in Ordnung aus?«, fragt Louise. »Ist alles, wie es sein soll?«

»Alles, was wir auf diese Weise sehen, sieht sehr gut aus«, sagt die Hebamme.

Jessica kämpft, um ihre Stimme wieder in den Griff zu kriegen.

»Ich möchte ein Bild haben!«, schluchzt sie. »Das hab ich vergessen zu sagen. Und das sollte man doch vorher sagen, oder? Ist es schon zu spät?«

Die Hebamme schüttelt den Kopf. Sie scheint daran gewöhnt zu sein, dass die Mütter reagieren, als hätten sie keine Ahnung gehabt, dass in ihrem Bauch ein Kind wächst.

»Natürlich kannst du ein Bild kriegen … wenn dieser kleine Wildfang mal einen Augenblick stillhält, damit man was sehen kann.«

Sie zieht den Schallkopf hin und her. Jessica sieht gebannt auf den Bildschirm. Wenn es nach ihr ginge, könnte sie stundenlang so daliegen und sich das angucken. Das ist ihr Kind dort auf dem Bildschirm. Dass es sich so heftig bewegen und Tritte austeilen, mit den Armen fuchteln und sich hin und her drehen kann, ohne dass sie etwas davon merkt!

Als sie das Krankenhaus verlassen, hat Jessica einen weißen Umschlag mit einem kleinen grauschwarzen Ausdruck dabei. Auf dem Bild liegt das Kind auf dem Rücken, man kann ganz deutlich den Kopf und Nacken, die Wirbelsäule und ein Bein sehen. Wenn man weiß, wie man gucken muss, erkennt man auch einen Arm. Das Baby hat dem Betrachter das Gesicht schräg zugewandt, als würde es den Blick erwidern. Das Bild wird Jessica bis in alle Ewigkeit aufbewahren. Und irgendwann wird sie es ihrem Kind zeigen. Sieh mal, das bist du, bevor du überhaupt geboren warst! Du kannst dir nicht vorstellen, wie glücklich ich war, dich zu sehen! Zu sehen, dass du es warst!«

Sie versucht, Louise zu beschreiben, was in ihr vorgeht, aber Louise schüttelt nur den Kopf.

»Voll krank«, sagt sie. »Auf diesen Bildern sehen doch alle Babys gleich aus! Mamas sah genauso aus.«

»Das stimmt ja gar nicht!«, protestiert Jessica. »Ich hab Carins Bild gesehen!«

»Quatsch«, sagt Louise grinsend. »Das glaubt auch nur ihr. Aber wahrscheinlich wird man so, wenn man ein Kind erwartet. Erinnere dich, es ist noch gar nicht so lange her, dass wir geglaubt haben, dass sie uns auf der Entbindungsstation vertauscht haben, weil wir mehr Ähnlichkeit mit der Mutter der anderen haben als mit unserer eigenen. Weil Säuglinge alle gleich aussehen, ist so was schnell passiert, haben wir gesagt. Du auch.«

»Ich hab halt nicht so genau hingeguckt«, sagt Jessica. »Babys sehen überhaupt nicht alle gleich aus!«

»Nö, nö«, zieht Louise sie auf.

Jessica schubst sie von der Seite an, sodass sie in den Schneematsch im Blumenbeet vor dem Krankenhaus trampelt.

Eigentlich ist Jessica gar nicht sauer auf Louise. In ihr braust ein Glückssturm, da kann sie nichts wirklich ärgern. Das Kind hat Arme und Beine und Finger und Zehen, einen Mund und ein Herz mit vier Kammern. Alles sieht genau so aus, wie es soll. Das ist das Einzige von Bedeutung. Wie man sich über etwas so freuen kann, das ganz normal ist!

Louise begleitet Jessica nach Hause, und ehe Jessica sie daran hindern kann, reißt sie ihr den Umschlag aus der Hand, zieht das Bild heraus und hält es Siv unter die Nase.

»Guck mal!«, sagt sie. »Dein Enkelkind!«

Im ersten Augenblick ist Jessica ziemlich sauer. Sie hat nicht einmal die Chance bekommen, sich zu überlegen, ob sie Siv das Bild überhaupt zeigen will, und sie hatte ganz sicher nicht vorgehabt, es sofort zu tun. Aber als sie sieht, wie Siv innehält, das Bild vorsichtig in die Hand nimmt und sich damit unter die Lampe stellt, vergisst sie ihre Wut.

»Mein Gott«, sagt Siv leise. Ihr Gesicht ist ein paar Sekunden lang wunderbar offen. »Mein Gott …«

Dann gibt sie das Bild schnell an Jessica zurück. »Ist alles in Ordnung?«, fragt sie.

Jessica nickt.

Siv streckt die Hand aus und berührt sie flüchtig am Arm. Es ist lange her, dass sie Jessica berührt hat. Mehrere Wochen. Jessica zuckt fast unter der Berührung zusammen und ein leichter Schmerz schießt durch ihren Unterleib.

»Ach, meine Kleine«, sagt Siv, »irgendwie kriegen wir das schon hin, du wirst sehen.«

Danach setzt sie sich wieder an ihren Webstuhl. Jessica muss ein paar Tränen wegblinzeln, die hinter ihren Augenlidern brennen. Louise grinst sie an.

»Du bist ja noch schlimmer als Mama«, sagt sie. »Die heult auch wegen jeder Kleinigkeit los!«

Jessica nickt und wischt sich mit dem Handrücken über die Augen.

»Ich weiß«, sagt sie. »Das ist echt krank.«

Louises provozierendes Lächeln verschwindet genauso plötzlich, wie es aufgetaucht ist.

»Du, ich muss dir auch was erzählen«, sagt sie. »Ich hoffe, du bist deswegen nicht sauer … Können wir in dein Zimmer gehen?«

Jessica hängt ihre Jacke auf und sieht Louise beunruhigt an. »Ist was passiert?«

Louise geht, ohne zu antworten, vor Jessica her in ihr Zimmer. Sie schließen die Tür hinter sich und setzen sich je an ein Bettende.

»Du machst mir Angst«, sagt Jessica.

Louise schüttelt den Kopf. »Es ist ja gar nichts Großartiges, aber … Ich hätte es dir einfach nur erzählen sollen. Du weißt schon, Fabian … der aus Arvids Klasse.«

»Ja, ich weiß, wen du meinst.«

Louise verschränkt die Finger auf ihren Oberschenkeln. »Er hat ein paarmal bei mir angerufen und vorgestern habe ich ihn in der Stadt getroffen … rein zufällig, wir haben uns nicht verabredet oder so … Auf alle Fälle sind wir ins Miranda gegangen. Er ist echt süß. Und ich glaube, er mag mich.«

Jessica sieht Louise ungläubig an. »Fabian? Ist der nicht ein bisschen … kindisch?«

»Nicht, wenn man mit ihm alleine ist.«

»Ah ja … Na ja, was weiß ich schon. Ich war ja nie alleine mit ihm. Aber wie kommst du darauf, dass ich sauer sein könnte, weil du mit Fabian ins Miranda gehst?«

Louise sieht sie mit einem Gesichtsausdruck an, der sagt, dass sie das doch wirklich wissen müsste.

»Weil er mit Arvid befreundet ist! Die hängen doch dauernd zusammen rum! Klar stellt er massenhaft Fragen …«

Plötzlich versteht Jessica. Louise versucht ihr zu sagen, dass sie mit Arvids bestem Freund über sie gesprochen hat, über sie, Arvid und das Kind.

»Aha«, sagt sie misstrauisch. »Und was hast du ihm gesagt?«

»Nichts Großartiges«, sagt Louise schnell. »Natürlich nicht! Aber er macht sich Sorgen um Arvid, weil der sich momentan wohl echt merkwürdig benimmt. Und dann wollte er natürlich wissen, ob es stimmt, dass Arvid der Vater deines Kindes ist.«

»Wieso fragt er Arvid das nicht?«, sagt Jessica gereizt. »Muss er ausgerechnet meine Freundin verhören?«

»Das war kein Verhör! Das war nicht, wie du denkst. Und Arvid lässt augenblicklich wohl überhaupt nicht mit sich reden. Jedenfalls nicht darüber. Fabian ist in Ordnung. Er mag dich und Arvid und spricht garantiert nicht mit jedem darüber, er will einfach nur verstehen, was passiert ist. Ich dachte, das solltest du wissen. Dass Fabian und ich … was immer wir sind … bis jetzt Freunde, aber da könnte mehr draus werden. Fühlt sich wenigstens so an.«

Louise sieht ihr in die Augen.

»Es hätte so perfekt sein können«, sagt sie.

Und Jessica versteht, was sie meint. Wenn das Wörtchen wenn nicht wäre und es sich nicht so entwickelt hätte, hätten die besten

Freundinnen Jessica und Louise mit den besten Freunden Arvid und Fabian zusammen sein und jede Menge Spaß haben können.

Jessica legt eine Hand auf ihren Bauch. Das ist eine automatische Geste geworden, die alles Mögliche bedeuten kann, ein Schutz, eine Entschuldigung, Staunen. Das ist ihre Art, mit ihrem Kind da drinnen zu kommunizieren. Jetzt sagt die Hand Entschuldigung. Entschuldige, dass ich einen Augenblick lang gedacht habe, es wäre besser, wenn es dich nicht gäbe.

Weihnachten steht vor der Tür. Siv feiert Heiligabend immer mit Freunden einer Veganervereinigung. Sie stellen ein alternatives Weihnachtsbuffet zusammen und bringen alten, einsamen Menschen trockene Safranschnecken, die ohne tierische Zutaten gebacken sind.

Wenn John zu Hause war, hat Jessica den Heiligabend bei ihm in der Vetegatan verbracht, aber seit zwei Jahren ist er nicht mal mehr über Weihnachten nach Hause gekommen.

»Geh doch mit!«, schlägt Siv vor. »Das ist wirklich nett!«

Aber Jessica lehnt dankend ab. Sie war einmal dabei und legt keinen gesteigerten Wert auf eine Wiederholung. Das ist ungefähr so spannend, wie ein Buch über die Rechte der Tiere zu lesen statt Carins appetitliche und bunt bebilderte Kochzeitschriften. Natürlich ist es lobenswert, das sieht sie ja ein, aber nichts, wonach ihr am Heiligabend der Sinn steht. Sie kauft sich eine Flasche alkoholfreien Glögg im Supermarkt, ein Paket Rosinen, eine Dose Pfefferkuchen und eine Tüte geschälte Mandeln. Später sitzt sie mit einem heißen Glögg auf dem Sofa und guckt *Donald und seine Freunde*.

Gegen fünf Uhr ruft Louise an. Als sie mitkriegt, dass Jessica alleine zu Hause sitzt, ist sie entsetzt.

»Komm doch zu uns!«, sagt sie. »Wir sind bei Oma, das ist supergemütlich!«

Aber auch dazu hat Jessica keine Lust. Sie findet es nicht schlimm, alleine zu sein. Für sie steht heute nicht Heiligabend im Vordergrund. Vor allem ist heute der letzte Tag in der achtzehnten Woche. Der letzte Tag für einen freien Abbruch. Danach braucht man eine besondere Genehmigung vom Gesundheitsamt, und die kriegt man nur, wenn bei einem Austragen der Schwangerschaft unmittelbare Gefahr für die Mutter oder das Kind vorliegt.

Nein, ihr ist es ganz recht, den heutigen Abend alleine zu verbringen, gemütlich auf dem Sofa zu sitzen, Fernsehen zu gucken und den Gedanken freien Lauf zu lassen.

Jessica rührt mit dem Teelöffel in ihrem Glöggbecher. Die geschälten Mandeln wirbeln an die Oberfläche. Der würzige Duft streichelt ihre Schleimhäute. Seit einigen Wochen ist ihr nicht mehr schlecht. Das hat sich nach der zwölften Woche gelegt, genau wie sie es ihr vorhergesagt haben. Sie ist auch nicht mehr so abgeschlagen wie am Anfang. Sie fühlt sich ganz schön weit fortgeschritten in ihrer Schwangerschaft und kann kaum fassen, dass man zu so einem späten Zeitpunkt noch einen Abbruch machen kann, wenn man will. Ab heute Abend ist es dafür zu spät. Ab heute Abend braucht niemand mehr versuchen, sie umzustimmen. Obgleich das schon eine ganze Weile niemand mehr tut, ist sie ständig davor auf der Hut gewesen. Endlich kann sie sich entspannen, denn jetzt ist es zu spät. Sie hat an ihrer Entscheidung festgehalten.

Allem voran fühlt sie Erleichterung, Freude und eine große, feierliche Ruhe. Aber in der Nacht kommt plötzlich die Panik vor dem Unausweichlichen. Jessica ist völlig unvorbereitet, als dieses Gefühl zuschlägt. Sie hat schon lange nicht mehr die geringsten Zweifel gehabt.

Sie kann nicht sagen, ob sie was geträumt hat oder ob sie einfach so aus dem Schlaf hochschreckt. Es ist dunkel im Zimmer, bis auf einen schwachen Lichtstreifen, der unter der Jalousie hereinfällt und Zeugnis abgibt, dass um sie herum eine Welt existiert – eine Straßenlaterne vor dem Fenster, andere Menschen und andere Leben. Ihr Herz schlägt so hart, dass sie es hören kann. *Auf was hat sie sich da bloß eingelassen?* Das schafft sie nie! Sie wird nie mehr ausgehen, nichts mehr mit Freunden unternehmen können, sie wird in Bauchwehgeplärr und vollgekackten Windeln untergehen, sie wird mit einem Säugling zu Hause hocken, von dem sie nichts weiß, und keine Ahnung haben, wie sie mit ihm umgehen soll. Die Schulpsychologin hat mal erzählt, dass manche jungen Eltern ihre Kinder vor lauter Verzweiflung zu Tode geschüttelt haben. Wie verzweifelt muss ein Mensch sein, um ein kleines Baby so lange zu schütteln, bis es schlaff und leblos in seinen Händen hängt?

Die Panik schlingt ihre eisigen, langen Tentakel um Jessica und zieht sie so fest zusammen, dass sie kaum noch Luft bekommt. Was hat sie bloß getan? Wie konnte sie so verrückt sein? Jetzt kann sie ihre Meinung nicht mehr ändern, jetzt ist es zu spät, jetzt wartet die Geburt auf sie, unendlicher Schmerz, etwas Gewaltiges, das aus ihr herausgepresst wird und ihr restliches Leben in Anspruch nimmt!

Jessica hält es nicht länger im Bett aus.

Sie taumelt in die Küche und trinkt ein großes Glas Milch, presst das Glas so fest in ihrer Hand, dass sie befürchtet, es könnte kaputtgehen, und immer wieder versucht sie, die Panikattacke runterzuschlucken. Könnte sie doch nur zu Siv gehen. Wie als kleines Kind, wenn sie Albträume hatte. Sich an Mama kuscheln und ihr sagen, dass sie Angst hat, damit Mama ihr über das Haar streichelt und sagt, dass sie ja bei ihr ist. Aber das geht nicht, die Blöße will sie sich nicht geben, ihre Angst und Panik will sie nicht ausgerechnet Siv zeigen.

Es ist Viertel nach drei. »Dämonische Stunde« nennt Siv die Stunde zwischen drei und vier Uhr nachts. Da kommen die Dämonen, scharen sich um einen, da reiten die Wachen und wecken die Schlafenden.

Jessica nimmt den Telefonhörer und wählt Carins Nummer, legt aber schnell wieder auf, ehe das erste Klingeln ertönt. Man kann schließlich nicht mitten in der Weihnachtsnacht bei anderen Leuten anrufen. Doch, bei Carin schon. Aber wenn Erik ans Telefon geht? Oder Louise? Das wäre dumm.

Jessica macht die Deckenbeleuchtung an, die Neonröhre über

der Spüle und den Adventsleuchter auf der Fensterbank. Dann schlägt sie energisch die Zeitung von gestern auf dem Küchentisch auf und beginnt, sie systematisch Zeile für Zeile von der ersten bis zur letzten Seite zu lesen. Die Sekunden bilden Minuten, und die Minuten Stunden, jede Silbe in der Zeitung liest sie, Impressum, Artikel, Ankündigungen von Gottesdiensten, Stellenangebote und Autos zu verkaufen, Ankündigungen und Zwangsversteigerungen. Als sie bei der Programmvorschau fürs Fernsehen angekommen ist, ist sie ein wenig schläfrig und nicht mehr ganz so panisch. Sie hört Sivs Wecker klingeln, kurz darauf geht die Schlafzimmertür auf, und Siv schlurft im Bademantel über den Flur, verschwindet im Badezimmer. Das Plätschern der Dusche ist zu hören. Siv muss heute arbeiten. Sie arbeitet immer am ersten und zweiten Weihnachtstag. Die gewohnten Morgengeräusche wirken beruhigend auf Jessica. Sie gähnt mit weit aufgerissenem Mund über dem inzwischen alten Fernsehprogramm.

Als Siv schließlich in die Küche kommt, weiß Jessica schon gar nicht mehr so genau, was sie eigentlich so panisch gemacht hat. Was kann ihr schon Schlimmes passieren? Frauen haben zu allen Zeiten Kinder geboren und sie großgezogen, das ist eine ganz natürliche Sache, unendlich viele haben es sogar ganz alleine geschafft. Gut, Jessica ist ziemlich jung, aber kein Kind mehr, wie Arvids Vater behauptet. Sie schafft das. Warum sollte ausgerechnet sie es nicht schaffen, wenn so viele andere es hingekriegt haben? Warum soll ausgerechnet sie ihrem Kind Schaden zufügen, bloß weil sie noch keine zwanzig ist?

»Hast du schon gefrühstückt?«, fragt Siv und guckt in den Kühlschrank.

»Nein.«

Siv wirft einen Blick über die Schulter. »Soll ich dir ein Ei kochen?«

Jessica sieht sie erstaunt an. »Die Frage mal von dir zu höre, hätte ich nicht erwartet.«

Siv zieht die Schultern hoch. »Ich auch nicht. Manchmal kommt es eben anders, als man denkt. Und, wie sieht's aus, willst du eins? Oder lieber Haferbrei?«

»Nichts von beidem. Ich schlaf noch ein bisschen, glaube ich.«

Siv nickt. »Nutz die Gelegenheit, solange du frei hast. Man braucht viel Ruhe.«

Jessica sieht sie verstohlen an. In letzter Zeit hat Siv immer öfter kleine Anflüge von Fürsorglichkeit für sie und den wachsenden Bauch gezeigt. Die Starre ihrer Schultern und ihres Nackens hat ebenfalls etwas nachgelassen. Sie strahlen nicht mehr so eine Kälte und Unnahbarkeit aus wie vorher. Vielleicht beginnt Siv ja die Tatsache zu akzeptieren, dass an der Situation nichts mehr zu ändern ist. Jessica steht auf und gähnt. Ihre Beine sind vom Sitzen ganz steif.

»Bis später«, sagt sie.

»Ich bin um drei Uhr zu Hause. Spätestens um vier.«

Jessica nickt und geht gemächlich in ihr Zimmer. Ihr Rücken tut weh und die Hüfte, und sie hat vor Müdigkeit Kopfschmerzen. Nach weniger als fünf Minuten schläft sie tief.

Am Tag nach den Feiertagen ist das Puzzle fertig. Capri liegt in Sonne gebadet auf der Sperrholzplatte, und von allen Teilen, die verstreut um das wachsende Bild herumgelegen haben, ist nur ein bisschen blauer Papierstaub zurückgeblieben. Normalerweise kriegt Jessica zu Weihnachten drei bis vier Puzzles geschenkt. Diesmal war es nur eins, von Tante Minna aus Karlstad.

Siv hat ihr stattdessen einen Tausendkronenschein geschenkt, mit dem sie machen kann, was sie will. Das ist mehr Geld, als sie je von Siv bekommen hat, und sie weiß auch, dass jetzt wichtigere Dinge als Puzzles anstehen. John hat auch Geld geschickt, ohne zu ahnen, wie gelegen es kommt.

Wahrscheinlich ist ihm nichts Besseres eingefallen und aus Taiwan Pakete zu schicken ist teuer. Aber eine Karte von ihm ist trotzdem gekommen, mit einem glitzernden »Merry Christmas« vorne drauf und ein paar Zeilen, dass er ihr was aufs Konto überwiesen hat. Als sie im Internet nachschaut, stellt sie fest, dass es noch ein Tausender ist. Einen Moment überlegt sie, wenigstens ein kleines Puzzle zu kaufen, schiebt die Idee aber schnell wieder beiseite. Als Erstes sind ein gebrauchter Kinderwagen und ein paar andere Dinge dran, die sie braucht. Wenn dann noch was übrig ist, kann sie vielleicht an ein Puzzle denken.

Jessica pflückt Capri auseinander und schaufelt die Teile mit den Händen in die Verpackung, saugt die Speerholzplatte gründlich ab und schüttet das neue Puzzle von Tante Minna darauf aus.

Es hat was Rituelles, mit einem neuen Motiv anzufangen, die Teilchen umzudrehen und systematisch zu sortieren. Diese Prozedur braucht eine Menge Zeit. Randstücke sortiert sie nach Farbe in der Mitte, Eckstücke werden gesondert abgelegt. Während des Sortierens denkt sie an Arvid. Wenn sie wenigstens mit ihm reden könnte, eine Chance hätte, ihm das Ganze zu erklären. Aber offenbar sieht er in ihr die böse Hexe, die ihn in einen Käfig stecken will, wo er bis in alle Ewigkeit vor sich hin verrotten kann. Wenn sie ihm wenigstens klar machen könnte, dass dem nicht so ist. Aber sie wird nicht bei ihm angekrochen kommen, weil sie nicht vergessen hat, wie er in der Kantine aufgestanden und einfach gegangen ist. Die Erinnerung daran brennt wie eine offene Brandwunde. So was will sie nicht noch mal erleben.

Oje, so viele blaue Teilchen und so wenig Nuancen in dem Himmel über den Berggipfeln, alles ist gleich knallblau. Da kann man nur ausprobieren. Methodisch und effektiv, aber etwas langweilig. Das kann jeder. Dafür braucht es keinen besonderen Blick, kein Gefühl fürs Detail wie sonst bei interessanten Puzzles.

Plötzlich spürt sie ein Flirren im Bauch. Ein Flirren oder Gluckern, wie Gasblasen oder ein unfreiwilliges Muskelzucken. Sie bleibt ganz still stehen. War das das Kind?

Jessica legt beide Hände auf den Bauch und wartet. Und wieder einmal staunt sie, wie rund sie geworden ist. Jetzt lässt sich der Bauch definitiv nicht mehr verheimlichen. Aber sie will ihn auch gar nicht verstecken. Meistens jedenfalls nicht. Sie findet ihn gar nicht so hässlich, wie sie es sich vorgestellt hat. Sie sieht fast so aus wie die Fotomodels auf der Titelseite von *Schwanger*. Okay, ein wenig runder über den Hüften als vorher ist sie, auch im Gesicht, aber dafür ist ihr Haar viel glänzender und voller, und die Lippen sind roter und fülliger. Carin sagt, dass ein richtiges Strahlen von ihr ausgeht, und manchmal hat sie tatsächlich dieses Gefühl. Außer wenn die Leute sie zwischendurch so skeptisch angucken. Nicht nur Gleichaltrige, sondern fast noch öfter Erwachsene. Manche flüstern und schauen verstohlen in ihre Richtung, aber sie merkt es trotzdem. Wenn sie mit Carin unterwegs ist, passiert das so gut wie nie. Dann fällt sie offenbar nicht weiter auf. Möglicherweise, weil die Leute sie für älter halten, als sie ist.

Es ist nichts mehr zu spüren. Vielleicht hat sie es sich ja nur eingebildet. Sie steht noch eine ganze Weile reglos da und wartet ab, aber es tut sich nichts. Wahrscheinlich war es nur ein ganz banales Magenknurren. Eigentlich hat es sich auch gar nicht wie eine Bewegung oder ein Tritt angefühlt. Aber von nun an will sie aufmerksamer sein. Mit einem Ohr und der Hälfte ihrer Sinnesfühler nach innen gerichtet, auf den kleinen Menschen, der in ihr wohnt.

Nach den Winterferien muss Jessica sich einiges an Gegaffe gefallen lassen. Sie hat einen Teil des Kindergeldes für weitere Schwangerschaftskleider ausgegeben. Hauptsächlich Secondhand, aber auch ein paar neue Teile. Sie ist immer noch positiv überrascht, wie viele schöne Kleider es für runde Bäuche gibt. Kleider, die voraussetzen, dass man stolz auf seine Kugel ist und sie gerne vorzeigt. Außerdem haben die meisten Oberteile Säume oder Bündchen unter der Brust. Jessicas Busen ist mindestens eine BH-Größe gewachsen und kann es sich leisten, hervorgehoben zu werden. Manchmal sieht Louise sie richtig neidisch an.

»Mist, muss man erst schwanger werden, um nicht mehr auszusehen wie Brett mit Erbse?«, sagt sie. »Du hattest vorher schon einen größeren Busen als ich, das ist ungerecht!«

An anderen Tagen fühlt Jessica sich einfach nur hässlich und klobig. Besonders wenn es richtig kalt ist und sie dicke Strickpullover über ihren aufgedunsenen Oberkörper ziehen muss. Und das, wo sie so schnell ins Schwitzen gerät und ihr der Schweiß zwischen den Brüsten hinunterläuft. Darum trägt sie zwischendurch nur einen dünnen Baumwollpulli, obwohl sich die Jacke über dem Bauch nicht mehr zuknöpfen lässt. Siv hat ihr einen ausrangierten weiten Mantel angeboten, doch der ist so unglaublich hässlich, dass Jessica sich nicht überwinden kann, sich darin zu zeigen. Aber für eine Schwangerschaftsjacke, die sie nur wenige Monate tragen kann, will sie ihre letzten Ersparnisse nicht ausgeben. Also bleibt es bei ihrer alten Jacke, offen. Auf dem Schulweg trägt sie meist einen Strickpullover darunter, der den Rest des Tages in ihrem Spind liegt.

Carins Bauch ist auch ganz schön gewachsen. Sie stehen nebeneinander vor dem großen Wandspiegel in Carins Schlafzimmer und vergleichen sich im Profil.

»Du hast einen typischen Jungsbauch«, sagt Carin.

»Was ist denn ein typischer Jungsbauch?«

»Man sagt, dass es ein Mädchen wird, wenn der Bauch platt ist und eher in die Breite geht. Aber wenn er so spitz nach vorne ragt wie deiner, wird es ein Junge.«

Jessica betrachtet ihren Bauch ausführlich im Spiegel.

»Und, stimmt das?«

Carin zuckt mit den Schultern. »Keine Ahnung. Einige Leute sind felsenfest davon überzeugt. Habe ich in einer Zeitschrift gelesen. Aber die meisten sagen, dass das Aberglaube ist.«

»Ich würde am liebsten ein Mädchen haben«, gesteht Jessica.

Carin lacht. »Wenn es da ist, willst du genau das haben, was es ist, versprochen.«

In der Schule erfährt Louise von Fabian, dass bei Mette eine Silvesterfete gestiegen ist. Das ist ein ziemlicher Schock, weil weder sie noch Jessica eingeladen waren. Da Louise nicht zu denen gehört, die still leiden, stellt sie Mette direkt zur Rede. Jessica, der das etwas peinlich ist, bleibt ein paar Meter entfernt stehen, aber nah genug, um zu hören, was sie sagen. Mette windet sich.

»Na ja, ich dachte, das bringt eh nichts …«, sagt sie.

»Und wieso nicht, wenn ich fragen darf?«, sagt Louise.

»Du weißt schon …« Mette nickt in Jessicas Richtung. »Weil sie ja wohl nicht mehr auf Feten geht, und da dachte ich, wenn sie nicht kommt, kommst du bestimmt auch nicht und …«

»Warum sollte Jessica nicht mehr auf Feten gehen?«, schneidet Louise ihr das Wort ab. »Das ist doch, verdammt noch mal, keine Krankheit, die sie hat! Nichts Ansteckendes! Oder hast du Angst, dass du dich anstecken könntest?«

»Lollo …«, versucht Mette sie zu beruhigen.

»Nein! Komm mir nicht mit *Lollo*! Ich will es wissen!«

Mette sieht verwirrt von Louise zu Jessica. »Ich hab einfach gedacht, dass man nicht auf Partys geht, wenn man ... in dem Zustand ...«

»Blöde Kuh!«, sagt Louise. »Gerade jetzt sollte sie auf Partys gehen. Sie muss jede Gelegenheit nutzen. Nach der Geburt muss sie sich einen Babysitter besorgen, wenn sie weg will! Kapierst du das denn nicht? Streng deinen Grips gefälligst etwas an! Wenn mir noch mal zu Ohren kommt, dass eine Party gelaufen ist, zu der wir nicht eingeladen waren, werde ich ...«

»Okay, okay!«, sagt Mette. »Es tut mir leid, verdammt noch mal!«

Louise stapft schnaufend zurück zu Jessica.

»Schnepfe«, murmelt sie.

»Ach, davon geht die Welt doch nicht unter«, sagt Jessica.

»Doch!«, sagt Louise sauer. »Geht sie! Die sollen uns nicht behandeln wie pestverseuchte Ratten!«

Jessica muss grinsen. Louise verteidigt sie mit einer fast schon absurden Raserei. Sie toleriert nicht das kleinste Tuscheln. Das ist beinahe komisch, wenn man bedenkt, wie sie selbst am Anfang reagiert hat, als sie davon erfuhr. Aber vielleicht will sie das jetzt wiedergutmachen. Oder sie arbeitet immer noch daran, sich selber zu überzeugen, und das geht vielleicht am besten, wenn man es zu seiner Lebensaufgabe macht, andere davon zu überzeugen. Wie auch immer, es ist ein gutes Gefühl, eine Mitstreiterin wie Louise an ihrer Seite zu haben. Kämpferisch und loyal.

Das Einzige, was zum Problem werden könnte, ist die Sache mit Fabian. Jessica merkt, wie die beiden sich in der Kantine lange Blicke zuwerfen, aber Louise sitzt grundsätzlich mit Jessica zusammen und Fabian mit Arvid. Manchmal trödelt Fabian absichtlich bei der Geschirrabgabe und dann hat Louise es plötzlich ganz eilig mit dem Aufbruch. Jessica lässt sich extra lange Zeit, damit Louise und Fabian ungestört ein paar Worte wechseln können. Sie chatten auch miteinander, hat Louise erzählt. Und er schickt ihr Mitteilungen aufs Handy, bei denen sich ihr Mund auf ganz spezielle Weise verzieht. Manchmal guckt sie über die Spindreihen hinweg zu ihm rüber und schickt schon mal ein kurzes Lächeln vorweg, ehe sie ihm eine Antwort schickt.

»Ich möchte dir nicht im Weg stehen«, sagt Jessica. »Du kannst dich ruhig zu ihnen setzen, ich hab nichts dagegen.«

Louise schüttelt den Kopf. »Das kann ich nicht, da käme ich mir total schäbig vor. Außerdem haut Arvid garantiert ab, wenn ich komme.«

»Das wäre doch gut.«

»Nicht für Fabian. Nein … daraus wird nichts. Nicht unter diesen Umständen.«

Jessica versteht sie. Sie würde es wahrscheinlich genauso machen. Aber wohl ist ihr deswegen trotzdem nicht. Louise denkt viel an ihn, das merkt man, auch wenn sie kaum darüber redet.

Eines Morgens sieht sie die beiden bei dem Fahrradständer vor der Schule. Sie selber fährt nicht mehr Rad, weil es morgens glatt ist und sie nicht riskieren will, zu stürzen und womöglich auf den Bauch zu fallen. Allein bei dem Gedanken bricht ihr der kalte Schweiß aus. Aber Louise fährt unverdrossen den ganzen Winter mit dem Fahrrad. Kein Wetter der Welt könnte sie dazu bringen, zu Fuß zu gehen.

Und an diesem Morgen steht sie also mit Fabian unter dem Dach des Fahrradständers. Sie stehen ganz dicht voreinander und unterhalten sich. Sie sind ungefähr gleich groß. Keiner von beiden sieht Jessica kommen.

Jessica geht langsamer und weiß nicht, ob sie zu ihnen gehen soll oder nicht. Es wäre irgendwie merkwürdig, einfach vorbeizulaufen, und aufdringlich, zu ihnen zu gehen, aber irgendwie auch blöde, stehen zu bleiben und sie anzuglotzen.

Louise lacht und sieht Fabian tief in die Augen, worauf er lacht und etwas sagt, das wiederum Louise zum Lachen bringt. Ihre Wangen sind gerötet. Das kann natürlich auch vom Radfahren bei fünf Minusgraden kommen. Trotzdem fühlt Jessica ein Ziehen im Bauch. Das ist nicht wirklich Eifersucht, sie wünscht Louise alles nur erdenklich Gute. Nein, das ist eher so eine Art Trauer, eine dunkle Vorahnung, Unruhe. Wie wird es weitergehen?

Als Jessica sich langsam in Bewegung setzt, dreht Louise den Kopf und entdeckt Jessica. Louise lacht und winkt und lässt Fabian stehen, der leicht verwirrt hinter ihr herschaut, als wäre er gerade aus einem Traum erwacht. Jessica sieht von ihm zu Louise, die auf sie zugelaufen kommt. Die beiden sind verknallt, das sieht man ihnen schon von Weitem an. Das ist kein kleiner Flirt, der bald wieder vorbei ist. Das wird Jessica in diesem Moment klar. Das Problem muss gelöst werden, ehe es zum Knoten wird.

»Ihr müsst euch doch treffen können, auch wenn Arvid und ich dazu grad nicht in der Lage sind«, sagt Jessica.

Sie haben den Schulhof fast überquert und Louise hat von etwas ganz anderem geredet. Sie verstummt erstaunt.

»Wenn das so einfach wäre«, sagt sie. »Immerhin haben wir es dir und Arvid zu verdanken, dass wir uns überhaupt ... kennengelernt haben. Dir und Arvid und dem kleinen ...« Sie tätschelt Jessicas Bauch.

»Du warst einfach klasse«, sagt Jessica, als sie durch die Eingangstür in das Gebäude gehen, »als Arvid und ich letzten Herbst ... na ja, als wir zusammen waren und so. Ich möchte nicht zwischen dir und Fabian stehen!«

»Tust du doch gar nicht!«, sagt Louise mit Nachdruck. »Wenn jemand im Weg steht, dann Arvid!« Sie wühlt den Schlüssel für das Vorhängeschloss aus der Tasche und zieht ihre Jacke aus. »Mist, ich hab schon wieder keine Vokabeln gelernt. Irgendwann bringt die Krabbe mich um!«

Jessica hebt den Blick und schaut zu der Reihe rüber, wo Arvid und seine Klasse ihre Spinde haben. Er steht mit dem Rücken zu ihnen und hängt seine schwarze, gefütterte Lederjacke weg, die er schon den ganzen Winter trägt. Jessica spürt wieder einen Stich, als sie seinen Nacken sieht. Der Anblick seines Nackens tut besonders weh. Er sieht so verletzlich aus und weckt das Bedürfnis in ihr, ganz sanft mit den Fingerspitzen darüberzustreichen.

Als hätten ihre Gedanken ihn gestreift, dreht er sich in dem Augenblick um und sieht direkt zu ihr rüber. Jessica senkt hastig den Blick und merkt, wie ihr das Blut heiß ins Gesicht schießt. Sie wollte doch nicht nach ihm Ausschau halten, das hatte sie sich selber versprochen!

In der Englischstunde kommt ein schriftlicher Test über unregelmäßige Verben. Als sie »think, thought, thought« auf das Blatt vor sich schreibt, ist es wieder da. Dieses Mal deutlicher, eine eindeutige Bewegung im Bauch, fast wie ein kleiner Fisch. Es kommt so überraschend, dass sie zusammenzuckt und ein leises »Oh!« ausstößt. Ein paar Schüler schauen von ihren Zetteln auf und sehen sie an. Jessica steckt ihre Nase eilig wieder in den Test, aber in Gedanken ist sie weit entfernt von allen unregelmäßigen Verben. Dieses Mal besteht nicht der geringste Zweifel.

Was für ein unglaubliches, außergewöhnliches Gefühl. In ihr lebt etwas sein eigenes Leben. Das weiß sie zwar, aber es zu spüren ist umwerfend, fast ein bisschen unheimlich. In ihrem Körper bewegt sich ein eigenständiges Wesen. Ihre Gedanken wandern kurz zu dem Alien-Film, von dem Louise im Herbst gesprochen hat, aber sie schiebt sie schnell beiseite und ermahnt sich selbst. Wieso denkt sie an solche Sachen?

In der großen Pause schließen Louise und Jessica sich auf der

Toilette ein, um ihre Ruhe zu haben. Louise sitzt mit den Händen auf Jessicas Bauch da, bis es wieder zum Unterricht klingelt. Aber es rührt sich nichts mehr.

»Mist«, sagt Louise mit einem Seufzer. »Warum hast du nichts gesagt!«

Jessica lacht. »Mitten beim Test? Außerdem ging es ganz schnell, du wärst auf keinen Fall rechtzeitig mit deinen neugierigen Pfoten zur Stelle gewesen.«

Am letzten Samstag im Januar ist die Vernissage von Sivs Ausstellung.

In den Tagen davor bekommt Jessica sie kaum noch zu Gesicht, hört nur das hartnäckige Rumpeln des Webstuhls und findet immer neue Häuflein mit Stoffstreifen und Fadenresten, wenn Siv etwas aufgeschnitten und verworfen hat. Am Freitag macht Jessica einen Abstecher in die Galerie und sieht schweigend von einem Stuhl neben der Tür zu, wie Siv und der Galerist Markus Renander die Teppiche aufhängen. Sie ordnen um, probieren verschiedene Beleuchtungen und diskutieren hin und her. Siv ist angespannt und redet wie ein Wasserfall. Markus ist zufrieden. Weil ihre Webarbeiten im Laufe der Zeit viel besser geworden sind, wie er sagt. Sie haben eine ganz neue Ausdruckskraft, eine neue Intensität.

»Das liegt nur daran, weil sie sauer auf mich ist«, sagt Jessica.

Siv und Markus fahren hektisch herum, als sie sich plötzlich zu Wort meldet. Offenbar haben sie völlig vergessen, dass sie dort sitzt. Markus lacht.

»In dem Fall danke ich dir für deinen unschätzbaren Einsatz für die Kunst!«, sagt er.

»Der *Einsatz* ist nicht allein auf ihrem Mist gewachsen«, murmelt Siv.

Markus stellt sich neben Jessica und lässt die Ausstellung mit etwas Abstand auf sich wirken. Dann nimmt er energisch mehrere Arbeiten von der Wand.

»Wir fangen noch mal an«, sagt er bestimmt und Siv seufzt.

Nach einer Weile ist Jessica das ewige Hin und Her leid und geht.

Um zehn Uhr ist Siv immer noch nicht zu Hause. Jessica legt sich ins Bett und liest in *Mütterpraxis*, das sie von Carin zu Weihnachten bekommen hat.

Woche 23.

Sie hat den Text schon mehrmals gelesen, wie bei allen vorangegangenen Wochen auch. Jeden Samstag liest sie die aktuelle Seite, am liebsten spätabends, weil dann wieder genau eine Woche rum ist.

Das Baby wiegt jetzt ein halbes Kilogramm und ist zwanzig Zentimeter groß. Viele Frauen bekommen in dieser Phase Schwangerschaftsdiabetes. Jessica schüttelt sich. Es kann so viel passieren. Je mehr man liest, desto klarer wird einem, was alles schiefgehen kann. Trotzdem liest sie alles, was sie in die Finger kriegt. Es gibt keine Seite im Internet über Schwangerschaft, die sie nicht gelesen hat. Aber in *Mütterpraxis* gibt es auf jeder Wochendoppelseite einen Abschnitt, den sie nie liest. Das kleine Kapitel, das sich an die werdenden Väter richtet. Sie tut so, als würde der Vater gar nicht existieren. Zumindest versucht sie es. Mit mäßigem Erfolg.

Um halb zwölf löscht sie das Licht und legt sich auf die Seite. Siv ist immer noch nicht zu Hause. Was ist so kompliziert daran, in einem weißen Raum ein paar Teppiche an die Wände zu hängen? Langsam beginnt sie zu zweifeln, ob das mit der Ausstellung jemals was wird.

Doch die Vernissage ist gut besucht, trotz Schneetreibens. Jessica hilft, den Cidre auszuschenken.

»Eigentlich hätte es Wein sein sollen«, findet Siv. »Leicht angeschwipst fällt einem der Griff zum Portemonnaie leichter.«

Markus zwinkert ihr zu. »Mach dir keine Sorgen, du wirst trotzdem was verkaufen! Samuel Espengren hat zugesagt – der ist Kulturchef im Landtag – und deine Webarbeiten eignen sich hervorragend für öffentliche Gebäude.«

Sie müssen gar nicht warten, bis Herr Espengren erscheint. Vorher schon lassen sich mehrere Käufer auf Markus' Liste setzen und Markus klebt zufrieden einen roten Aufkleber nach dem anderen auf die Ausstellungsstücke. Nach nicht mal einer Stunde hat Siv vier Arbeiten verkauft und die Galerie ist noch brechend voll. Siv ist glücklich und aufgedreht und das macht Jessica auch froh. Sie lacht und unterhält sich und schenkt Getränke nach.

Alles ist wunderbar, bis zu dem Augenblick, als sie den Kommentar aufschnappt.

Jessica hat ein paar leere Gläser eingesammelt und geht auf dem Weg zum Ausschanktisch hinter einer dunkelhaarigen Frau vorbei.

»... das muss ihre Tochter sein«, sagt die Frau genau in dem Moment. »Ja, genau, das schwangere Mädchen, das den Cidre ausschenkt. Hast du ihren dicken Bauch gesehen? Das ist Siv Älvströms Tochter. Wenn sie meine Tochter wäre, würde ich sie an so einem Tag bestimmt nicht mit hierhernehmen!«

Die Frau lacht, und Jessica läuft schnell weiter, die Hände fest um die Plastikbecher geklammert. Die Tränen kommen, ehe sie den Getränketisch erreicht. Sie flieht in das Büro hinter den Ausstellungsräumen. Schiebt die Tür zu und weint mit auf den Mund gepresster Faust. So eine blöde Kuh! Reden noch mehr Gäste über sie? Wie viele von denen grinsen ihr scheinheilig ins Gesicht und lästern hinter ihrem Rücken über sie?

Die Tür geht auf und Siv kommt herein.

»Jessi, Schatz, was ist passiert?«, sagt sie erschrocken. »Ich hab dich hier reinlaufen sehen! Was ist los? Ist was passiert?«

Jessica will sich beherrschen. Sie beißt die Zähne zusammen und schluckt.

»Ich geh nach Hause«, sagt sie. »Damit du dich nicht meinetwegen schämen musst!«

Siv sieht sie fragend an. »Was redest du denn da? Das ist der stolzeste Tag in meinem Leben!«

Jessica sieht sie an. Sie trägt die Haare kraus und offen und ihre braunen Augen haben zur Feier des Tages einen leichten Rahmen aus Kajal und Mascara. Die Künstlerin Siv Älvström ist heute richtig schön.

»Du kannst auch stolz auf deine Ausstellung sein«, sagt Jessica. »Sie ist wunderschön und du hast so viel Arbeit da reingesteckt … Aber für deine Tochter musst du dich schämen. Die zerreißen sich da draußen das Maul über mich. Ich hab es gehört. Und jetzt geh ich nach Hause.«

Sivs Blick verfinstert sich.

»Wer?«, sagt sie. »Wer redet schlecht über dich?«

Jessica erzählt es ihr. Siv will, dass sie die Tür aufmacht und ihr die Frau zeigt.

»Und, wenn sie nun alle so reden?«, sagt sie. »Was weiß denn ich? Außerdem ist mir das scheißegal!«

»Aber mir nicht«, sagt Siv. »Wasch dir das Gesicht und komm mit nach draußen!«

Jessica geht auf die kleine Toilette neben dem Büro und wischt sich die Schminke weg, die um ihre Augen herum verlaufen ist, schnäuzt sich, wäscht sich die Hände und sieht sich in dem kleinen, gefleckten Spiegel mit dem Riss an. Jessica reißt ein paar Blatt Klopapier ab, um sich das Gesicht abzutrocknen. Ihre Augen sind gerötet und sie hat Schweißflecken unter den Armen. Oh je, so will sie sich nicht zeigen. Aber sie hat ja ein hübsches Trägerhemd unter dem grünen Pullover an. Macht es was, wenn die Träger vom BH zu sehen sind? Ach was, die sind schwarz und glänzend, genau wie das Top. Sie wirft den grünen Pullover auf den Toilettendeckel, wischt sich noch einmal mit den Fingern unter den Augen entlang, atmet ein paarmal tief ein und aus und geht nach draußen.

Als Siv sie kommen sieht, lächelt sie und winkt sie zu sich. Sie steigt auf einen kippeligen Holzstuhl, der vorhin noch neben der Eingangstür stand.

»Hallo, alle zusammen!«, ruft sie über das Stimmengewirr hinweg. »Hallo!«

Jessica sieht sie erstaunt an. Was kommt jetzt?

Nach und nach verstummen die Stimmen, bis es ganz ruhig ist. Markus wirft Jessica einen fragenden Blick zu, die mit den Schultern zuckt. Die Leute drehen sich um und sehen Siv an, die lacht und mit den Armen fuchtelt, um das Gleichgewicht zu halten, als der Stuhl unter ihr kippelt.

»Ich wollte nur sagen, wie sehr ich mich freue, Sie alle hier zu begrüßen!«, sagt Siv. »Ich bin stolz und glücklich, meine Webarbeiten ausstellen zu können und dass Sie so zahlreich hierhergekommen sind, um sie sich anzusehen! Aber am allerstolzesten bin ich auf meine Tochter, die heute als Hilfe und Stütze mit mir hier ist! Darf ich Ihnen meine Tochter Jessica vorstellen!«

Jetzt richten sich alle Augenpaare auf Jessica, die wieder einmal merkt, wie ihr das Blut zu Kopf steigt. Was hat Siv vor?

»Außerdem«, sagt Siv, »ist nicht nur meine Tochter anwesend, sondern auch mein Enkelkind! Haben Sie gesehen? Ich werde im Mai Großmutter! Ist das nicht fantastisch? Sie dürfen mir gerne gratulieren! Und natürlich dürfen Sie auch gern ein oder zwei meiner Webarbeiten kaufen, damit wir uns einen Kinderwagen und einen Wickeltisch leisten können. Ich danke Ihnen und wünsche Ihnen allen noch einen schönen Abend!« Mit diesen Worten steigt Siv vom Stuhl und sieht Jessica mit einem leichten Lächeln an.

»So«, sagt sie leise.

Jessica schluckt und beißt sich auf die Unterlippe, um nicht schon wieder loszuweinen. Sie möchte sich bedanken, aber das geht nicht, weil ihr Hals wie zugeschnürt ist. Markus kommt zu ihnen und klopft Siv auf die Schulter.

»Nicht ganz *comme il faut*«, sagt er. »Aber vielleicht funktioniert es ja. Ein bisschen Exzentrik ist nicht das Schlechteste.«

»Hauptziel der Rede war nicht der Verkauf«, sagt Siv.

Von diesem Tag an ist zu Hause vieles anders. Als Jessicas nächster Kontrolltermin bei Lena ansteht, fragt Siv, ob sie mitkommen darf. Jessica sieht sie skeptisch an. Die früheren Begegnungen zwischen Siv und Lena waren nicht besondes harmonisch. Ganz zu schweigen von den hässlichen Bezeichnungen, die Siv hinterher für Lena hatte.

»Warum?«, fragt Jessica.

Siv zieht die Schultern hoch. »Ihr hört doch die Herztöne ab, oder? Da wäre ich gerne dabei.«

Jessica zögert kurz, dann nickt sie. »Okay. Aber danach gehst du ins Wartezimmer.«

»Wie du willst.«

Jessica ist inzwischen oft in der Mütterberatungsstelle gewesen. Sie ist es gewohnt, sich auf die Untersuchungsliege zu legen, die Beine anzuziehen und zu versuchen, sich zu entspannen und auszuatmen, wenn Lena ihren Bauch abtastet und die Finger in die Leisten drückt, bis sie das Gefühl hat, sich in die Hose zu pinkeln.

Das Treffen zwischen Lena und Siv ist distanziert, aber nicht unfreundlich. Lena widmet Siv nicht viel Aufmerksamkeit und Siv ihrerseits hält den Mund und setzt sich still und etwas verkrampft auf den Besucherstuhl. Aber als Lena mit dem Schallkopf über Jessicas Bauch fährt und der Raum plötzlich von dem schnellen Herzschlag des Kindes erfüllt ist, sieht Jessica, wie Sivs Schultern nach vorne sacken. Ihre Lippen verziehen sich, und es sieht aus, als würde sie jeden Augenblick anfangen zu weinen.

Was sie auf dem Heimweg auch tatsächlich tut. Jessica weiß

nicht, was sie sagen soll. Sie kann sich nicht erinnern, wann sie Siv das letzte Mal hat weinen sehen. Siv streicht ihr über den Arm.

»Kümmere dich gar nicht um mich«, schnieft sie. »Ich bin nur so … froh und besorgt und nervös und … erstaunt … Meine Güte, ich glaube, ich kapiere es erst jetzt richtig!«

»Aber«, sagt Jessica vorsichtig, »bei der Vernissage am Samstag …?«

Siv schüttelt den Kopf. »Das war was anderes! Ich dulde nicht, dass jemand auf meiner Tochter herumtrampelt!«

»Niemand außer dir, meinst du wohl?«, rutscht es Jessica heraus.

Siv sieht sie von der Seite an. »Empfindest du das so? Dass ich auf dir herumtrampele?«

Jessica zieht die Schultern hoch. »Jedenfalls hast du nicht zugehört. Bis jetzt.«

»Es tut mir leid, Jessi«, sagt sie. »Es tut mir furchtbar leid. Und ich halte es nach wie vor für Wahnsinn. Aber … heute war es plötzlich wirklich, dieses kleine Kind.«

Jessica nickt.

»Ich weiß, was du meinst«, sagt sie.

Ein eisiger Winterwind zerrt an ihnen, als sie über die offene Rasenfläche im Videbergspark gehen.

»Gut, dass du Carin hast«, sagt Siv.

»Ja«, sagt Jessica. »Das ist gut.«

»**Ich muss aufs Klo**«, sagt Louise. Jessica wirft einen unruhigen Blick zur Treppe. »Es hat doch grad geklingelt! Hätte dir das nicht fünf Minuten früher einfallen können?«

»Ach!«, schnaubt Louise. »Monica kommt doch auch fast immer zu spät. Ich muss pinkeln. Du kannst ja schon losgehen, wenn du willst.«

Jessica schüttelt den Kopf. »Nein, ich warte. Aber beeil dich.«

Die Reihen bei den Spinden lichten sich. Jessica schlägt den Block auf und hofft, dass sie alle chemischen Bezeichnungen und Formeln aufgeschrieben hat. Im Moment haben sie in fast allen Fächern Energie und Umwelt als Thema.

»Hallo …«

Jessica hebt den Kopf, ohne sich umzudrehen. Es ist wie in einem Traum. Sie fühlt sich schlagartig in den September vorigen Jahres zurückkatapultiert, an den Montag nach Paulas Fest, als sie sich solche Sorgen gemacht hat, ob Arvid noch was von ihr wissen wollte oder nicht. Da hat sie allerdings noch keinen dicken Bauch vor sich hergeschoben. Obwohl der Samen bereits gesät war, auch wenn das damals noch niemand wusste.

»Können wir … reden?«

Jessica dreht sich um. Das ist kein Traum. Er steht leibhaftig hinter ihr und sieht genauso unsicher aus wie im September, vor hundert Jahren. Mit dem Unterschied, dass er jetzt blasser ist. Winterbleich. Und er hat einen Pickel auf dem Kinn. Aber die Augen sind die gleichen. Und der Mund. Er hält ihr etwas hin. Ein kleines Päckchen mit einem silbergelockten Band.

»Das hab ich für dich gekauft«, sagt er. »Zu Weihnachten. Aber dann dachte ich … ich weiß nicht … dass du sauer auf mich bist. Das bist du doch, oder? Wäre jedenfalls nicht weiter verwunderlich.«

Jessica versucht zu atmen. Das Kind tritt von innen gegen ihre Bauchdecke, als würde es merken, wie ihr Herz rast und wie geleeweich ihre Knie sind. Der Tritt holt sie in die Realität zurück. Das hier ist wirklich. Sie streckt die Hand aus und nimmt das Päckchen.

»Was ist das?«

»Mach's auf.«

Mit steifen und zittrigen Fingern fummelt sie das Band und den Tesafilm ab. Unter dem Papier kommt ein weinrotes Kästchen zum Vorschein. Sie nimmt den Deckel ab und auf dem Schaumgummikissen liegt eine goldene Kette. Eine Kette mit zwei Herzen, einem größeren und einem kleineren. Jessica nimmt den Schmuck in die Hand und sieht Arvid an. Er ist ziemlich verlegen.

»Ich hab dabei an dich gedacht … und ihn.« Er zeigt mit einem Nicken auf ihren Bauch.

»Oder sie«, murmelt Jessica atemlos.

Sie ist einfach nur baff. So baff, dass kaum Platz zum Freuen bleibt. Aber vielleicht traut sie sich auch nicht, sich zu freuen, aus Angst, noch einmal enttäuscht zu werden. Passiert das wirklich? Ist das wahr?

»Danke«, sagt sie. »Das ist … wunderschön.«

»Du bist auch schön«, sagt Arvid. »Und mutig.«

»Das hat nichts mit Mut zu tun«, sagt Jessica.

Arvid sieht sie an. Er hebt die Hand, als wollte er sie berühren, aber dann lässt er sie wieder fallen.

»Willst du … wirst du sie tragen?«

Sie sieht die Goldkette an. Das kleinere Herz blinkt, es sieht fast aus, als ob es sich gegen das größere lehnt.

»Ja«, sagt sie. »Natürlich. Kannst du mir helfen?«

Er atmet aus, als hätte er die ganze Zeit die Luft angehalten, während sie dort gestanden haben. Dann nimmt er den Schmuck aus Jessicas Hand, und sie hält die Haare hoch, damit er die Kette um ihren Hals legen kann. Arvid fummelt an dem Verschluss, es dauert eine Weile. Das Metall fühlt sich kühl auf der Haut an.

»Danke«, flüstert sie.

Arvid wirft einen hastigen Blick auf die Schuluhr über ihrem Kopf.

»Es hat geklingelt«, sagt er. »Wir sehen uns wieder, oder?«

Sie nickt.

Dann geht er, und Louise, die hinter den Spinden gewartet hat, nachdem sie von der Toilette gekommen war, geht langsam auf sie zu.

»Ich glaube, ich muss heulen…«, sagt sie.

»Wenn jemand heulen muss, dann ja wohl ich, oder?«, sagt Jessica.

Aber ausnahmsweise kommen ihr mal nicht die Tränen wie sonst. Da ist nur ein großartiges Gefühl in ihr. Viel zu groß für ein paar alberne Tränen. Sie legt die Hand auf den Bauch. Du, denkt sie in Richtung Kind. Vielleicht musst du doch nicht vaterlos bleiben. Nicht ganz.

Die nächsten Tage befindet Jessica sich in einem seltsamen Rausch. Sie kann sich nicht recht entscheiden, ob sie sich freuen soll oder nicht. Als sie in einer Mittagspause allen Mut zusammennimmt und Louise in der Kantine hinter sich her zu dem Tisch zieht, an dem Arvid und Fabian sitzen, lächelt Arvid sie an, als sie sich setzen, und Jessica lächelt zurück. Fabian sieht Louise an und Louise Fabian. Scheinbar ist das genauso überwältigend für sie. Aber nur fast, denkt Jessica mit heftigem Herzklopfen. So überwältigend wie für mich kann es für niemanden sonst sein.

Jessica will Arvid auch etwas schenken.

So etwas Schönes wie die Goldkette findet sie wahrscheinlich nicht, und das kann sie sich auch nicht leisten, aber irgendetwas muss es doch geben, etwas Außergewöhnliches. Jessica läuft durch die Stadt und sieht sich in den Läden um, aber nichts ist richtig. Ein Schmuckstück wäre fantasielos und nachgemacht, eine CD oder ein Kleidungsstück zu unpersönlich … Louise hat tausend Vorschläge, die Jessica alle ablehnt.

»Mein Gott noch mal!« Louise seufzt und setzt sich demonstrativ auf eine Bank in der Einkaufspassage. »Das soll doch nur *symbolisch* sein! Irgendwas muss es doch geben, das dir gefällt? Ist er der Kaiser von China, oder was?«

Jessica antwortet nicht und sucht schweigend weiter.

Eines Tages, auf dem Weg zu einer Kontrolluntersuchung in der Mütterberatungsstelle, geht ein so kalter Wind, dass sie nicht am zugigen Katrinebergspark vorbeigehen will, sondern den Windschutz einer Seitengasse sucht. In dieser Gasse gibt es ein Tiergeschäft. Im Fenster hängt ein handgeschriebenes Schild, auf dem steht: »Alles fürs Aquarium«. Jessica bleibt stehen und denkt an die ruhige Unterwasserwelt in Arvids Zimmer. Vielleicht sollte sie was für sein Aquarium kaufen? Was für Fische er hat, weiß sie ja. Und was dazu passt, kann ihr der Verkäufer hoffentlich sagen.

Bei der Untersuchung ist sie so abwesend, dass Lena sie am Ende fragt, ob was vorgefallen sei. Jessica lächelt. »In dem Fall was Positives«, sagt sie.

»Aha? Magst du es mir erzählen?«

Jessica schüttelt den Kopf. Das ist noch alles viel zu zerbrechlich.

»Nächstes Mal, vielleicht«, sagt sie.

»Okay, da werde ich mich wohl gedulden müssen.« Lena lacht und verabredet einen neuen Termin mit ihr in zwei Wochen.

Auf dem Rückweg geht Jessica in das Tiergeschäft. Auf der ganzen linken Ladenseite leuchten blaue Unterwasserwelten mit schillernd bunten Fischen. Zuerst guckt Jessica sich unterschiedliche

Dekorationen und Wasserpflanzen an. Von Kanonen, Burgen und Schiffswracks bis zu richtigen Meereskieseln kann man alles kriegen. Aber die Miniaturgegenstände kommen ihr irgendwie albern von, Jessica kann sich nicht erinnern, etwas von diesem unnatürlich und künstlich aussehenden Kleinkram in Arvids Aquarium gesehen zu haben. Und die Kieselsteine sind teuer, einer kostet bis zu hundert Kronen. Also sieht sie sich bei den Fischen um. Und da entdeckt sie sie. Zwei Fische, die sich küssen. Auf dem Aufkleber an der Kante des Aquariums steht: »Küssende Guramis«.

Das wäre das perfekte Geschenk!

Der lange, dürre Verkäufer hat sich schon eine Weile diskret in ihrer Nähe aufgehalten. Außer ihr war nur noch eine andere Kundin im Laden gewesen, die Hundefutter für ihr Papillonhündchen gekauft hat, aber die ist schon eine Weile wieder weg. Jessica dreht sich zu dem Mann mit der braunen Schürze und den freundlichen Augen um.

»Vertragen sich die Guramis mit anderen Fischen in einem Aquarium?«, fragt sie.

»Kommt drauf an, was für andere Fische es sind«, antwortet der Verkäufer.

Jessica zählt die Namen der Fische aus Arvids Aquarium auf, an die sie sich noch erinnern kann.

Der Mann nickt. »Das könnte gehen. Wenn das Aquarium groß genug ist.«

»Das ist riesig.« Jessica breitet die Arme aus. »Mindestens so.«

Der Verkäufer lächelt. »Es gehört nicht dir, nehme ich an?«

Sie schüttelt den Kopf.

»Sollte das Geschenk nicht gefallen, kann es jederzeit umgetauscht werden.«

Super. Dann hätte ich gerne diese zwei. Aber wie … transportiere ich sie am besten?«

»Ich packe sie dir in eine Plastiktüte.«

»Wie lange halten sie es darin aus?«

»Ein paar Stunden.«

»Okay.«

Der Verkäufer füllt einen Behälter mit Wasser aus dem Aquarium. Dann fängt er mit einem Kescher die beiden küssenden Fische ein und schüttet sie in den Behälter. An der Kasse füllt er alles in einen Plastikbeutel um, den er mit viel Luft gefüllt zuknotet.

»Ich schlage sie in Zeitungspapier ein, dann sind sie ruhiger und verbrauchen nicht so viel Sauerstoff und halten länger durch. Außerdem ist es ja ganz schön kalt draußen. Es wäre gut, sie so schnell wie möglich ins Warme zu bringen.«

Jessica nickt und bezahlt.

Das hier erlaubt keinen Aufschub, darum spaziert sie auf direktem Weg in Arvids Straße. Sie stellt sich wieder in den Hauseingang auf der anderen Straßenseite, wo sie schon so oft gestanden hat. Ein Wunder, dass der Treppenabsatz noch nicht von ihren Füßen ausgetreten ist. Doch heute hat sie nicht vor, ihren Beobachtungsposten zu beziehen. Sonst erfrieren die Kussfische noch. Aber sie hat definitiv keine Lust, mit Arvids Eltern zusammenzutreffen. Also nimmt sie ihr Handy und tippt eilig eine Mitteilung.

Bist du zu Hause? Ich habe was für dich, aber du musst rauskommen. Umarmung, J.

Hoffentlich erkennt er ihre Handynummer wieder, oft benutzt hat er sie ja nicht.

Gleich darauf piepst es.

Magst du hochkommen? Ich bin alleine.

Jessica lächelt. Er hat also verstanden, wieso sie will, dass er rauskommt.

Sie steckt das Handy in die Tasche und geht in den Hauseingang. Die Hand, die die Tüte aus der Tierhandlung umklammert hält, ist schweißnass. Auf einmal fühlt sich Jessica so schwer und tollpatschig mit ihrem dicken Bauch. Dabei wird er noch sehr viel größer werden. Einen Augenblick lang überlegt sie, die Fische im Treppenhaus abzustellen und sich zu verdrücken und Arvid eine SMS zu schreiben, wo er sie abholen kann. Aber dann beißt sie sich streng auf die Unterlippe und fährt mit dem Fahrstuhl nach oben.

Arvid macht die Tür auf, bevor sie klingeln kann.

»Hallo«, sagt er. »Mama ist in der Stadt, sie ist mindestens noch eine Stunde unterwegs. Und Papa ist in der Kanzlei. Komm rein.«

Jessica tritt in den Flur und schüttelt sich die Stiefel von den Füßen. Dann hält sie Arvid die Tüte hin.

»Vielleicht findest du es ja albern«, sagt sie. »Aber du kannst sie umtauschen, wenn du willst, hat der Verkäufer gesagt.«

Arvid dreht die Tüte ohne Firmenlogo hin und her. Er schaut hinein, sieht das Zeitungspapier und grinst.

»Willst du nicht deine Jacke ausziehen und reinkommen?«, fragt er.

Jessica hängt die Jacke auf einen Bügel im Flur und geht hinter Arvid her in sein Zimmer. Sie hat weiche Beine und ihr Herz hämmert. Wie lange ist es her, dass sie das letzte Mal hier war? Mindestens vier Monate. Eine Ewigkeit. Sie ist nicht mehr die gleiche Jessica, dafür ist zu viel passiert. Gleichzeitig kommt es ihr so vor, als wäre es gestern gewesen.

Arvid fummelt den Tesafilm ab und entfernt das Zeitungspapier. Dann hält er den Plastikbeutel mit den Fischen vors Gesicht und sieht sie sich an.

»Guramis«, sagt er.

Jessica nickt. »Die küssen sich«, sagt sie. »Das fand ich total süß.«

Arvid lacht. »Ich will dich ja nicht enttäuschen, aber das, was wie küssen aussieht, sind zwei rivalisierende Männchen, die um ihr Revier kämpfen.«

Jessica sieht ihn verdutzt an. Sie fühlt sich auf den Arm genommen.

»Was?«, platzt sie heraus. »Wieso hat der Typ in der Tierhandlung nichts davon gesagt?«

»Wahrscheinlich hast du ihn nicht gefragt. Ich kann ja später ein paar Weibchen dazukaufen. Das ist klasse. Guramis hab ich noch nicht. Danke!«

Jessica zieht die Schultern hoch. »Ist ja dann leider doch nicht so romantisch, wie ich dachte.«

»Ich finde sie schön. Guck mal, wie toll die schimmern.«

Arvid nimmt die Lichtleiste und die Glasabdeckung vom Aquarium und legt die Fische mit dem Plastikbeutel ins Wasser.

»Dürfen sie nicht zu den anderen?«, fragt Jessica.

»Das Wasser in der Tüte muss erst die gleiche Temperatur wie das im Aquarium haben. Bis dahin müssen sie sich damit begnügen, ihre Mitbewohner durch die Plastikwand zu beobachten.«

Ein paar neugierige Guppys scharen sich bereits um die Tüte und bekommen gleich darauf Verstärkung von einem Schwarm Fische, die Jessica noch nicht kennt.

»Schmucksalmler«, sagt Arvid. »Die hab ich zu Weihnachten bekommen. Eigentlich sind meine Fische alle Anfängerfische. Ich hätte gerne noch ein paar Aquarien dazu, eins mit Buntbarschen, eins mit Segelflosslern und eins für Jungfische, damit die Jungfische und die Eier nicht dauernd aufgefressen werden.«

Er steckt Daumen und Zeigefinger ins Wasser, sammelt ein Blatt von der Oberfläche ab und schmeißt es in einen Eimer auf dem Boden. Dann dreht er sich um und sieht Jessica an.

»Geht es dir einigermaßen?«, fragt er.

Sie nickt verdutzt.

246

»Ist es sehr … anstrengend?«

»Geht so. Später wahrscheinlich mehr.«

Arvid sieht verlegen aus. »Ich dachte mehr, weil alle wollten, dass du abtreibst und so.«

»Ja«, sagt sie. »Das war wirklich anstrengend. Aber das ist jetzt vorbei.«

»Ja, klar.«

»Und du?«, fragt Jessica.

»Was meinst du?«

»Ist es anstrengend?«

Arvid zuckt mit den Schultern. »Ich weiß nicht. Ich denke viel an dich. Wie es werden wird. Willst du dich nicht setzen? Es sieht die ganze Zeit so aus, als ob du gehen willst.«

Er lächelt unsicher und sie antwortet mit einem Lächeln und setzt sich auf die Bettkante.

Arvid setzt sich neben sie und sieht sie schüchtern an. »Merkst du schon was?«

»Manchmal.«

»Darf ich mal fühlen?«

Sie nickt und Arvid legt vorsichtig eine warme Hand auf ihren Bauch. Jessica hört ihren eigenen Puls. Ein freudiges, ängstliches Rauschen zieht durch ihren Körper. In letzter Zeit halten sich Angst und Freude die Waage. Es ist alles so zerbrechlich. Sie legt ihre Hand auf seine und drückt sie fester an ihren Bauch.

»Sonst fühlst du es nicht«, sagt sie.

Sie hat den Satz noch nicht zu Ende gesprochen, als sich ganz deutlich etwas in ihrem Bauch bewegt. Es ist kein Tritt, eher ein Positionswechsel, als würde sich das Baby da drinnen eine bequemere Haltung suchen.

»Hast du das gespürt?«

Arvid nickt. »Ich glaube, ja«, flüstert er.

Er zieht die Hand weg und sieht plötzlich blass aus. Er tut Jessica fast ein bisschen leid.

»Hast du Saft oder so«, fragt sie. »Ich habe Durst.«

Arvid springt auf. »Klar! Ist Apfelsaft okay?«

»Super.«

Er läuft eilig in die Küche und Jessica beobachtet die Fische in ihrer Tüte. Ganz nah bei den anderen und doch von ihnen getrennt.

Wie du, denkt sie in Richtung Baby. Aber die Fische können sich die Welt wenigstens schon mal angucken, in der sie leben werden. Das kannst du nicht. Du kannst uns nur hören.

Die Zeit vergeht wie im Flug und zugleich unendlich langsam. Gerade ist Jessica schwanger geworden, und schwups ist sie im letzten Schuljahresdrittel, kurz vorm Abschluss. Dabei fühlt sie sich, als wäre sie schon seit einer Ewigkeit schwanger, als ob das Kind niemals aus ihrem Bauch kommen wollte, als müsse sie sich für den Rest ihres Lebens als übergewichtiges Walross durchs Dasein schleppen. Der Frühling schleicht sich fast unbemerkt an. Plötzlich blühen die Schneeglöckchen und Krokusse in den schneefreien Beeten vor den Wohnblocks, und kurze Zeit später leuchten Scillas und die eine oder andere vorwitzige Osterglocke in den Vorgärten.

Zweimal in der Woche geht sie mit Carin raus. Sie spazieren und reden, und als die Frühlingssonne wärmer wird, sitzen sie im Katrinebergspark auf einer Bank, die Jacken unter den Po gezogen, damit sie keine Blasenentzündung kriegen. Carin erzählt viel darüber, wie es war, als sie Louise erwartet hat.

»Ich will dich nicht beunruhigen, aber am Anfang war es ziemlich schwierig«, sagt sie. »Ich wusste, dass ich mich eigentlich freuen sollte. Alle Welt schien zu erwarten, dass man sein Baby rund um die Uhr selig anlächelt, dabei habe ich mich manches Mal völlig überfordert und ausgelaugt und traurig und vollkommen leer gefühlt … Es hat mehrere Tage, ach was, Wochen gedauert, bis ich von ganzem Herzen sagen konnte, dass ich den kleinen Knopf liebe. Aber das kommt. Man darf ausgelaugt und traurig sein. Das musst du immer im Kopf behalten. Wenn man die Traurigkeit zulässt, kommt die Liebe und Freude von ganz allein und schneller, als man glaubt.«

Jessica hört mit geschlossenen Augen zu. Sie hat das Gesicht in die Sonne gewendet. Zwischendurch zappelt es in ihrem Bauch, und hin und wieder kommt ein Tritt, der ihr fast den Atem nimmt.

Besonders abends vorm Einschlafen. Da ist das Baby wach und ärgert sie. Das ist nicht nur fantastisch und wunderbar.

»Zwischendurch finde ich das richtig unheimlich«, gesteht sie Carin, »wenn es in mir rumort und zappelt. Und wenn es sich streckt, wird mein Bauch richtig lang gezogen, das sieht ekelig aus! Natürlich weiß ich, dass das mein Kind ist, aber ... Stimmt was nicht mit mir, weil ich nicht alles nur toll finde?«

Carin lächelt. »Ganz sicher nicht. Wenn du mich fragst, kann man einen Haufen seltsame Gedanken und Gefühle haben, ohne dass deswegen etwas mit einem nicht stimmt.« Sie blinzelt Jessica in dem grellen Frühlingslicht an. »Wobei man sicher nicht alles erzählt, was einen beschäftigt.«

Jessica zieht die Schultern hoch.

»Doch, dir kann ich alles erzählen. Wenn das Kind sich mal ein paar Stunden nicht gerührt hat, mache ich mir sofort schreckliche Sorgen und glaube, es wäre was nicht in Ordnung. Und dann warte ich und warte, dass was passiert.«

Carin nickt.

»Und dann heule ich vor Freude, wenn endlich der nächste Tritt kommt, selbst wenn es ein Volltreffer gegen den empfindlichsten Teil der Rippen ist!«

Jessica streckt den Rücken und streicht die Haare nach hinten. Ihr brennt etwas auf der Zunge, das sie schon lange fragen will, sich aber nicht getraut hat, weil es vielleicht zu viel verlangt ist.

»Ich würde mir sehr wünschen, dass du dabei bist«, sagt sie.

Carin weiß sofort, was sie meint. »Bei der Entbindung?«

Jessica nickt. »Aber das geht wahrscheinlich nicht, weil du selbst grad dein Kind bekommen hast.«

Carin lacht. »Wenn ich etwas später dran bin und du etwas früher, können wir ja zusammen ins Krankenhaus fahren!«

Gleich darauf wird sie wieder ernst.

»Natürlich begleite ich dich«, sagt sie. »Wenn du das möchtest. Und was ist mit Siv?«

Jessica schüttelt den Kopf. »Nicht sie! Dann schon eher Lollo.«

Aber das lehnt Carin entschieden ab. »Das würde zu viel für sie! Nein, ich begleite dich. Siv kann sich ja währenddessen im Wartezimmer um mein Baby kümmern. Dann kann sie schon mal ein bisschen üben.«

Jessica lacht. »Super. Ist das eine Zusage?«

Carin nickt. »Natürlich.«

Sie dreht das Gesicht in die Sonne und seufzt genießerisch.

»Frühling ist doch was Wunderbares! Tranströmer hat ein paar fantastische Zeilen über das Gefühl geschrieben, wenn einem der Frühling zum allerersten Mal ins Gesicht atmet... *Eines Tages kam etwas ans Fenster. Die Arbeit hielt inne, ich schaute auf. Die Farben brannten. Alles drehte sich um. Die Erde und ich machten einen Satz aufeinander zu.*«

»Das ist schön«, sagt Jessica. »Genauso fühlt es sich manchmal an. Als ob alles plötzlich ganz nah rückt.«

»Wie läuft es mit Arvid?«, fragt Carin.

Jessica zuckt mit den Schultern. »Ich weiß nicht. Er kommt und geht und kommt zurück. Jedes Mal ein bisschen näher. Zumindest sitzen wir in der Kantine wieder an einem Tisch ... Zum Glück für Lollo und Fabian!«

Carin nickt. »Sie ist ziemlich verschossen in den Jungen, oder?«

»Darüber werde ich ganz bestimmt nicht mit dir reden«, sagt Jessica.

»Nein, natürlich nicht, verstanden.«

Jessica sieht sie mit zusammengekniffenen Augen von der Seite an. In der Frühlingssonne scheinen Carins blonde Haare von innen zu leuchten.

»Und Erik?«, fragt sie.

Carin lehnt sich mit einem Seufzer zurück.

»Na ja … er gibt sich wirklich Mühe. Aber … ach, Mist! Es fällt mir so schwer, ihm zu verzeihen. Oder es fällt mir schwer, zu vergessen, dass er das Kind am Anfang nicht wollte. Nicht einmal, wenn er sein Ohr an meinen Bauch legt und mit dem Krümel da drinnen spricht, kann ich das vergessen … Ganz schön dumm und nachtragend von mir.«

Sie dreht sich zu Jessica und streicht ihr sanft mit der Hand über die Wange.

»Ich bin sehr froh, dass es dich gibt, Jessi«, sagt sie. »Du hast dich von Anfang an mit mir gefreut und ich mich mit dir! Du ahnst nicht, wie viel das für mich bedeutet!«

Jessica spürt, wie sich die Wärme der Frühlingssonne mit der Wärme in ihr vermischt.

»Doch«, sagt sie, »das weiß ich.«

Danach hat Jessica noch eine Bitte an Carin, die sie schon länger mit sich herumträgt. Sie fragt Carin, ob sie bereit sei, mit zu ihr nach Hause zu kommen.

»Mama und du, ihr wart doch mal Freundinnen«, sagt sie. »Jetzt redet ihr kaum noch miteinander. Ich weiß, dass sie dich nicht sehr nett behandelt hat, aber … Sie hat sich seitdem sehr verändert … Magst du nicht auf einen Tee mit zu uns kommen?«

Carin nickt. »Wenn du das möchtest. Ich bin nicht sauer auf Siv und wusste die ganze Zeit, dass sie irgendwann wieder zur Vernunft kommen würde.«

»Ja, das hast du gesagt.«

Siv sieht überrascht aus, als sie kommen, aber sie macht sich sofort daran, einen Kräutertee aufzusetzen und Brot zu rösten. Es hängt zwar eine gewisse Wachsamkeit zwischen ihnen in der Luft, als sie am Küchentisch sitzen, aber Jessica ist einfach nur erleichtert. Und als Siv und Carin nach einer Weile auf das Thema »Männer« kommen, fließt das Gespräch ungehindert dahin.

»Ach, Jessica«, sagt Siv unvermittelt. »Ich hab überlegt ... möchtest du, dass ich John anrufe? Oder willst du es ihm selbst erzählen?«

Jessica schüttelt den Kopf.

»Er wird es schon mitbekommen, wenn es so weit ist«, sagt sie. »Wenn er nie hier ist, hat er selber Schuld.«

Siv nickt und lächelt, aber fröhlich ist das Lächeln nicht.

»Ach, meine Kleine«, sagt sie.

Carin erzählt Siv auch von den Jungsbäuchen und Mädchenbäuchen. Da steht Siv auf, um ihr Kristallpendel zu holen.

»Das pendeln wir einfach aus«, sagt sie.

»Quatsch, das ist doch albern!«, sagt Carin.

»Wohl kaum alberner als deine Theorie mit den platten und den spitzen Bäuchen«, kontert Siv.

Jessica streckt sich auf dem Küchenfußboden aus, während Carin am Küchentisch sitzen bleibt und Siv sich neben Jessica kniet und das Pendel über ihrem Bauch hin und her schwingen lässt. Nach wenigen Minuten pendelt es ruhig vor und zurück. Siv hält es mit der Hand an.

»Ein Mädchen!«, sagt sie.

Carin schüttelt den Kopf. »Du versetzt das Pendel unbewusst in Schwingung. So still kannst du deine Hand unmöglich halten, am Ende fängt es eben an zu pendeln.«

Siv lächelt gelassen. »Ein Mädchen«, wiederholt sie. »Wie schön!«

Jessica setzt sich auf. Sie weiß nicht, was sie glauben soll. Und zum ersten Mal stellt sie fest, dass es keine Rolle spielt, ob eine Tochter oder ein Sohn in ihr heranwächst.

Carin zieht ihren Strickpullover aus und legt sich auf den Boden. »Okay, dann mach es auch bei mir«, sagt sie.

Siv hält das Pendel eine ganze Weile über Carins Bauch. Jessica sieht ihnen dabei zu und denkt, dass Frauen bestimmt seit Tausenden von Jahren Rituale hatten, um herauszufinden, welches Geschlecht ihre Kinder haben würden. Und hier sitzen sie. Drei Frauen im Zeitalter von Handys, Kernkraft und Computern, und warten darauf, dass ein kleines Kristallpendel an einer Silberkette zu schwingen anfängt. Diese Szenerie strahlt Stärke und Schwäche zugleich aus. Kraft und Zerbrechlichkeit.

»Ich weiß nicht.« Siv seufzt. »Wahrscheinlich ein Junge, aber ich bin mir nicht sicher.«

Carin streichelt ihren Bauch. »Das wäre schön ... Ein kleiner Oliver ...«

Sie lacht.

»Albern!«, sagt sie dann.

Die Wehen setzen an einem Dienstag ein. Jessica ist schon zwei Tage über den errechneten Termin hinaus und mag jetzt nicht mehr warten. Den ganzen letzten Monat hat sie extrem schlecht geschlafen, kriegt nachts Wadenkrämpfe und quält sich immer wieder aus dem Bett. Wenn sie keine Krämpfe hat, muss sie mindestens einmal pro Stunde aufs Klo. Lena hat ihr ein Bild gezeigt, wie zusammengedrückt die Blase am Ende der Schwangerschaft ist, und seitdem weiß sie, wieso sie ständig rausmuss. Es ist erstaunlich, dass der Körper überhaupt noch funktioniert, wo die Eingeweide so nach außen oder in den Brustkorb gedrückt werden. Aber wenn Jessica deswegen jammert, sagt Lena, dass es schon einen Sinn macht, dass man am Ende keine Lust mehr hat, schwanger zu sein.

»So bereiten Körper und Geist sich auf die Entbindung vor«, sagt sie. »Sie wollen endlich ihr kleines Kind zu sehen bekommen.«

Das Baby liegt jetzt bald seit vier Wochen mit dem Kopf nach unten im Beckenboden. Nachdem die meisten Mitschüler sich an Jessicas Zustand gewöhnt hatten und sie ganz normal behandelt haben, ziehen sie sich jetzt wieder etwas mehr zurück. Sie beobachten sie voller Ehrfurcht. An manchen Tagen fühlt sie sich wie auf einem andern Planeten. Ihr Leben dreht sich um ganz andere Dinge als bei ihnen. Aber Louise steht unerschütterlich an ihrer Seite. Wenn sie nicht mit Fabian knutscht, natürlich. Die beiden sind seit Kurzem ein Paar. Ab und zu übernachtet sie sogar bei ihm oder er bei ihr.

»Ich war wenigstens so schlau, mir die Antibabypille verschreiben zu lassen«, zieht sie Jessica auf.

In der Schule fängt es an.

Aber da es nicht das ist, was sie erwartet hat, macht sie sich anfangs keine weiteren Gedanken darüber. In letzter Zeit hat es immer wieder mal irgendwo geziept und wehgetan, und sie hatte auch schon Vorwehen, bei denen ihr Bauch steinhart wurde und sie eine Weile ganz still stehen musste, bevor sie sich wieder rühren konnte. So fühlt es sich jetzt nicht an. Es ist eher ein diffuser Schmerz in der Leistengegend und in den Oberschenkeln. Im Laufe des Nachmittags kommt und geht der Schmerz in Wellen und er ist keineswegs unerträglich. Also registriert sie ihn kaum.

Aber als sie zu Hause ist und auf der Seite auf ihrem Bett liegt, um ihrem schweren Körper etwas Ruhe zu gönnen, wird der Schmerz intensiver und zieht bis in den Rücken. Ob das jetzt die richtigen Wehen sind? Fühlen die sich so an? Geht es jetzt los? Ist es so weit?

Sie setzt sich jäh auf. Jetzt? Schon?

Sie schüttelt den Kopf. Was heißt hier »schon«! Sie ist zwei Tage über die Zeit! Aber deswegen fühlt es sich trotzdem wie »schon« an.

Carin ist seit fast drei Wochen mit ihrem kleinen Oliver aus der Klinik zurück. Jessica hatte mit Louise zu Hause gewartet, als Erik sie aus der Säuglingsstation abholte. Staunend hatte sie das kleine Wesen auf Carins Arm angesehen. War der klein!

»Von wegen klein!«, hatte Carin protestiert, als Jessica ihrem Erstaunen Luft machte. »Er wiegt vier Kilo!«

Jessica hatte mit einem Finger über die unbeschreiblich weiche kleine Wange gestrichen. »Doch, er ist klein.«

Carin lachte. »Als ich ihn rausgepresst habe, kam er mir aber gar nicht klein vor! Sieh zu, dass du dir rechtzeitig eine Epiduralanästhesie spritzen lässt, Jessica!«

»Ich wollte eigentlich nur Lachgas nehmen.«

»Ha!«, sagte Carin. »Du wirst deine Meinung schon noch ändern!«

»Mama!«, sagte Louise vorwurfsvoll. »Erzähl ihr doch nicht solche Schauergeschichten!«

All das schießt ihr durch den Kopf, als sie auf ihrem Bett sitzt und begreift, dass das Wehen sein müssen. Richtige Wehen. Was soll es sonst sein? Sie schaut auf die Uhr und stoppt die Zeit bis zur nächsten Wehe. Fast zehn Minuten. Dann ist es noch nicht eilig. Aber nervös macht es sie doch, weil Siv noch nicht zu Hause ist. Jessica geht in die Küche und ruft Carin an.

»Ich glaube, ich habe Wehen.«

»Oh! Regelmäßig? In welchen Abständen kommen sie?«

»Alle zehn Minuten.«

»Ist Siv zu Hause?«

»Nein.«

»Ruf sie an! Ich komme zu dir. In einer Viertelstunde bin ich da!«

Jessica will gerade sagen, dass Siv sowieso in einer halben Stunde aufhört zu arbeiten und bald zu Hause ist, aber Carin hat schon aufgelegt. Und manchmal braucht Siv tatsächlich länger, weil sie nach der Arbeit noch einkauft. Das kann schon mal eine Stunde dauern.

Jessicas Körper zieht sich in einer neuen Wehe zusammen. Sie guckt wieder auf die Uhr. Sind seit der letzten wirklich zehn Minuten vergangen? Sicherheitshalber nimmt sie den Hörer ab und wählt die Nummer von dem Altenheim, in dem Siv arbeitet.

»Ich komme!«, ruft Siv und wirft den Hörer auf, ehe Jessica sagen kann, dass es nicht so eilt.

Jessica starrt den Telefonhörer an, den sie noch immer in der Hand hält. Was für ein Effekt! Wie im Film, wo die Frau ihr Kind um ein Haar auf dem Flurboden zur Welt bringt, während der Krankenwagen mit heulenden Sirenen angefahren kommt.

Zwölf Minuten später stürzt Siv atemlos in die Wohnung.

»Elenie hat mich gefahren! Wie geht es dir?«

Jessica grinst. »Gut, glaube ich. Im Gegensatz zu dir, wie mir scheint.«

Siv zieht die Schuhe aus. »Hast du die Abstände gemessen? Kommen sie schnell aufeinander? Nutz jetzt am Anfang die Pausen, um dich zu entspannen, damit du genügend Kraft für später hast, wenn es richtig losgeht! Möchtest du irgendwas haben? Man soll viel trinken und Bananen essen. Tut es sehr weh, Schatz? Hast du Carin angerufen?«

Jessica setzt sich auf den Hocker unter der Sternenkarte.

»Du machst mich nervös«, sagt sie.

Siv macht einen Schritt auf sie zu und streichelt ihr über die Wange. »Es wird alles gut gehen! Du bist stark und tüchtig, Jessi. Oje, ich muss mir erst mal einen Kaffee machen! Außer, du möchtest jetzt gleich fahren?«

Jessica schüttelt den Kopf. In dem Moment klingelt Carin an der Tür.

»Hallo, ihr beiden! Was für ein spannender Tag!« Sie stellt die Babyschale mit Oliver ab und nimmt Jessica in den Arm.

»Endlich!«, sagt sie. »Wie geht es dir?«

»Mein Gott, ihr tut ja, als würde das Kind jede Sekunde kommen!«, platzt Jessica heraus. »Lena hat doch gesagt, dass man erst losfahren braucht, wenn zwischen den Wehen nur noch drei bis vier Minuten sind. Das kann noch Stunden dauern!«

»Du bist gut, Jessica!« Carin lacht. »Das Beste wird sein, wenn wir uns etwas beruhigen. Wir trinken erst mal was!«

Nachdem Siv den Kaffee aufgesetzt hat, ruft sie Jacob an, der auch in dem Altenheim arbeitet, und sagt ihm, dass im Umkleideraum ein Tablett mit den Medikamenten für den Nachmittag steht. Jessica und Carin grinsen sich an. Siv scheint nach Jessicas Anruf wirklich alles stehen und liegen gelassen zu haben.

»Ich habe Olivers Tasche zu Hause vergessen. Aber die werden auf der Entbindungsstation ja wohl eine Windel für mich haben. Sollen wir schon mal anrufen und ankündigen, dass wir demnächst kommen?«

In dem Moment hat Jessica wieder eine Wehe. Sie stützt die Ellbogen auf den Tisch und legt das Gesicht in die Hände.

»Das tut jetzt aber mehr weh«, sagt sie. »Und mir ist plötzlich so schlecht.«

Jetzt kriegt sie doch Angst. Aber das will sie nicht zugeben. Wenn es jetzt schon so wehtut, wie soll es da erst später werden?

Carin ruft in der Entbindungsstation an und meldet Jessicas baldige Ankunft an.

»Du kannst jederzeit kommen«, sagt sie dann. »Im Augenblick scheint es recht ruhig zu sein bei ihnen. Als ich dran war, standen sie Schlange vorm Kreißsaal. Ich hab mit heftigen Wehen im Aufenthaltsraum zwischen all den frischgebackenen Müttern gesessen, die dort versuchten, in Ruhe zu essen. Was hältst du davon, Arvid anzurufen und ihm zu sagen, dass es so weit ist?«

Jessica zögert. Aber dann merkt sie, dass sie das eigentlich will. Und er wird es bestimmt wissen wollen, auch wenn er gebeten hat, nicht dabei sein zu müssen.

»Ja«, sagt sie. »Nach der nächsten Wehe.«

Siv schenkt ihnen allen Kaffee ein. Jessica nimmt eine halbe Tasse mit viel Milch drin, aber schon nach dem ersten Schluck merkt sie, dass sie sich übergeben muss, und stürzt auf die Toilette.

Carin kommt hinter ihr her und hält sie an den Schultern fest. Danach streichelt sie ihr zärtlich übers Haar.

»Spül deinen Mund aus«, sagt sie. »Dann machen wir uns auf den Weg. Es ist beruhigender, an Ort und Stelle zu sein. Meinst du nicht auch?«

Jessica nickt mit feuchten Augen. Sie ist plötzlich schrecklich traurig. Dabei soll das doch ein besonderer Moment sein, ohne lästige Kotzerei zwischendurch. Das hat so was Jämmerliches. Hoffentlich ist alles in Ordnung!

Carin schüttelt beruhigend den Kopf. »Die Übelkeit vergeht wieder. Willst du Arvid noch anrufen? Ich geh schon mal runter und hol das Auto. Ich warte dann direkt vor der Tür. Hast du deine Tasche gepackt?«

Die Tasche steht schon seit mehreren Wochen fertig gepackt in ihrem Zimmer. Energiedrink, Nachthemd, ein Trainingsanzug, Babykleider und die Broschüre von der Mütterberatungsstelle.

»Kamera nicht vergessen!«, ruft Carin aus dem Flur, als sie sich die Schuhe anzieht.

»Von wegen«, protestiert Jessica. »Wenn du glaubst, dass du mich fotografieren kannst, während ich …«

»Hinterher natürlich!« Carin lacht. »Und ich garantiere dir, das Bild möchtest du haben.«

Jessica wartet die nächste Wehe ab, bevor sie in ihr Zimmer geht und die Digitalkamera holt, die sie vorletztes Jahr Weihnachten von John bekommen hat. Auf dem Weg aus dem Zimmer fällt ihr Blick auf Rufus, der düster dreinblickend im Regal über dem Bett sitzt. Nach kurzem Zögern packt sie ihn auch ein, auf den Boden der Tasche, damit niemand ihn sieht.

In der Küche wählt sie Arvids Handynummer. Er antwortet nach dem ersten Klingelzeichen.

»Wir fahren jetzt ins Krankenhaus«, sagt Jessica. »Dachte, dass dich das interessieren würde.«

»Ins Krankenhaus? Jetzt? Scheiße! Schon? Soll ich kommen?«

Jessica ist so verdutzt, dass sie mehrere Sekunden nichts sagt.

»Hallo?«, ruft Arvid in den Hörer. »Bist du okay?«

»Du wolltest doch nicht«, sagt sie.

»Ich hab einfach nur einen … Riesenschiss …«

»Dann ist es wohl besser, wenn du zu Hause wartest«, sagt Jessica. »Ich ruf dich an, wenn es da ist.«

»Okay … ich hoffe … Also, viel Glück. Oder was man da sagt.«

Jessica muss kichern. »Also, ich lass von mir hören!«

Sie hat fast schon aufgelegt, als sie ihn etwas rufen hört: »Jessica?«

Jessica legt den Hörer wieder ans Ohr. »Ja?«

»Ich weiß nicht, ob ich es gesagt habe, aber … Ich liebe dich, das weißt du, oder?«

Sie ist froh. Froh, dass sie ihn angerufen hat und dass er gefragt hat, ob er kommen soll. Nicht weil sie ihn unbedingt dabeihaben will, sondern weil er gefragt hat.

Eine neue Wehe zieht die Schlinge fester um sie zusammen. Sie stützt sich schwer auf der Spüle ab. Teufel, tut das weh! Aber sie hat keine Angst mehr. Es wird alles gut gehen. Alles ist, wie es sein soll. Es muss wehtun. Das Baby kämpft sich jetzt den Weg frei. Erweitert ihn Millimeter für Millimeter.

Siv stützt sie auf dem Weg zum Auto, wo Carin und Oliver bereits angeschnallt auf sie warten.

In der Entbindungsstation kümmert sich eine Hebamme namens Cecilia um sie. Sie ist Mitte dreißig, hat das dicke, braune Haar zu einem Knoten im Nacken zusammengebunden und hat einen festen, freundlichen Blick. Sie redet beruhigend auf Jessica ein, als sie ihr den Gurt vom Wehenschreiber umlegt, um die Intensität der Wehen zu messen und die Herzfrequenz des Babys zu überprüfen.

Siv wartet mit Oliver im Wartezimmer. Carin nutzt noch einmal die Gelegenheit, ihn zu stillen, ehe es richtig losgeht. Als sie zurück in den Entbindungsraum kommt, lächelt sie Jessica zu, die gierig mit einem Strohhalm kalten Saft aus einem großen Glas schlürft.

Die Übelkeit ist verflogen und kein Saft hat ihr je so gut geschmeckt wie dieser.

»Ich glaube, es ist gut, dass Siv sich um Oliver kümmert«, sagt Carin mit einem Lachen. »Da ist sie beschäftigt und stellt hier drinnen nicht alles auf den Kopf.«

Cecilia nickt. »Mütter sind in Ordnung, aber als Doula eignen sie sich nicht unbedingt.«

Eine *Doula*, das ist Carin jetzt, eine einfühlsame und physische Begleiterin vor, während und nach der Entbindung, hat Lena ihr erklärt. Wer will, kann auch eine professionelle Doula bekommen. Aber Jessica möchte Carin bei sich haben, und je stärker die Wehen werden, desto mehr schrumpft die Welt um sie herum, bis sie nur noch aus Carin, Cecilia und dem Kind besteht, das sich Stück für Stück auf die Welt kämpft.

Sie hat sich nicht vorgestellt, dass es so wehtun würde. Natürlich hat sie jede Menge über Entbindungsschmerzen gelesen und verschiedene Möglichkeiten der Schmerzlinderung, aber dass die Wehen so von ihrem ganzen Körper Besitz ergreifen würden, dass sie sich winselnd wie ein Tier an der Lachgasmaske festklammert, als müsse sie ohne sie ersticken, als wäre sie ihre einzige Rettung, das hat sie sich in ihren schlimmsten Fantasien nicht vorstellen können. Und als sie auf dem besten Weg ist, aufzugeben, als sie nur noch schreien will und nicht mehr bereit ist zu tun, was die Hebamme und Carin ihr sagen, da teilen sie ihr mit, dass der Muttermund erst acht Zentimeter geöffnet ist und noch zwei Zentimeter fehlen, ehe sie mit dem Pressen anfangen darf.

»Epidural«, sagt Carin. »Jessica, bitte, willst du es nicht probieren?«

»Neeein!!!«, faucht Jessica in die Gasmaske.

»Dazu ist es zu spät«, sagt Cecilia. »Es würde nicht mehr wirken, bis das Baby kommt. Du machst das sehr gut, Jessica! Es läuft gut. Alles läuft, wie es soll, bald hast du es geschafft.«

Es ist merkwürdig, aber zwischen den Wehen ist sie vollkommen leer, der Schmerz steigert sich nicht schrittweise oder nimmt schrittweise ab, er kommt in voller Stärke aus dem Nichts und wütet eine Minute oder so, um plötzlich abzuklingen und komplett zu verschwinden. Jessica liegt keuchend auf der Seite und denkt: Doch, das schaff ich schon, und nur eine Minute später würde sie alles dafür geben, um auf dem schnellsten und effektivsten Weg sterben zu dürfen, weil der Schmerz so unerträglich und unvorstellbar ist.

Draußen im Wartezimmer beschert Sivs nervöses Hin-und-her-laufen Oliver einen süßen, wohligen Schlaf. Erik kommt von der Arbeit und nimmt den Kleinen mit nach Hause, wo er sich mit abgepumpter Milch von Carin begnügen muss, bis alles vorbei ist. Aber das erfährt Jessica erst hinterher. Während der letzten beiden Stunden der Entbindung existieren für sie weder Siv oder Oliver noch Erik. Die Welt schrumpft noch weiter, bis nur noch Carins Hand, Cecilias Stimme und der Schmerz übrig sind.

Am Ende kommen die Presswehen dann doch. Unbarmherzig und gnadenlos, als wolle der Körper sich von innen nach außen umkrempeln, und plötzlich ist alles anders, plötzlich kann sie etwas tun, dem Schmerz antworten, reagieren und pressen. Carin legt ihr die freie Hand um den Nacken. Jessica sitzt mit halb aufgerichtetem Oberkörper auf der Entbindungsliege. Am liebsten hätte sie kniend geboren, aber irgendwann konnte sie sich nicht mehr aufrecht halten, ihre Beine haben sie nicht mehr getragen, und jetzt kann nicht mehr die Rede davon sein, noch mal die Position zu wechseln. Ihr Haar ist nass von Schweiß und dem Wasser von dem kühlenden Handtuch, mit dem Carin sie immer wieder abtupft, und das weiße Krankenhaushemd klebt an ihrem Körper, aber jetzt will das Baby raus, jetzt ist es nicht mehr aufzuhalten. Endlich tut sich was.

»Ruh dich aus zwischen den Wehen!«, kommandiert Cecilia.
»Atmen! So, ja … Kommt jetzt eine Wehe? Gut, Jessica! Leg das
Kinn auf die Brust und press … so doll du kannst! Sooo, ja!«

Es fühlt sich an, als ob es sie zerreißt.

»Ich zerreiße!«, brüllt sie laut heraus.

»Nein, tust du nicht!«, sagt Carin bestimmt in ihr Ohr. »Jetzt ist
es gleich vorbei!«

»Atmen!«, ruft Cecilia. »Atmen! Jetzt nicht pressen! Guuuut!«

Irgendwie gelingt es ihr, zu tun, was sie ihr sagen. Nachdem sie
sich eine Weile kaum noch wahrgenommen hat, ist sie plötzlich
extrem anwesend. Bei der nächsten Wehe fühlt sie etwas Warmes,
Glitschiges aus sich herausgleiten und die nächsten Sekunden ist
alles ganz still.

Dann kommt der Schrei.

Ein dünner, zarter und sehr lebendiger Schrei.

»Ein kleines Mädchen!«, teilt Cecilia ihr mit. »Schau, Jessica, ist
sie nicht hübsch!«

Jessica reißt den Blick von der Decke los, wo er in den wunder-
lichen Sekunden der Stille hängen geblieben ist, und richtet ihn
verwirrt auf Cecilia. Einen Augenblick später liegt ihr Kind auf
ihrer Brust. Das ist unbegreiflich. Sie kann es nicht fassen. Da liegt
ein ganz echtes, ziemlich verknittertes, leicht blaurotes Baby auf
ihrem Bauch. Ein Mädchen. Ihr Mädchen. Verklebtes, dunkles
Haar und eine kleine Hand, die sich öffnet und wieder schließt.
Der Schmerz ist wie weggeblasen. Nicht mehr vorhanden. Der
kleine Körper liegt warm und schwer und sehr lebendig auf ihrer
Brust.

»Tindra«, murmelt Jessica.

Sie weiß nicht, woher der Name kommt. Das ist keiner der
Namen, den sie sich vorher überlegt hat.

»Soll sie so heißen?«, fragt Cecilia fröhlich. »Tindra?«

Jessica nickt. Sie sieht Carin an, die feuchte Augen hat.

»Du warst unglaublich tapfer, Jessica!«, sagt Carin. »Viel tapferer als ich.«

Vor lauter Staunen über das Kind hat Jessica verdrängt, dass es noch weitergeht. Der Mutterkuchen muss noch raus. Cecilie tastet den Bauch ab, um zu sehen, ob die Gebärmutter sich zusammenzieht, wie sie es soll. Das tut höllisch weh, und Jessica ist nicht mehr bereit, noch mehr Schmerz zu ertragen. Sie faucht die Hebamme wütend an, dass sie nicht mehr mitmacht. Sie will in Frieden gelassen werden und sich in Ruhe ihre Tochter ansehen, nicht mehr gequält werden. Aber erst eine Stunde später ist es überstanden, als es ihr endlich gelingt, diesen elenden Mutterkuchen aus sich herauszupressen. Erst da darf sie sich zurücklehnen.

Da hat Tindra längst ihre Brustwarze gefunden und sich mit einer Kraft daran festgesaugt, die Jessica erstaunt aufblicken lässt. Wie kann ein so kleines, gerade eben geborenes, hilfloses Wesen so fest und energisch saugen?

Carin ist auch schweißgebadet. Sie spült das Gesicht und die Arme mit kaltem Wasser ab. Und endlich bekommt Siv die Erlaubnis, hereinzukommen. Sie nähert sich ganz langsam und sieht Jessica und Tindra eine Weile einfach nur an.

»Herzlichen Glückwunsch, mein Schatz«, flüstert sie schließlich.

»Selber Glückwunsch«, sagt Jessica. »Du hast soeben die süßeste Enkelin der Welt bekommen. Ich hoffe, das ist dir klar.«

Siv nickt. »Das sehe ich«, sagt sie. »Die süßeste Enkelin der Welt. Darf ich sie halten?«

Nur widerwillig gibt Jessica das kleine, warme Kind aus dem Arm. Siv nimmt es zärtlich entgegen und legt es an ihre Schulter.

»Mein kleiner Schatz«, murmelt sie. »Wie schön du bist … so schön …«

Am Freitag wird sie entlassen. Jessica ist schrecklich müde und ihr Unterleib fühlt sich an wie durch den Fleischwolf gedreht. Sie fragt sich, ob sie jemals wieder die Alte sein wird. Wer immer das war. Dabei ist es eigentlich weniger interessant, wer sie war. Die Frage muss doch eher lauten, wer sie ist. Das kann sie noch nicht so genau beantworten. Aber sie weiß, dass das, was Carin von sich erzählt hat, auf sie nicht zutrifft. Im Gegenteil, sie ist fast erschrocken über die Liebe, die sie für Tindra empfindet. Sie ist wie ein Faustschlag. Plötzlich ist da ein Mensch, den man nie zuvor gesehen hat, aber ohne den man von nun an nicht mehr leben kann. Das ist erschreckend. Und absolut fantastisch.

Das Personal auf der Säuglingsstation ist reizend zu ihr. Sie umsorgen sie, zeigen ihr, wie sie Tindra richtig an die Brust anlegt, und fahren das Kind in dem kleinen Plastikbett durch die Gegend, damit Jessica duschen kann. Der Ausfluss, der beim Duschen aus ihr herausfließt, stinkt bestialisch und ihr Unterleib brennt. Ihr Bauch hängt da wie ein leerer, hässlicher Sack. Das bildet sich zurück, behauptet Carin. Bloß weil man ein Kind bekommen hat, ist man nicht für den Rest seines Lebens entstellt. Aber darüber macht Jessica sich erst einmal keine Sorgen.

Gegen drei Uhr kommen Siv und Carin, um sie und Tindra abzuholen. Sie zieht die Schwangerschaftshose und die lange Bluse an, die sie anhatte, als sie gekommen ist. Die Sachen sind etwas zu weit und verschwitzt, aber zu Hause kann sie sich ja umziehen. Der Trainingsanzug, den sie die letzten zwei Tage getragen hat, ist mit Sauce und Milch bekleckert, als sie versucht hat, Tindra zu stillen und gleichzeitig selber zu essen.

Die Hebamme hat ihr detailliert von der Entbindung erzählt und sie hat einen Nachsorgetermin bekommen. Und noch mehr

Broschüren. Eine davon handelt von Verhütungsmitteln. Jessica kann sich das Grinsen nicht verkneifen.

»Ein bisschen früh, was?«, sagt sie und sieht Tindra amüsiert an.

Nachdem sie ihre Entlassungspapiere unterschrieben hat, schneidet Cecilia das Plastikband an ihrem Handgelenk und um Tindras Fuß ab. Ein kleines und ein großes. Jessica legt sie in ihre Tasche. Die will sie aufbewahren. Dann zieht sie Tindra das kleine, gestreifte Wickelhemd an und den grünen Strampelanzug, den sie in ihrer Tasche dabeihatte. Und in diesem Moment, ohne die neutralen, ausgewaschenen Krankenhausklamotten, hat sie zum ersten Mal das Gefühl, ihre Tindra vor sich zu haben. Jessica ist ganz erstaunt, als sie sich klarmacht, dass sie Tindra jetzt mit nach Hause nehmen darf. Und sie wundert sich über ihr Erstaunen.

»Meine Tochter«, flüstert sie.

Die Augen, die sie ansehen, sind klarblau, man kann regelrecht in ihnen versinken.

Kurz nach drei steht Carin in der Tür.

»Seid ihr fertig? Hier ist jemand, der euch sehen möchte. Ich hoffe, dass ist in Ordnung …«

Sie macht einen Schritt zur Seite, damit Arvid hereinkommen kann. Er sieht blass und nervös aus, lächelt aber erleichtert, als er Jessica sieht.

»Hallo …«

Sie lächelt auch und denkt, dass sie ungeschminkt ist und nach Schweiß riecht. Aber was macht das schon? Er weiß ja, wie sie aussieht.

»Hallo«, sagt sie.

»Ich … dachte, ich warte noch einen Tag, bis ihr nach Hause kommt, aber … Aber dann hat Carin angerufen und gesagt, dass sie euch abholen will, also …«

Arvids Blick wandert von Jessica zu dem kleinen Plastikbett, in dem Tindra liegt. Er macht ein paar Schritte auf sie zu und steht stumm da und guckt nur.

»Wie klein sie ist«, sagt er schließlich.

»Von wegen klein!«, sagt Jessica mit einem Augenzwinkern zu Carin hinter Arvids Rücken. »Sie wiegt 3700 Gramm! Willst du sie mal halten?«

»Das trau ich mich nicht«, sagt er. »Noch nicht.«

Aber er streckt den Arm aus und streicht Tindra ganz vorsichtig über die Stirn und die Finger. Die kleine Hand öffnet sich instinktiv bei der Berührung. Tindra dreht den Kopf zur Seite und schmatzt leise.

»Unglaublich …«, murmelt Arvid.

Jessica stellt sich zu ihm. »Ja, nicht?«

»Sie ist so … hübsch.«

»Sie sieht dir ähnlich«, sagt Jessica. »Der Mund und die Augen. Siehst du das?«

Arvid schüttelt den Kopf. »Ich weiß nicht.«

Dann sieht er Jessica an. »Dass du das geschafft hast.«

»Was? Sie zur Welt zu bringen? Man hat keine andere Wahl, wenn es einmal losgeht.«

»Trotzdem«, sagt Arvid.

Als er wieder zu Tindra schaut, liegt sie da und sieht ihn an. Jessica sagt nichts. Sie weiß, wie es ist, zum ersten Mal in Tindras Augen zu schauen. Danach ist man ein anderer Mensch.

Kurz darauf sitzen Carin, Siv, Jessica und Tindra in Carins Auto. Arvid ist mit dem Bus nach Hause gefahren. Er müsse jetzt erst mal alleine sein, hat er gesagt.

Das Leben in der Stadt geht seinen Gang, als wäre nichts passiert. Leicht gekleidete Menschen radeln zwischen staubigen Autos, ein Mann geht mit seinem Labrador spazieren und die Kinder haben eisverschmierte Münder. Jessica hat ihr kleines Mädchen die letzten zwei Tage in jeder wachen Minute ununterbrochen angeschaut. Aber sie kann nie genug davon kriegen. Hier im Wagen, auf dem Weg nach Hause, ist wieder alles ganz neu. Die Entbindungsstation war eine andere Welt, eine Parallelwelt zur Wirklichkeit. Jetzt beginnt das richtige Leben.

Es ist ein bisschen wie im letzten Jahr, als Arvid und sie zusammengekommen sind. Da hatte sie auch geglaubt, das wäre das Ende einer Geschichte. Dabei war es nur der Anfang einer neuen, viel größeren Geschichte.

Katarina von Bredow

Katarina von Bredow, geboren 1967, lebt als freie Autorin in Småland in Schweden. Sie studierte Kunst und arbeitete einige Jahre als Fotografin. Ihr großes Debüt feierte sie als 23-jährige mit *Ludvig meine Liebe*. Bei Beltz & Gelberg erschienen von ihr unter anderem die Romane *Kaum erlaubt*, *Kratzspuren*, *Verliebt um drei Ecken*, *Kribbeln unter der Haut* und *Zum Glück allein*.

Katarina von Bredow
Zum Glück allein
Roman, 288 Seiten (ab 14), Gulliver TB 74162

Alle beneiden die 19-jährige Fanny um ihren Freund Johan, Mister Perfect. Fanny liebt ihn blind und möchte mit ihm zusammenziehen, weg von zu Hause und von der heimlich trinkenden Mutter. Doch dann erfährt Fanny, dass Johan sie schon seit geraumer Zeit betrügt. Und das soll Liebe sein?
Bald knistert es zwischen Fanny und ihrem Lehrer Finn, dem sie ihr Herz ausschüttet. Fanny ahnt, jetzt muss sie sich endlich trauen, ihr Leben selbst in die Hand zu nehmen.

Katarina von Bredow
Verliebt um drei Ecken
Aus dem Schwedischen von Maike Dörries
Roman, 360 Seiten (ab 14), Gulliver TB 74008

Adam, der Neue in der Klasse, hat Augen zum Eintauchen. Wenn er Katrin ansieht, werden ihre Knie weich. Aber verlieben ist undenkbar, denn Frida, ihre allerbeste Freundin, hat ein Auge auf Adam geworfen. Und Frida ist das tollste Mädchen, das Katrin kennt. Doch was soll sie tun, wenn Adam immer wieder ihre Nähe sucht?

www.gulliver-welten.de
Beltz & Gelberg, Postfach 10 01 54, 69441 Weinheim